旺宅好媳婦 1

風文創 401

花月薰 著

目錄

序文

花月薰

哈囉，大家好，我們又見面了～～都是老朋友，客套話就不多說了。

這篇文是我寫過最長的故事，女主是重生回來的，重生意味著人生可以重新洗牌，彌補從前的遺憾，重新面對轉捩點，現實生活裡沒有這種模式，一切都不可能重來，但我們可以將這種美好的願望，傾注在小說的虛擬人物上。

有時候我也會想，如果上天給我一次重生的機會，我該從什麼時間點改變我的人生呢？想了很久，不得不承認，就算上天給我這個機會，我也不知道人生的轉捩點在哪裡！（不要笑，是真的不知道……）簡直太糊塗了是不是？

書裡的女主角是個聰明有智慧的女人，上一世之所以過得不好，是因為失去先機，生母死了之後，讓父親的外室乘虛而入，成了府裡當家作主的主母，被占了家財不說，生活中還處處剋扣欺壓，手段層出不窮。最後女主角被逼無奈，不得不鬱鬱嫁給不喜歡的人，還遇上極品的婆家，婆婆惦記她的嫁妝，丈夫又十分自私。在那樣的逆境中，女主角學會了一身生存的本事，機緣巧合重生後，才能占得先機，奪回自己的財產，讓從前的惡毒繼母不能以正妻身分入門，走向勝利之路。

而書中的男主角算是比較特殊的，他出身顯赫，是長公主的嫡長子，皇帝是他的親舅舅，太子是親表哥，除了皇子，就數他的身分最尊貴。可是這樣一個允文允武的尊貴公子哥兒，翩翩狀元郎不做，偏要去做吃力不討好的大理寺卿，專職斷案抓捕。他的性格十分開朗和護短，對女主角可以做到百般寵愛，對外人卻冷若刀鋒。上一世，他早早被害死；這一世，女主角重生，兩人有了情愫，女主角不惜一切，奔走千里搭救，終於救下他的性命，成全這段忠貞不二的曠世奇緣。

都說男人的智商越高，專情的可能就越大，如果以此為標準，那男主角的智商一定非常高。嘿嘿，就像是天注定般，男主角一生只愛女主角一個人，這樣的感情不管放在什麼朝代，都是難能可貴的，算是我寫到今天為止，最喜歡的男主角了，希望大家也能和我一樣喜歡他。

正如文中所言，生活中不如意十有八九，老天不給我們重生的機會，那麼我們就珍惜現在，過好每一天。想做就做、想吃就吃、想走就走，做有意義的事、當有意思的人，活得率性些，儘量不要被束縛，讓人生的遺憾稍微少一些。

好了，絮絮叨叨這麼久，最後還是那句話，希望大家喜歡這篇小說，我們下本書再見。

第一章

寒冬臘月，天地間銀裝素裹，冷風肅殺。

長安侯府一派崢嶸景象，灑掃後院的僕人早早就將院中積雪鏟至一邊，各房丫鬟們有的手裡拎著熱水、有的捧著飯盒，奔走於來往各房的小徑上，繁榮昌盛，可見一斑。

一個穿著厚青花絨比甲的婆子疾步走在雕花迴廊上，幾個轉彎後，到了老夫人的院子裡，掀開石青色卍字不到頭的錦繡棉簾，經過抱廈，未經通傳，直接往老夫人所在的西次間走去。

西次間裡，其中一個婦人坐在如意呈祥的羅漢床上，另一個則坐在床前的雕花杌子上，兩人湊在一起說著話。

長安侯老夫人郁氏大約五十多歲，因為保養得宜，看起來不過四十出頭，穿著一身蓮青色緞面吉祥紋通袖襖裙，姿容中等，感覺還算和善，一雙手滋潤白皙，半點都不顯老態。

此時，她見張勇家的掀了簾子進來——這是她院裡的管事媳婦，平日裡替她辦事，向來妥帖，又會說話，一張臉笑吟吟的，叫人看不出壞來，人緣最是不錯。因此，儘管溯玉院被那位整治得如鐵桶般，她也能仗著人面打聽出事情來。

郁氏還沒說話，旁邊的華服婦人就迎了上來，對張勇家的問道：「怎麼樣？今兒大夫去了幾回？」

問話的是郁氏的娘家妹子、長安侯府的老姨奶奶，原是嫁到外地一處武將家裡，前幾年那武將戰死沙場，這位老姨奶奶就回了京城，郁氏念及姊妹情分，幫她在京裡又找了一家五品官做續弦太太。小郁氏心裡感激老夫人，時常來陪伴。

張勇家的伺候郁氏好些年，知道這位和老夫人的關係不錯，因此她開口問，張勇家的也就說了。

「三回。回回咳血，怕是不行了。」

天還沒亮，她就被派去溯玉院外盯著長安侯夫人、如今的當家主母薛氏。薛氏今年三月裡得了病，一直不見好，最近怕是要油盡燈枯了。也是可憐見的，嫁進侯府十多年，日夜操勞不休，芝麻大的小事都要她管著，成天熬著，能不病嗎？雖說不是她的正經主子，可張勇家的心慈，不免替那位覺得可惜。

為個好人家操勞也罷了，可為了侯府的人操勞，當真是不值的。

不過這些都是張勇家的內心所想，在其他人面前，她可不敢表現出來，面上依舊是敬著老夫人、替老夫人辦事的忠僕。

「才三回啊。妳前幾天就說她不行了，卻還好端端地過了這麼多天……」老姨奶奶面上似乎有些心焦，聽了張勇家的回話，嘀咕幾句，轉過頭去看郁氏，說道：「看不出她還是個命硬的，好幾個月前就說不行了，拖到今天都沒過去，這要再拖下去，玉榮侯府的嫡小姐也不知能不能等到安哥兒。」

郁氏聽了老姨奶奶的話，臉上也現出猶豫。「唉，要實在等不到，也是那嫡小姐和安哥兒的命。其實這事兒辦得有些急了，薛氏還沒過去呢，咱們就找好續弦，給外人知道了，咱們長安侯府的顏面得往哪兒擺啊?!」雖然她也覺得玉榮侯府的嫡小姐是個好的，對安哥兒癡心一片，怎麼都不肯變心，容貌雖不是一等一的漂亮，但勝在年輕水嫩，一雙美眸叫男人見著，就像被勾了魂似的。

小郁氏聽了郁氏的話，當即來勁了，正色說道：「姊姊，妳可不能在這上面犯糊塗啊。我知道妳心慈，可也得分時候不是?從前妳說薛氏蠻橫跋扈，掌家時摳摳索索，這也不許，那也不讓，霸著長安侯府的家財，愣是成了隻鐵公雞。如今老天有眼，讓她得了病，這是她的命，平日裡壞事做多的報應唄。

「趕巧玉榮侯府的嫡小姐看中了咱們安哥兒，我打聽了好些時候，那小姐可是個忠厚老實的，心眼兒實在著呢！若不是那樣，也不會才和安哥兒說幾句話，就實心實意地要嫁給安哥兒，連『哪怕是做妾』的話都說出來了，還讓玉榮侯氣了個倒仰，想也不能讓自己的嫡女給人做妾呀！就是安哥兒自己也動了心不是?多好的黃花閨女。安哥兒媳婦雖然也漂亮，但到底太凶悍，安哥兒怕她，如今又快病死了；玉榮侯府那小姐就不一樣了，知書達禮、紅袖添香，安哥兒是讀書人，最適合不過。要不趁著這熱乎勁兒把事辦了，將來過了這個村，就沒這個店了。」

小郁氏的話讓郁氏陷入了思索，從羅漢床上起身，低頭踱幾步，然後坐到廳堂上首的太師椅上。

小郁氏見狀，又繼續開口說道：「好姊姊，妳想想是不是這個理？再說了，退一萬步講，玉榮侯府是個什麼門庭？玉榮侯爺身居要位，那小姐可是正經侯爺和夫人生的嫡小姐，在家受寵得很呢。安哥兒不是一直想去神機營嗎？神機營的統領和玉榮侯爺是多好的交情，安哥兒只要娶了他閨女，老丈人還不幫著女婿？就是不去神機營，有個這樣的岳父大人，什麼地方去不得，到時還不是由著安哥兒自己挑選嗎？

「那安哥兒媳婦除了一張臉還能看看，如今病得不成人樣，臉估計也敗了，沒有那張臉，其他的怎麼和玉榮侯府的嫡小姐比？一個失了勢的小姐，爹是二品大員又怎麼樣？還不是得看繼母的臉色？如果當初嫁進侯府的是她娘家妹子薛婉也罷了，那才是正經二品大員家的小姐！她算個什麼東西？仗著顏色不錯，迷了安哥兒，害得他如今沒個可靠的妻族幫他，凡事都要比旁人吃力些。要是那個女人賢慧一點就算了，可她如今心大了，霸著長安侯府的家財，竟敢連姊姊的吃穿用度都要管著，這天下還有媳婦兒管婆婆的道理？也就是妳心慈，容得她到今日。」

小郁氏提到的這些，正是郁氏心裡的疙瘩。她也知道薛氏是個喪母的嫡女，她爹又娶了續弦，在家裡根本沒有地位，當初不過是安哥兒喜歡她那張臉，死活非要娶她進門，不然哪有現在的煩心事。

薛氏進門後，倒也乖巧，把侯府打理得井井有條，就是出手不大方。想她年輕時做侯夫人，老侯爺去了，她成了老夫人，怎麼說都是富貴了一輩子，到老還要給媳婦控制花銷用度，哪裡甘心呢？

雖然她知道，這些年侯府的進益不多，媳婦兒多少拿了些嫁妝貼補，可貼補又怎麼樣，既然嫁進來了，連她這個人都是長安侯府的，何況她身上的錢？本就理應充公，支應侯府諸事。前幾年還好些，用度上不敢虧待她許多，可這幾年越發難從她身上拔出錢來，連她院子裡想買幾兩玥凤香加在炭中燒一燒都不肯。那玥凤香雖然名貴，卻也不是買不起，怎麼就剋扣了呢？最後還得她拿出自己的體己錢，私下裡去買，才應付過去。

哼，也不想想，當初她想求的是他們薛家正經的小姐薛婉，薛宸耍了心眼子，用下作手段勾了安哥兒的魂，這才能嫁進長安侯府做侯夫人。她不知感恩戴德也罷了，還處處為難，想來是那些本就不多的嫁妝快用完的緣故吧？如果安哥兒再娶玉榮侯府的嫡小姐，她的嫁妝肯定不是這個薛氏能比的。

這麼一想，郁氏的心裡便有了主意。

平日裡她雖然優柔寡斷，但畢竟做了這麼多年侯夫人，該當機立斷時，還是有魄力的。當即喊了張勇家的上前，說道：「妳去把幾個姑奶奶叫回來，說我有話和她們說。」

張勇家的退下後，小郁氏湊過來對郁氏問道：「這個時候喊姑奶奶回來做什麼呀？」

郁氏勾唇一笑，在小郁氏耳邊低聲說了幾句。

小郁氏瞪大了眼睛，震驚地看著郁氏，蹙眉擔憂地問道：「這……安哥兒能同意嗎？」

郁氏篤定一笑。「兒子是我生的，誰比我了解他？他會同意的。」

如今薛氏仗著的不過是安哥兒對她的情意，以為自己還是那個二八年華的嬌俏少女、能把安哥兒迷得暈頭轉向的絕色呢！她這個兒子心思單純、不通人情，最是聽話順從，只無法抗拒女色。這些年忍著薛氏，一來是因為她那張臉確實頂尖，二來是薛氏管得緊，讓他不敢把人帶回來，可外頭養的又哪裡少了？也就薛氏被蒙在鼓裡，還以為安哥兒對她有情有義。

今天她就要讓薛氏心心念念的安哥兒成為她的催命符，反正她也活不了多久，乾脆別拖著，給玉榮侯府的嫡小姐騰出地方來才是正理！

這回新媳婦進門，她可不能再那麼糊塗，讓新媳婦牽著鼻子走了。規矩什麼的，還是一早立起來得好啊！

丫鬟新柔剛伺候完薛宸吃藥。青花小碗盛了小半碗黑漆漆的藥湯，喝了三成，倒吐了七成。

新碧扶著薛宸躺下，薛宸覺得稍微好些了，讓她在自己腰間墊個繡金色祥雲的緞面大迎枕坐著，順過氣來。原本美麗的臉上透著慘白如紙的病容，不復從前的顏色。

薛宸此時卻無心去管容貌變得如何，感覺有了力氣，就對新碧說道：「府裡的大帳都結清了，只剩下莊子裡和街面鋪子的帳。妳去把帳本拿來，趁我現在精神好，能看多少是多少吧。」

新碧是薛宸成親時從外頭買回來的人，會管帳，薛宸信任她，把自己的私庫交給她打理。薛宸的嫁妝雖然不算多，但善於經營，十幾年下來有不少結餘，要不是侯府開支太大，薛宸的日子可以過得比北直隸任何貴婦都要滋潤。

只可惜，她嫁的長安侯府是座空架子，偏偏侯府裡的人沒這個自覺，還以為侯府是金山銀山，從不知節省為何物，故而這麼大的進項，擺在長安侯府面前僅能勉強維持。可現在也不行了，薛宸病倒，今年三月裡，進項就稍微少了些，她無力再經營那麼多的鋪子和莊子，只好賣掉大半，換得銀錢充入府庫。身為當家夫人，做到這個地步已是仁至義盡，可饒是如此，長安侯府的人仍對薛宸有諸多不滿，嫌她把持錢財、不大方。新碧都替自家夫人感到不平。

見薛宸這時還想著看帳本，新碧接過薛宸手裡的帕子，替她擦了擦嘴角，勸道：「夫人，您難得精神好些，別再看那些頭痛的帳了。好生休養著，把身子養好，才是最緊要的。」

薛宸知道新碧是為她好，便勾了勾嘴角。薛宸本就生得美貌，就算在病中也別有一番病弱的美態，叫女人看了都不禁感嘆她生得太好。現下勾著唇角的模樣，倒像是恢復了點鮮活顏色，讓人眼前一亮，可見她沒生病的時候，模樣有多美了。

「不過是看看帳本，有什麼要緊的。」

薛宸話音落下，新碧便忍不住紅了眼眶，轉過頭擦了擦眼淚，然後才說道：「夫人，您就別看了。養好身子，才能把侯爺拉回來呀。」

聽了新碧的話，薛宸臉上原就不多的笑意又斂了幾分，靠在那裡，半晌沒有說話。

新碧話中的侯爺，說的正是如今的長安侯宋安堂，薛宸的丈夫。

宋安堂這個人不算壞，只是有些蠢罷了。當年若非她被徐素娥逼得走投無路，哪會使出那種手段嫁入長安侯府？倒不是貪圖宋安堂的家產，只是純粹想找個地方安頓，以避過繼母徐氏的趕盡殺絕。

後來，她發現長安侯府是個空架子，自己那點所剩無幾的嫁妝在這樣的開銷用度、無底虧空面前，簡直不夠看，只得親自管理起莊子和店鋪。她必須讓長安侯府繼續興盛下去，唯有那樣，才能在薛家人面前維持她僅有的顏面。

可現在，這僅存的顏面，只怕也快撐不下去了。

宋安堂掀開錦繡簾，鼻尖就聞到濃厚的藥味，眉頭微微蹙起。門後有丫鬟給他遞了手爐，替他解披風，打起內室簾子請他進去。宋安堂今年三十有五，天生的俊逸臉孔，看著不過二十多歲的樣子，保養得非常好；他身佩金玉，通身的侯爺富貴，穿著湖藍色雲紋團花直裰，臉上帶著笑意，說不出的俊雅風流。

只見他一步併作兩步走到薛宸床前，新碧給他搬了張杌子，他卻是不坐，和孩子似的，非要坐在床沿上，握著薛宸的手，道：「辰光，妳房裡好暖和，手也暖和，外頭可冷了，妳給我焐焐吧。」辰光是薛宸的小字，婚後宋安堂就一直這麼叫她。

宋安堂就是這樣的脾性，說好聽點叫率真，說難聽點就是缺心眼，抓著薛宸溫暖的手給自己焐了半天，還想脫了靴子到薛宸被窩裡焐腳。薛宸病著，原就畏寒，哪裡禁得住他這番折騰，臉色當即又白了不少。

新碧見狀，不禁出聲道：「侯爺，夫人正病著，被子裡有病氣，可別過給您了。」她是丫鬟，不能直接指責宋安堂的不是，只能這樣委婉提醒。

果然，宋安堂聽說會過病氣，才歇了進薛宸被窩取暖的心思，把手伸入薛宸的袖口，抓著她溫暖的手腕。

薛宸不反抗、不作聲，就那麼倚靠在床邊，似笑非笑地看著他。宋安堂最怕薛宸這副神情，好像什麼都瞞不過她，特別可怕，不由自主地撒了手。反正手已經熱了些，拿起旁邊的手爐繼續焐也是一樣的。

「今兒侯爺回來得倒是早。咳咳……」

薛宸被宋安堂帶進來的涼氣冷著了，一咳起來便沒完沒了，拚了命才忍住，將湧到喉嚨口的甜腥又嚥回去。新碧過來扶著她，替她順氣，可宋安堂卻不自覺地坐得離她遠了些。

這就是她當時費盡心力求來的好丈夫。薛宸不禁自嘲一笑。

「是啊。今日衙門裡沒什麼事，我就早些回來，正好有事和妳商量。」

其他丫鬟來送藥、送參茶，宋安堂便順勢從床沿上站起來，坐到了先前新碧搬給他的黃花梨杌子上。

薛宸吃了幾口藥，又喝兩口參茶，讓丫鬟伺候著靠好後，才道：「侯爺有什麼事，自己作主就是了，哪裡用和我商量？」

薛宸說完，宋安堂沒有立刻接話，而是猶豫了一會兒，抬眼看了薛宸兩回，想起當年第一次見到她的情景，她的美那麼驚心動魄，一下就吸引了他。直到現在，宋安堂也不敢否認，薛宸這張臉對他還是很有誘惑力的，尤其是如今這病弱的樣子，更是讓他心癢到了骨子裡。

每每見了她都想做些事，可自從第一年成親便連著掉了兩個孩子後，薛宸的身子就不好了，她對那事原本就不熱衷，後來變得更加排斥。久而久之，他看得見卻吃不著，才養了幾個嬌豔的外室，抒解這方面的興致。

其實，要說他這輩子最喜歡的女人，應該就是薛宸了，所以才會不顧一切地娶了這麼個不受寵的喪母嫡女。就像母親說的，如果當年他娶的不是她，而是權勢人家的女兒，這麼些年，估計早爬上去了，哪裡還要頂著侯爺的頭銜，去做那六、七品官做的雜事呀！

這麼想著，宋安堂覺得母親先前和他說的話還是很有道理的，難得對薛宸生出的疼惜瞬間消失殆盡，斂下眉目，輕啟薄唇道：「這件事非要和妳商量的。」停頓一下，卻沒有太久，又開口。「我想……娶個平妻進門，妳……應該不會不同意吧？」

宋安堂說完之後，知道薛宸可能會生氣，所以率先對她露出大大的笑臉，俊雅得純潔無瑕，彷彿一點都不知道剛才那句話有多傷人。

這句直白得見骨的話，讓見慣風浪的薛宸為之一愣，直到宋安堂笑容滿面地推了推她，才反應過來，卻沒有說話。

於是，宋安堂繼續道：「這是好事，母親也答應了。妳都病了大半年，也不見好，我娶個平妻進門，沒準還能給妳沖沖喜呢。」

「……」

好事？薛宸在心中默念這兩個諷刺的字，又是一陣咳嗽，這回灼心的血沒忍住，隨著她咳嗽吐了出來。殷紅的血染在純白帕子上，看著那樣刺眼。

但凡宋安堂對薛宸有點情誼，心早軟了，可這個人的性子隨了他母親，自私得很，凡事首先想到的是自己，哪會去管其他人的死活？饒是薛宸這樣吐了一回血，也沒能讓宋安堂收回剛才的話，就那麼不帶表情地看著她，耐心等她的丫鬟再次上前伺候。

薛宸深深呼出一口氣，覺得身體裡的氣息越來越少，多呼出一口，就少一口了。

醞釀半天之後，薛宸才對宋安堂問道：「是哪家的姑娘？」

宋安堂聽薛宸主動詢問，心中一喜，毫不隱瞞地說道：「是玉榮侯府的嫡小姐，姓洛名雅芬，人很不錯，很好相處的。到時候進了門，我讓她叫妳姊姊，不過她畢竟是平妻，妳別太挑剔，不能用對妾侍的態度對她，知道嗎？」

「……」

薛宸又是自嘲一笑，郁氏根本是打好了如意算盤。玉榮侯府的嫡小姐……這哪裡是娶平妻，根本是在找續弦！玉榮侯府怎肯讓嫡出小姐做平妻？只是可笑，她還沒死呢，他們就找好了人。幸虧她對宋安堂沒什麼感情，若真遇上個對宋安堂有感情的女人，這麼一句話，沒準就能直接害死她了。

也許，這正是郁氏的目的吧，只可惜，她錯估了薛宸對宋安堂的心。

薛宸勾唇問了一句。「什麼時候娶？定了嗎？」

宋安堂知無不言，說話間帶著笑意，說明這件事讓他的心情很不錯。「其實我們兩家已準備得差不多，庚帖也換了，日子訂在明年三月裡。」

兩家都準備得差不多了，可她這個主母卻什麼都不知道。明年三月，現在已經臘月了……還真是什麼都準備好了。

薛宸感覺自己的力氣一點一點在流失，連手指都不願抬起半點來。原來油盡燈枯是這種感覺啊？郁氏真是多此一舉，根本不用讓宋安堂來刺激她，她就已經不行了。

目光看著淡黃色繡牡丹纏枝紋的承塵，薛宸突然想到，如果她撐不到明年三月，他們會先辦喪事，還是先辦喜事……

她覺得眼皮子越來越重，喉嚨口像是被噎著什麼，心口堵得慌，可偏偏連爬起來咳嗽的力氣都沒有了。沒覺得太痛苦，薛宸就那麼閉著嘴、睜著眼睛，靜悄悄地離開了這個讓她疲累許久的塵世。

宋安堂還在等薛宸的回話，見她盯著承塵看了很久都沒反應，這才站起來瞧她，見她眼神渙散，震驚地伸手在她鼻尖探了探，然後便嚇得往後倒去……

第二章

敲打哭鬧的聲音在薛宸耳邊響起，感覺很混亂，腳步聲嘈雜得很，鼻尖還能聞見濃郁的香燭和燒紙氣味。

薛宸緩緩睜開雙眼，面前的景象由模糊轉為清晰，似乎……是一塊蒲團，蒲草編織成一條條紋路，交叉疊著。然後是素白的衣襬，她的手縮在袖子裡，而袖子也是純白的。這樣的縞素，只有十一歲那年母親過世時穿過，其他時候是怎麼也不可能穿的。

微微抬起頭，薛宸想伸手揉揉眼睛，因為她似乎看見了靈桌……難道是她死了，宋家在給她辦喪事嗎？

可當她把手從袖子裡露出，送到眼前時，又是一驚。這手怎麼……變得這麼小了？

疑惑地往前看去，薛宸更是驚訝得說不出話來。靈桌上，放著鮮花與供品盤子，中間放著牌位。木牌紋理細密、雕刻精緻，兩旁皆是駕鶴祥雲的繁複雕鏤，雕鏤後有一塊木板，上面金色的字，比這塊精緻牌位更要引起薛宸的注意。

亡妻薛門盧氏秀平夢清之靈位

盧秀平正是薛宸母親的名字，夢清是她的小字。看著牌位，薛宸的眼睛有點發熱，就在她盯著牌位失神時，耳旁突然傳來一道聲音——

「小姐，該起來上香了。」

薛宸回過頭，看見一個同樣穿著素服的圓臉婦人，熟悉的眉眼、熟悉的語調，這眼眶紅紅的婦人，不是平娘嗎？她娘盧氏的管事媳婦。娘親死後，桐娘和平娘就在她身邊伺候，可她出嫁後，桐娘便因病回鄉下靜養，沒多久就病死了，是平娘始終守在她身邊，直到幾年前才去世。

平娘見薛宸跪著不動，以為她跪得腿麻了，過去扶她，真實的觸感讓薛宸渾身一震，驚訝地站起身，然後發現完全不對了。她死前雖然病弱得很，可是不應該變得這麼矮吧？低頭看看自己，身形比從前小了不知多少。她在十三歲以後，就長得比平娘高了，怎麼現在看她還要仰起頭來呢？

「小姐，奴婢知道您傷心，可夫人已經走了，您以後要堅強一些呀。」

平娘的話一字一句在薛宸耳中迴盪著，她當然知道自己的娘親走了，而且已經走了二十多年了。

平娘以為薛宸傷心過度，整個人看起來傻愣愣的，剛剛止住的眼淚又湧出來。薛宸想幫她擦眼淚，奈何身高不夠，平娘見她這樣，終於是忍不住了，跪下抱著她痛哭起來。

「我可憐的小姐啊！夫人這麼撒手去了，今後留下您一個人可怎麼辦？我的小姐啊……」

平娘向來是個大喉嚨，說話做事雷厲風行，從不扭捏。一開始，薛宸還會嫌棄，可日子久了，才知道平娘對她的好，在她最難過、最困苦的日子裡，始終不離不棄守在她身邊。

薛宸被平娘抱在懷裡痛哭，不過平娘沒能哭太久，就被人打斷了。

另一個婦人從外頭走入，正是桐娘，看見平娘還在哭，就把她拉起來，帶著訓斥的口吻道：「嘖，讓妳來安慰小姐，怎麼自己哭上了？外頭那一大堆的事也不見妳忙去，只知道乾嚎。」

印象中的桐娘好像從沒有這麼凶過……薛宸正想著，桐娘的目光落在了她身上，立刻慈愛地勾起恰到好處的微笑，蹲下身子對薛宸說道：「小姐啊，夫人走的時候，把您託付給奴婢，今後您就把奴婢當作娘親，奴婢一定會拚命守住您的。」

薛宸有些訝然地看著桐娘，難道真是年代久了，她從前竟未覺得桐娘是個說話毫無分寸的人，或者說，她從來沒有發現，她竟然是這樣的人。讓她一個正經小姐當奴婢是娘親這話，就是在小門小戶裡，也是容不下的，只有稚童聽在耳中會覺得感動，可畢竟是亂了章法。

薛宸看著滿臉哀戚、卻連一滴眼淚都流不出來的桐娘，竟然脫口而出。「妳是奴婢，我怎麼當妳是娘親？」

字正腔圓的話在靈堂中響起，外頭賓客的嘈雜聲，在這一刻似乎都被掩蓋了。

桐娘滿臉震驚，回頭看了同樣驚訝的平娘。平娘被她一瞪，難得氣短，往後縮了縮。

桐娘站起身，走到平娘面前，冷冷地瞥過她，然後對薛宸屈膝。「奴婢是太心疼小姐了，說話踰矩，小姐切莫見怪。外頭還有好些事要做，平娘跟我出去吧。」

平娘有些猶豫。「把小姐一個人留在靈堂裡，她會害怕的。」

桐娘掃了平娘一眼，轉過頭來，對薛宸溫柔地說道：「小姐，這棺木中躺的是夫人、您的娘親，不用害怕。外頭事多，老爺說了，讓奴婢和平娘一同負責，奴婢們出去做事，您一個人在這裡好好的，行嗎？」

薛宸看著依舊不想走的平娘，只見桐娘扯著她的胳膊就往外拽，在跨過門檻的那一剎那，桐娘還偷偷捏起兩指，在平娘胳膊內側狠狠掐了一下，痛得平娘臉都皺起來了，可擔心薛宸看見害怕，竟生生忍了下來。

待她們走後，薛宸才在靈堂中四處打量，到處都是白幡藍綢，頂上掛著鮮花簾子，靈桌後面就是停放的棺木。

她眼睛一熱，抬腳往後走去。棺木被暫置在凳子上，她踮起腳來，正好能看見棺中的情形。

還沒有蓋棺，棺中人應是死去不久，穿著素淨壽服的女子安詳地躺在裡面，臉上蓋著一塊方方正正的白布，有種詭異的感覺。

在這一刻，薛宸並不害怕，甚至想抬手揭開那塊白布，看看下面毫無氣息的臉。她不知道現在是怎麼回事，也不知道接下來會看見什麼，其實這就是個夢，揭開白布，看到的會是自己的臉吧？她已經死了，這是不爭的事實，所以才會見到桐娘和平娘，這棺木中的人，肯定就是她自己了。

帶著這樣的疑問，薛宸走回靈桌前，將四、五個蒲團全拿過來疊在一起，讓突然變矮很多的自己站上去，一手扶著棺沿，一手伸入棺木中，揭開了那塊白布。

冰冷的觸感刺痛了薛宸的心，棺木中安靜躺著的女人，有著一張和她娘親相似的臉……事實上，薛宸已經記不清自己娘親的模樣了，但她可以肯定，這個人真的就是她娘親。

雖然還不大明白到底發生了什麼事，可薛宸的鼻頭難以控制地發酸，眼眶熱了起來，不消片刻，熱淚滴落在棺中人的壽衣上，嘴裡吶吶地喊出縈繞在她心頭好多年的呼喚——

「娘親……」

可這一聲，卻如往日那些喊叫般，再也沒辦法傳到這個女人耳中了。

薛宸的眼淚不住往下掉。到底怎麼回事，她不是剛剛嚥氣嗎？躺在這裡的死人不該是她嗎？為什麼會是死了二十多年的娘親呢？可不管怎麼樣，她的眼淚就像是斷了線的珠鍊般，怎麼都無法止住。

靈堂門口傳來腳步聲，一名穿著白底黑布鞋、上頭別著麻布的男子走了進來。

薛宸看到了他，這個在她十四歲那年毀了自己名聲、給家族蒙羞那日開始，便對外揚言和她斷絕父女關係的男人。

這時薛雲濤大概將近三十歲的樣子，比薛宸印象中要年輕了不少。她記得最後一次見薛雲濤時，他兩鬢斑白，說不出的嚴厲憔悴，已是青雲直上的二品大員，而她也成功嫁入長安侯府，成了侯夫人。看見現在的薛雲濤，薛宸的內心比見到剛死去的娘親還要震撼。

薛雲濤一進門，就看見長女爬高，站在棺木旁流淚，再沒有任何畫面比一個作父親的看見女兒哭亡妻更叫人心疼的了。那張肖似亡妻的臉上滿是悲傷，薛雲濤第一次強烈地感覺到，自己這個父親做得那樣不稱職。

他走過去，將一動也不動，盯著他瞧的薛宸從棺木前抱起，出乎意料的單薄讓他心中又是一軟，溫柔地讓她趴在自己的肩膀上。他越過女兒，看見罩在亡妻臉上的白布已經被女兒掀開，那瞬間，再難忍住內心的哀慟，抱著單薄如紙的女兒，失聲痛哭起來。

薛雲濤的痛苦，是薛宸始料未及的。

她一直覺得父親根本不愛母親，因為父親是個有大出息的讀書人，可母親卻只是商家之女，除了會看帳本之外，連大字都不識幾個。父親娶母親是因為一紙婚約。薛家先祖一直到薛宸太爺那輩，家裡還沒個讀書人，後來薛宸的爺爺寒窗苦讀，考中了秀才，薛家後人才漸漸走上讀書的路子。因為薛家先祖受過盧家的恩惠，所以和盧家先祖訂下每代都要聯姻的規矩，而到了薛雲濤這代，就是他這個長子娶了盧家長女，正是薛宸的母親盧氏。

薛宸的父母成親後，並沒有琴瑟和鳴，而是充分展現了差異。薛雲濤好詩文，盧氏則喜歡算帳，因此大多數時是沒有話題的。後來母親死了，薛雲濤就娶了養在外面好些年的徐素娥。徐素娥是個知書達禮、腹有詩書的女人，是典型的江南女子。生得秀美婉約，一口吳儂軟語，溫柔得像是能掐出水來，但只有薛宸知道，這個女人有多厲害。

她和她的女兒薛婉把她逼上絕路，弄得她和生父決裂、名譽掃地，成了大家口耳相傳的笑話；她們霸著母親的嫁妝，笑看她在夾縫中掙扎。而與她的淒慘相比，徐素娥厲害得多，年輕時不計較名分，做了薛雲濤的外室，還生下女兒薛婉、兒子薛雷，這些事情直到盧氏死後一年才被眾人所知。後來，薛雲濤力排眾議，娶了文弱的徐素娥，一如當年宋安堂垂涎她的美色，儘管知道她是喪母嫡女，名聲不好，卻還是義無反顧地娶她進門。

薛宸承認，自己被逼上絕路時對宋安堂使的招數，其實就是跟徐素娥學的。兩人都是用勾引男人的伎倆上位，只不過徐素娥運氣比她好，遇到的是薛雲濤，而她遇到的卻是宋安堂。

當年，她一心想找個不再受徐素娥欺負的棲身之地，便將自己送入了長安侯府。在那個家中，她吃了多少苦，旁人根本不明白。她費盡心力和姑婆相處，可宋家女人沒有一個是省油的燈，貪婪、自私、蠻橫，饒是薛宸再強勢，在她們手中也吃了不少悶虧。雖然那個家被她制伏，卻將她熬得不成樣子，終於年紀輕輕就過去了。

此時薛雲濤失聲大哭，讓薛宸很是意外，記憶中的父親，從來都是對母親絕情的，她不記得當年母親死的時候，父親有沒有來她靈前哭過。可是現在，他分明正抱著她痛哭，那她是不是可以認為，其實她的父親對母親並不是沒有感情呢？

薛宸摸了摸薛雲濤的臉，想感覺他的淚是真的還是假的，溫熱的淚滴在她的手背上，還帶著他眼睛裡的哀傷。

薛雲濤竭力忍住了眼淚，薛宸看著也十分心酸，父女倆對視片刻後，薛雲濤才抱著她，在她用來墊腳的蒲團上坐下，用薛宸從未聽過的溫柔聲音，對她說道——

「妳娘雖然沒了，但妳還有爹。」

但妳……還有爹？

薛宸想露出諷刺一笑，卻發現自己根本笑不出來。這個爹和她斷絕父女關係時的表情，還歷歷在目，雖說這結果是徐素娥和薛婉聯手造成，可薛雲濤但凡有一點愛護之心，她的人生也不會像後來那樣淒慘。這個男人在薛宸心中，一直是冷漠無情的形象，怎樣都無法和眼前憔悴哀戚的男子重合起來。

她不自覺地抱緊了薛雲濤，想從這虛假的幻境中，得到一些渴望已久的父愛，哪怕是假的也好。這個幻境，是人在臨死前用來完成心願的地方嗎？若是不來一回，薛宸還不知道，自己原來對父愛那樣渴望。

桐娘再次進來時，就看見薛雲濤抱著薛宸，父女倆用同樣悲痛的表情，倚靠在盧氏的棺木旁。

「老爺，外頭的賓客都到齊了，弔唁的人也在外等候，您看……」

賓客還沒有進來弔唁，說明盧氏去世不會超過一天。

桐娘想從薛雲濤手中接過薛宸，但薛宸的兩條手臂卻緊摟著薛雲濤，不肯從他身上下來，讓伸出手的桐娘有些尷尬。

薛雲濤拍了拍薛宸的臉頰，低聲說：「辰光乖，爹爹出去一下就回來，妳和桐娘進去洗把臉，待會兒賓客進來了，妳就跪在爹爹旁邊替妳娘守靈，好不好？」

薛宸覺得自己又想哭了，薛雲濤從沒用這樣的聲音和她說過話。每當她想利用發脾氣來引起薛雲濤的注意時，他不是回以冷漠的眼神，就是失望地嘆息，如果鬧得厲害了，便會嚴厲訓斥她。這樣溫柔的聲音，從來都是只給薛婉和薛雷的。

見女兒還是不肯放人，薛雲濤無法，外頭賓客等著進來弔唁，他得和管家出去接待，只好拉開薛宸的手，將她送到桐娘手中，又在她臉上拍了拍，安慰過後才走出靈堂。

薛宸還想拉他，卻被桐娘按下來，帶進內間洗臉去了。

接下來的幾天，薛宸依舊過得渾渾噩噩，只感覺這些天忙壞了。薛雲濤每天都睡在盧氏棺木旁的稻草堆上，想讓女兒去裡面睡軟床，但薛宸不肯，薛雲濤無奈，只好讓她跟自己一起睡。

經過了這麼多天，薛宸終於意識到，現在發生的一切並不是夢境，而是實實在在的現實。也就是說，不管真實還是不真實，她都回到了十一歲那年，母親剛剛過世的時候。她不明白這到底是怎麼回事，但就是發生了。

重生後的薛宸是片刻不離薛雲濤的，一來是對父愛的渴望；二來，再回到這一年，和她最親的只有這個父親了。

薛家的人口說簡單也簡單，說不簡單也不簡單，只有兩房，而且已經分家。薛雲濤的父親薛柯是辛酉年的進士，做了幾年庶起士，原本前途大好，卻捲入了一場科考案，薛家長房怕被連累，長房老爺薛林便要和薛柯分家，卻不肯平分家產。薛柯自然不同意，遂死咬著長房不放。後來案子的牽連越來越廣，鬧得滿城風雨，薛家長房才下定決心，用一半家產換來家宅平安。

薛家的家產是祖上傳下來的，既然平分，連祖宅也是一人得一半。薛家祖宅占了兩條相鄰的胡同，一條為歡喜巷、一條為燕子巷；歡喜巷較長，由薛家長房得，燕子巷則給了次房。分家後，薛柯果然受到牽連，還沒來得及修葺完宅子，即與當時的翰林學士一同被判罪，流放大西北，家產全歸入府衙。薛家長房以為薛柯就這麼完了，雖然可惜被歸入府衙的那份家產，但也慶幸沒有受到連累。

如此過了好幾年，沒想到，薛柯竟然又回來了。原來和他一同流放的翰林學士簡在帝心，被流放只是暫時的，皇帝將他召回時，他順口提攜了薛柯，讓他一起免罪回京。

薛柯大難不死，不僅官復原職，拿回所有家產，還在聖上面前露臉，領了賞之外，更得了個「義勇」的名聲，沒兩年官路就通了，一直升到四品翰林院掌院學士。薛柯只有薛雲濤一個兒子，薛雲濤自己也很爭氣，丙寅年時考中了解元，一年後又中進士，順當地入了六部觀政，做觀政進士，再進翰林院任編修。這麼繞了一圈後，倒是和與他同科的狀元平起平坐，身分水漲船高，又有薛柯從旁提攜，薛雲濤在官場上還算順利，幾年後升為侍講學士，平日裡能出入宮中，與翰林學士一同給皇子們講學。

如今薛家次房所在的燕子巷祖宅被修葺得煥然一新，去除了陳腐之氣，薛雲濤和盧氏成親後，薛柯就把這宅子給了他們，自己搬去聖上賞在朱雀街的宅子。雖說是只有三進的小宅，不能和燕子巷的大宅子比，但薛柯覺得夠住了，畢竟再小也是聖上的恩澤，朱雀街寸土寸金，他一個四品官能得一座小宅，已經是相當有臉面了。

朱雀街的薛家坐落在東面，而歡喜巷的薛家在西邊，於是朱雀街的宅子在薛家人口中是東府，歡喜巷那頭的就叫西府。原本燕子巷的薛家才是正經東府，不過那老宅已經給了薛雲濤，且朱雀街那裡是御賜宅邸，對薛家來說自然更加榮耀，因此才這樣定了稱號。

這回盧氏過世，喪事在燕子巷辦，來往的都是薛柯與薛雲濤的朋友，人倒也不少。薛雲濤在這方面毫不吝嗇，給盧氏做足了排場，一百零八個唸往生咒的僧人要在東側院內連續唸七七四十九天，盧氏的棺木則在家中停放二十一天，過三七之後才出殯，入土為安。

薛宸回想前世母親過世時的情況，好像也是折騰了好久，只不過那時她依賴桐娘，因為一靠近靈堂，腐屍的氣味實在難聞，雖然知道棺木中是疼愛她的母親，可桐娘說那畢竟是個死人，她聽了桐娘的話，一直躲在內間不敢出來。沒想到，上一世就因為這個，讓她錯失重新認識父親的機會。

可是那之後呢，薛雲濤難道沒再管過她嗎？薛宸努力回想，才猛然憶起，薛雲濤似乎問過她要不要搬去他的院子裡，是桐娘說了很多女大避父的話，讓她對薛雲濤說出「不用爹爹照顧，女兒有桐嬤嬤和平嬤嬤照顧就夠了」的話來。薛雲濤聽後沒說什麼，只是過幾天便搬出了燕子巷，去翰林院的舍人居，一住就是小半年。

而她身邊一直是桐娘和平娘在看顧著，桐娘替她管著母親留下來的嫁妝，平娘照料她的生活。一年期滿，父親就把徐素娥迎進門，徐素娥成了她的繼母，薛婉則成了她的妹妹。

第三章

處理好盧氏的喪事，薛宸回到了從前居住的青雀居。陌生又熟悉的陳設，讓她站在門口，不敢進去。

平娘抱著漿洗乾淨的帳幔走過來，見她不進屋，便在後面說道：「小姐，這裡風大，快進去吧。」

薛宸扶著門框，看了平娘一眼，然後點點頭，抬腳跨過門檻，走入這個她住了十多年、卻花了二十多年來想念的地方。

進門是一座綠地粉彩螺鈿白芍花的大插屏，繞過後，入眼便是玲瓏雕花窗，窗前擱著兩盆白底粉彩夕霧花，用蘭草白瓷罐養著。薛宸不愛牡丹嬌豔、不愛玉蘭芳香，唯獨對與其他花草相比注定淪為背景的夕霧花很是喜歡。窗下擺了兩張黃花梨木的椅子、一張茶桌，桌上放置官造青花纏枝紋茶具。

再往後是書桌，看紋路與窗下的兩張椅子出自同種木材，桌面收拾得十分整潔乾淨，放著一套狼毫，桌角有筆洗，書桌後是一張不大不小的交椅，椅後是蜂窩狀的雕花木頭架，上頭擺放著薛宸喜歡的小物件與書本。小書房左側有道半圓拱門，門上垂下顆顆米粒大小的珍珠簾子，密得像是水簾般，抬手一掀，就發出清脆的撞擊聲。

珠簾後面，便是薛宸的閨房，映入眼簾的是紫檀木鑲金嵌玉雙面蜀繡屏風，顏色鮮亮、針腳細密，一看便知出自大師之手。這屏風薛宸有印象，卻想不起是哪位大師的手筆了。屏風後頭是大張的紅木雕刻麻姑拜壽千工拔步床，做工相當精緻，每一處雕鏤都活靈活現，饒是薛宸後來嫁入了長安侯府，也沒再睡過這樣做工精良的床。床鋪左側臨窗處擺放著紅木梳妝檯，大大的銅鏡中，正映著一個身穿石青色素面織錦褙子、衣襟前別著一塊白布的女孩。

薛宸不由自主走到梳妝檯前坐下，看著鏡中小了二十幾歲的自己。精緻的眉眼已初現清麗雛形，鵝蛋臉，眉似新月，明眸善睞，亮若星辰，鼻如懸膽，粉面桃腮，唇不點而朱，配著已長到腰間的雲絲，坐在那裡如水月觀音般，蓮華自生。薛宸知道這張臉今後會生得多麼美貌，可是這美貌帶給她的，究竟是幸運，還是不幸呢？

與她相比，薛婉的容貌就很好，美得不那麼張揚，恰到好處的清純甜美，笑起來兩頰上有一對深深的酒窩。想起她初來家中時，對自己一口一個姊姊的叫，依賴又乖巧，卻和她的母親一樣，口蜜腹劍。誰能想到這樣一對對外宣稱把她當作親生女兒和親姊姊的母女，在藉著她融入薛家後就反目無情，對她多番陷害，一步步蠶食這個家，讓她這正牌嫡長女沒有立足之地，草草選擇了宋安堂那個虛有其表的男人。

想起宋安堂，薛宸少有地嘆了口氣。嫁入他家那年，如果郁氏不急著給她立規矩，一跪就是一整天，讓她在不知情的情況下小產，她和宋安堂最少該有兩個孩子了。可她第一回小產之後，郁氏不僅沒有反省自己，反說她命中帶衰，又讓宋安堂的兩個姊姊回來說她，恨不得要她當場賠給他們宋家一個孩兒才好。

宋安堂是個耳根子軟的，聽了他母親和姊姊的話，小產沒滿一個月，就拚了命地折騰薛宸，終於又讓她懷上。那時郁氏主持的宋家開始難以為繼，她乾脆抽空了府裡的家財，把已成空架子的侯府中饋塞到薛宸手中。薛宸沒日沒夜地清算奔走，查到虧空去找郁氏，郁氏卻兩手一攤，一句「我不知道，妳當的家」便推了回來。身子原本就沒養好，胎象又不穩，再加上連日勞累，薛宸的第二胎也沒能保住，還徹底弄壞了身體，再難有孕。

郁氏要宋安堂休了她，又捨不得她的嫁妝錢財，只好忍著，回頭給宋安堂安排了幾個妾侍，想噁心噁心薛宸，但薛宸手段更加高明，把那些妾侍治得服服帖帖，只認她這個主母。郁氏無奈，只得放棄。至此，薛宸才真正掌握了長安侯府，以一己女子之力，撐起了侯府的十年興榮。

不知她死去之後，長安侯府變成什麼樣了？當時她知道自己沒剩多少日子，就將手裡的店鋪、莊子全數變賣，將銀錢充入府庫，造成府庫充盈的假象。其實只有她自己知道，長安侯府那樣毫無收斂的排場開銷，郁氏慾壑難填，恨不得過比擬皇太后般奢侈的生活；而宋安堂天真無知，以為所有錢財都是天上掉下來的，就算她留下的是金山銀山，也斷不夠他們撐半年。到時候，沒有店鋪、莊子這些日常進項，被她養得金尊玉貴的宋家人又該以何維生？

桐娘穿著素色緞面比甲，領著兩個十一、二歲的小丫鬟來到薛宸面前，親熱地對薛宸屈膝行禮，圓臉上滿是笑容。這樣的笑容，從前會讓薛宸覺得親切，可現在見了，卻是有些討厭。

「小姐，這是新來的兩個丫鬟，一個叫水繡、一個叫水清，這名兒可是有來歷的，她們……」

桐娘的話還沒說完，薛宸便打斷她，淡淡地問：「我原來的丫鬟呢？」

雖然薛宸記不起原本在她身邊伺候的丫鬟是誰，但桐娘既然帶了新丫鬟過來，那就說明，這兩個丫鬟並不是慣於伺候她的。桐娘為什麼要換了她身邊的丫鬟？

桐娘臉色一僵，隨即反應過來，說道：「哦，小姐是問衾鳳和枕鴛啊，她們……說了不怕小姐氣惱，這兩個吃裡扒外的丫頭，趁著小姐在前院伺候夫人西去，居然起了野心，偷了小姐妝匣裡的首飾，被人當場抓住，現在正要打板子。這兩個丫頭仗著會些拳腳，竟敢反抗，這樣的人可不能再留下伺候小姐，打完板子，拉出去賣了便是。來，水繡、水清，妳們來給小姐磕頭，說說自家……」

桐娘接下來的話，薛宸就沒怎麼聽了。是了，從前伺候她的丫鬟，正是衾鳳和枕鴛，兩人從小伺候她，名字還是她跟著夫子讀了幾天書以後，替她們取的。衾鳳同鳳衾，是指繡著鳳的被子；而枕鴛同鴛枕，指繡鴛鴦的枕頭，說是要這兩個丫頭和她親得如同枕頭被子一般。

可這樣的兩個丫頭，上一世竟然被桐娘輕易換掉，可見她在喪母的這段日子裡，有多依賴桐娘了。

兩個小丫頭還跪在地上，連她們家雞窩裡的雞前天生了幾個雞蛋都在跟薛宸細說，薛宸卻猛地站了起來，嚇了兩個小丫頭一跳。桐娘正聽得有趣，見薛宸站起來，趕緊對兩個小丫頭使眼色，讓她們跟上。

桐娘在旁問道：「小姐這是去哪兒？這兩個丫頭說得可有趣了，奴婢記得小姐就愛聽這些農家的事，覺得新鮮……」

「帶我去看看那兩個偷了東西的丫頭。」

薛宸今天第二次打斷桐娘的話，小小的身子已經透出了足夠的威勢，挺直的背脊、微收的下顎，在門邊光影中，就像隻傲然水面的天鵝，貴氣得叫人不敢直視。這種貴氣與年齡和身量無關，是由骨子裡透出來的。桐娘不禁在心中暗自驚訝，小姐什麼時候竟然這麼有氣勢了。

薛宸說完，不等桐娘反應，兀自走出房間，憑著記憶往舍人所走去。一般府裡都會設舍人所和回事處，舍人所是專門管理府中人員的地方，衾鳳和枕鴛既然是偷了主家東西的罪婢，只要還沒出府，那應該還在舍人所的省室裡。

桐娘跟在薛宸後頭，略微小跑了兩步，薛宸在長安侯府練出來的快走步伐，由於腿短的限制，沒能完全發揮，沒幾步便給桐娘追上了，攔在薛宸面前，笑著說道：「我的好小姐，您這是幹什麼呀！舍人所是什麼地方？都是些下人，哪裡是您這樣嬌貴的千金小姐去的？」

桐娘說完，打算伸手把薛宸拉回來，可對上薛宸似笑非笑、透著睿智冷漠的目光時，卻不由自主把手縮了回去。見身後的兩個丫鬟正在看她，覺得顏面有些受損，於是補充道：「太太臨走前，把小姐託付給奴婢，奴婢就要擔起這個責任，不能讓那些骯髒人衝撞了小姐。太太還說……」

「行了。」薛宸第三次打斷桐娘的話，目光中透著一股超越年齡的堅定，破天荒地對桐娘勾起唇。微笑的薛宸，簡直耀眼如晨曦，桐娘不禁看得有些呆，反應慢了兩步，聽薛宸說道：「無妨，我就是想去看看那兩個吃裡扒外的丫頭，她們偷了我的東西，總要讓我出口氣不是？太太不會怪妳的。走吧。」

等桐娘反應過來時，薛宸已經向前走了好幾步，絲毫沒有等她的意思，便一拍大腿，急忙追了上去。

「哎喲，我的小姑奶奶，您這是做什麼去喲！」

不顧桐娘的阻攔，薛宸很快找到了舍人所。舍人所的總管聽說大小姐親自來了，趕緊收起煙袋子別在腰上，一瘸一拐地跑出來。

他來到薛宸面前，先是看看站在她身後的桐娘，薛宸微微轉頭，眼角餘光看見桐娘正在和他使眼色。

使過了眼色，總管才湊上前對薛宸行禮。「小姐大駕光臨，不知所為何事？」

薛宸沒有立刻回答，而是勾著唇角，像是好奇般，將舍人所前後環顧了一遍，待四周下人的目光全聚了過來，才端莊一笑，對總管說：「我來看看那兩個犯事的丫鬟。平日裡我待她們不薄，可她們竟然趁我不在時偷東西，怎麼說也要問一問的。」

總管又看了桐娘一眼，然後才笑著點頭。「這些事原不該勞煩小姐過問，但小姐既然來了，要見那兩個賤婢，我叫人領來便是。小姐請裡面坐。」

薛宸沒有回答，而是轉頭看了看桐娘，道：「不了，這兒挺好。桐嬤嬤，妳去給我搬張椅子來，我就坐這兒。」

桐娘愣了愣，心裡冒出了不少怒氣。她身為太太院裡的管事媳婦，就是太太生前也對她客客氣氣，從沒有將她當作奴婢使喚，小姐平日裡對她也十分敬重，怎地今日就這樣了？

「小姐，坐這兒不好吧。還是進……」

薛宸第四次打斷了桐娘的話。「不，這裡敞亮，就坐這裡。」

雖然心裡不滿，但桐娘知道，薛宸畢竟是小姐，自己犯不著和她一般見識，便回頭隨手點了個舍人所的下人，讓他去屋裡搬椅子出來。

薛宸似笑非笑地看著她，卻不說什麼，由水清和水繡扶著坐到了椅子上。

沒一會兒，總管領著兩個被五花大綁、堵了嘴的小丫鬟走過來。薛宸定睛看了兩眼，她記得衾鳳愛穿藍衣，左邊那個不住掙扎的丫鬟穿的正是藍衣；旁邊那個死死瞪住總管的大眼睛、大臉盤子小姑娘，應該就是枕鴛。見她們雖然被綁著，但身上好好的，薛宸才放下心來。

「小姐，這兩個吃裡扒外的丫鬟帶來了。您看是要打板子，還是抽鞭子？」

總管其實也沒把薛宸當一回事，雖說是府裡的正經小姐，可畢竟才十一歲，生得又是那副文文弱弱的嬌美模樣，聲音大些，估計就能嚇得她發抖了，能主什麼事？太太若還在也罷了，如今太太不在了，小姐還不是事事得聽她身後管事嬤嬤的？現在要看這兩個丫鬟，只怕是覺得好奇。不過處置兩個丫鬟，從前主母在時，也沒有插手過問的；如今主母去了，留下個小姐，又能如何？

那水清和水繡是桐娘夫家的姪女和外甥女，一對表姊妹，早託了桐娘想進府裡謀個清閒差事。小姐身邊的貼身丫鬟可矜貴了，當副小姐似的，多少人眼紅都去不了。小姐原來身邊有人，那有什麼？弄下來就是，反正平日裡太太和小姐都聽桐娘的。不過兩個丫鬟，辦也就辦了，沒主子撐腰的小丫鬟，在這府裡還不是任人拿捏？到時候賣出去，又賺一筆，多好的買賣。

但要賣的話，皮肉有傷就不值錢了，總管本著保全貨物的心思，上前對薛宸說道：「小姐，要不還是打板子吧，隨便打兩下，讓她們長長記性就是了。」

桐娘哪裡不知道總管的想法，想著賣他個順水人情，便跟著附和。「是啊，這兩個丫鬟雖然可惡，好歹伺候過小姐一場，隨便教訓兩下賣出去得了，讓人家看看咱們小姐有多心慈。」

薛宸坐在椅子上，嘴角不由上翹，對衾鳳和枕鴛招了招手，立刻有人上前把她們壓得跪在薛宸面前。薛宸也不命人抽了她們嘴裡的東西，而是又看旁邊的總管一眼，說道：「她們偷的東西呢？讓我瞧瞧。」

總管聽了，看向桐娘，只見桐娘從袖中掏出一對釵子和手鐲，呈到薛宸面前。「東西被奴婢拿回去了，還沒來得及呈交小姐，就是這些。」

薛宸只掃了一眼，便轉過目光，衾鳳和枕鴛不住搖頭，喉嚨裡發出嗚嗚嗚的聲響。

薛宸的臉色變了變，桐娘懷裡放著她房裡的東西，這賊到底是誰？還是說，她房裡的東西，丫鬟不能隨意動，但桐娘就可以？

總管見桐娘拿出東西，上前就給了衾鳳和枕鴛兩個大耳刮子，嘴裡罵道：「讓妳們兩個泥溝裡爬出來的蛐蛐兒手腳不乾淨！我打死妳們！」

他作勢還要打，薛宸卻攔住了，平靜地說：「不用打了，這兩樣東西是我送給她們的，哪裡是她們偷的了？桐嬤嬤，是誰說看見她們偷東西？我看那個才是賊吧。妳把她的名字說出來，我來打發她，別讓人家以為我院裡的管事嬤嬤好糊弄，什麼賊盆子都往咱們院裡扣。」

「……」

薛宸這番話，連消帶打，打得桐娘目瞪口呆，她冤枉衾鳳和枕鴛也是隨口說說的，還沒仔細到連告狀的人都準備好，臉上露出一抹不自然的笑。「小姐說的什麼話？這、這東西怎麼會是小姐送給她們的？明明……」

薛宸第五次打斷桐娘的話，理智地反問。「桐嬤嬤的話真奇怪，這些東西不是我房裡的嗎？」

桐娘一愣，然後點頭。「自然是小姐房裡的。」

「那就是了。我房裡的東西，自然是我的，我願意送給誰不成？我說是送的，那便是送的。」

桐娘的表情徹底冷下去了，捏著袖子裡的釵子和手鐲，臉色青一陣、紅一陣。這些東西的確是她從小姐房裡拿出來的，準備給娘家那些窮親戚開開眼，是聽小姐要看贓物，她怕總管沒準備，這才拿了出來，心裡想著，就算給小姐看見了，這些東西不過是緩兩天拿回家去，沒什麼打緊。小姐才多大，哪裡會懂這些彎彎繞繞，隨便糊弄一下就過去了。

可小姐突然話鋒一轉，替那兩個丫頭兜了，眼看著是要保下她們，桐娘如何能答應？夫家姑嫂的錢她已經收了，水清和水繡也安排進來，哪能這樣被那兩個丫頭給踢了？當即上前一步，開口道：「小姐可不能這樣！奴婢知道小姐對那兩個丫頭有感情，可做錯事就是做錯事，小姐若是包庇，不分是非黑白，太太在九泉之下也不會瞑目的。快些跟奴婢回去，這哪裡是正經小姐該來的地方？」說著就要去拉薛宸的胳膊。

薛宸眼神凌厲地掃過桐娘，清脆的聲音響起。

「混帳！妳是什麼東西，敢來教訓本小姐？平日裡喊妳一聲嬤嬤，那是給妳臉面，還真以為妳是我的嬤嬤了？我說東西是我送給衾鳳和枕鴛的，自然就是送的，用得著妳來說三道四？太太是去了，可太太去了，難道我的東西就變成妳的不成？這裡是薛家，我是薛家大小姐，用不著妳來說我正經不正經。薛家的地方我哪裡不能去？又是妳一個正經奴婢該來管的嗎？」

薛宸雖然年紀小，可說出來的話卻是句句誅心。她坐在椅子上，挺直了背脊，身形美妙得像隻驕傲的天鵝，雖然人小個子小，說起話來的樣子竟像管家多年的當家主母般，底氣十足、氣勢十足。陽光下，那張嬌豔欲滴的臉龐似乎鍍上了一層閃閃的金光，叫人不敢直視。薛宸的眼神銳利，不過環顧一圈，目光居然像是把所有人從頭到腳看了個遍，警告意味甚濃，叫那些原本等著看好戲、對這個正牌大小姐抱有輕蔑態度的人心中不禁為之一震，再不敢小覷。

桐娘更是臉色灰白，長久被人捧慣的她被個十一歲的小姑娘當眾指著鼻子罵，也氣急了，生怕在這裡丟了臉面，身後還站著她姑嫂家的閨女，若這事被她們傳回家裡，那她今後還怎麼在那些窮親戚面前耀武揚威？心裡一急，手便揚了起來，幸好還有些理智，沒敢真的對薛宸打下去。

見四周有人開始對她指指點點，桐娘只好放下手，對薛宸沈聲說道：「小姐，奴婢雖然是奴婢，可太太生前是將小姐交給奴婢照料的。小姐的言行舉止太不像話，奴婢不過是良言相勸，小姐不僅不聽，還一意孤行，留下這兩個偷東西的賤婢，將來她們要是把小姐的家當全搬空了，奴婢哪來的臉面去九泉之下見太太。這兩個丫頭，絕對不能留。」

桐娘是鐵了心要把衾鳳和枕鴛從薛宸身邊換掉，又在氣頭上，說話便直了，三句不離太太，想用太太壓住大小姐，這是拿故去的太太當槍使呢。

眾人心中門兒清，又看向那個不鳴則已，一鳴驚人的大小姐，想看看她怎麼應對桐娘，還能說出多少打桐娘臉面的話來，最好是兩人打起來。看熱鬧嘛，哪裡還會嫌鬧得太大呢？

不過，薛宸這回倒是沒有如眾人所願，原本冷著的臉突然一動，嘴角彎起來，收起剛才如刀鋒般銳利的氣勢，整個人又變成似嬌豔欲滴的花朵兒般純美可愛，對桐娘輕聲道：「桐嬤嬤，剛才我的話說得重了些，妳別放在心上，我給妳賠不是還不行嗎？那東西真是我送給衾鳳和枕鴛的，妳就算不信那兩個丫頭，也該信我才是，妳不相信我，多讓我傷心啊！我看這樣好了，水清和水繡會說好些鄉間的新鮮話兒，我也愛聽，讓她們留在我外房裡伺候吧。平日裡都是衾鳳和枕鴛伺候我的，要是換了人，我肯定不習慣，讓她們回來內房伺候。我保證，今後不再亂送東西給她們了，好不好？」

這算是給臺階妥協了，到底還認桐娘是她的管事嬤嬤。桐娘雖然心裡還有氣，但知道不宜再鬧下去，若真鬧到老爺那裡，自己肯定占不了便宜。如今小姐肯放軟向她賠罪，她再端著架子也不像樣；更何況，小姐也認下了水清和水繡，就算是外房伺候，有自己在院子裡照應著，也用不著幹什麼粗活。

桐娘冷著眼瞥了還被壓跪在地上的衾鳳和枕鴛，努了努嘴，鬆口點頭道：「既然小姐這麼說了，便這麼辦吧。只不過，奴婢還要說句踰距的話，小姐房裡的東西都是太太留給小姐的，萬不可隨意送給那些賤婢。」

薛宸沒有說話，只是暗自勾起冷笑，轉過身去，把跪著的衾鳳和枕鴛扶起來，讓人解開她們身上的繩索，領著她們回了青雀居。

第四章

薛宸回到青雀居。

青雀居不算大，但對一個未出閣的小姐來說，地方絕對是夠了，分前院、後院，薛宸住的主臥室在後院中。

桐娘藉口教水清、水繡規矩，把她倆領走了。薛宸本也沒打算留她們，就讓她去了，一副今天什麼都沒發生過的樣子。

她不聲不響領著衾鳳和枕鴛進了屋，既不說話，也不搭理她們，兀自去了小書房裡，站在書架前面，拿起一本被精緻花紙包好的書翻開看了看，原來是《小窗記》。若不是看見這個，薛宸還真的忘了，自己也曾經是個天真的少女，認為將來一定會得到一份特別美好的感情，就像是書中的才子佳人那般，男才女貌，情之所鍾。

孰料，生活卻給了她一記響亮又羞恥的耳光。

她靜靜地放下那本書，蔥白般纖嫩的指尖撫過新包上不久的花紙，唇邊露出一抹叫人看不出意味的淺笑。感情對上一世的她來說，是奢求不到的；而這一世，她打算從一開始，就不去奢求。

衾鳳和枕鴛被薛宸晾在旁邊好一會兒，終於忍不住抬頭看她，見小姐逕自做著自己的事，絲毫沒有理會她們的意思。兩人對視一眼，衾鳳咬了咬下唇，躊躇著向前走了一步，二話不說，先跪了下來。枕鴛見狀，也趕緊上前跪下。

薛宸沒有看她們，卻注意著她們的動作。

上一世，她身邊最得力的丫鬟，是她成親前從牙婆子手上買回來的新碧，因為她不放心徐素娥給她的人。事實上，徐素娥也不會給她什麼好人，無可奈何之下，她只好親自去挑。新碧讀過書，會算帳，是個小才女，家道中落才輾轉被賣，跟她嫁入長安侯府做了陪房。新碧無父無母，在長安侯府能依傍的只有她這個主母，所以辦事十分用心，人也忠誠。只可惜，這一世她回來了，新碧不在了，只得重新挑近身伺候的丫鬟。

雖然衾鳳和枕鴛從小伺候她，但那畢竟是小時候的事，上一世的記憶很模糊，所以她判斷不出她們的品行與行事。可她此時身邊無人，最好培養的就是這兩個，只要不是吃裡扒外的主，她還是願意用她們的。

如今看來，兩個丫頭還不算太蠢，至少沒有一回來就哭訴告狀，說明她們做事有些擔當；沒有回來就感激涕零表忠心，說明並不是流於表面沒城府之人；直接跪下，說明她們知道自己錯在哪裡。

於是薛宸回頭了，卻依舊沒有說話，而是目光平淡地看著一身藍衣的衾鳳。

衾鳳只覺後背寒涼一片，這三人中，明明她的年紀最大，可是在面對年紀最小的小姐時，感覺竟像是頭頂懸了一柄鋒利的刀，讓她絲毫不敢怠慢，斟酌一番詞句後，道：「奴婢們知道錯了，給小姐添了大麻煩。是桐嬤嬤帶人直接把我們抓到舍人所去的，我和枕鴛會拳腳，打傷了其中兩個人，但他們人多，我們實在打不過，就被抓了。」

說話有條有理、思緒清楚，絲毫沒有辯解，簡單把當時的情況說了出來。薛宸暗自點頭，然後才用清脆如黃鶯出谷的聲音道：「知道桐嬤嬤為什麼要抓妳們嗎？」

衾鳳沈默，不是不知道，而是有些事不知當說不當說。枕鴛爽利多了，雖然神情也是怯生生的，但該說的話都能說清楚。

「是桐嬤嬤想給小姐另外找兩個服侍的丫鬟。小姐的內室貼身丫鬟是一等，每月三百錢；外室丫鬟二等，五十錢。之前桐嬤嬤說我們年紀小，要我們把月錢寄放在她那裡，我和衾鳳沒答應，她就想著換了我們吧。」

薛宸停下翻書的動作，眼皮子微微抬了抬，然後才放下手裡的書，走到衾鳳和枕鴛身前，對她們揚手，讓她們起來。

兩人起來之後便肅立著，一點不敢怠慢。薛宸見她們進退有度，比一般丫鬟都要懂事，不禁問道：「妳們都是從小伺候我的，我卻沒問過妳們的來歷。記得好像是我五歲時，太太帶妳們進府的，對不對？」

衾鳳點頭，看著眼前有點不一樣的小姐，片刻猶豫後，答道：「小姐記得沒錯，我和枕鴛都是太太領進府裡的，小時候受過盧老夫人的恩惠，在盧家長到八歲，才被太太帶進府裡伺候小姐。枕鴛比我小一歲。」

這麼說，衾鳳今年十四了，枕鴛十三。一般伺候小姐的丫鬟，自然要長幾歲的，這個年齡很合理。而她們之所以被教養成這樣，原來最大的功臣是盧家。

她們說的盧老夫人就是盧氏的母親、薛宸的外祖母。薛家在娶了盧氏之後，不願與盧家這樣的商賈之家多來往，因此盧家與薛家並不親厚，薛宸對外祖母沒什麼印象，只依稀記得小時候母親經常哭著回娘家，有時也帶她一起回去，可住兩天後，外祖母就親自把母親送回來了。那時她年紀小，哪裡懂這些事，只知道去了外祖母家，外祖母總是由著她玩，想吃什麼都能得到滿足，可惜住不長。現在想來，定是盧家怕自己的商戶身分拖累母親，才忍氣吞聲，把和父親吵架的母親送回來。

一個女人的一生有多苦，薛宸深有體會，嘆了口氣後，才淡定地一邊踱著步子一邊說道：「有些話，我原是不想和妳們說的，如今太太去了，院子裡沒有主事的主母，我年紀小，有很多事接觸不到，但誰是好的、誰是壞的，還能分得清。妳們倆也看到了，太太的七七還沒過，就有人想把妳們從我身邊除去，這回若不是我察覺得早，真讓妳們被賣出去就糟了。所以，今後咱們只能一條心，有什麼事，妳們儘管來稟我。可明白我的意思了？」

薛宸說話的速度不緊不慢，聲音溫柔如水，但態度卻是令人不容置疑的。

衾鳳已經十四歲，知道一場大的變故會讓一個人改變性情，從前她伺候小姐，只覺得小姐不諳世事、天真無邪，那是太太寵出來的。如今太太歿了，小姐知道，自己不能再像從前那樣什麼都不懂了。

小姐對她們說這些，就是正式收了她們的意思。雖然她們年紀比小姐大，但身分是丫鬟，關鍵時候，的確只有小姐能保住她們。作為回報，她們得和小姐站在一條線上，對付那些想趁著太太去世拿捏小姐的人，比如桐娘。

儘管不知道小姐要她們做什麼，但衾鳳和枕鴛不擔心，自從被太太領進門的那天起，她們就注定了要伺候小姐，只有小姐好了，她們才會好；相反的，如果小姐不好了，她們這兩個沒有任何背景的丫鬟，才是真的沒有活路。這些道理，衾鳳和枕鴛能想得明白，不用薛宸吩咐，她們也會這麼做。

薛宸交給衾鳳和枕鴛的第一個任務，就是要她們去打聽桐娘的家裡人。

上一世直到出嫁前，薛宸沒有懷疑過桐娘，因為她是母親留下的管事媳婦，很多事都仰仗她。可重生一世，薛宸多了幾十年的閱歷，看人的角度不一樣，自不能同日而語。桐娘的很多做法，已經觸了她的逆鱗，這樣的人留下來，一定會是禍害。上一世在她成親之後，桐娘就稱病回鄉下，沒多久便病死了，現在想來，這件事似乎也透著玄奇。

衾鳳和枕鴛不負所望，很快打聽出了桐娘家的情況。

桐娘是盧氏的陪房，跟著嫁進薛家，後來盧氏見她年紀到了，將她配了人，她當家的叫王貴，在朱雀街那裡當差，是回事處的二管家，可見盧氏對桐娘還是很好的。與她相比，一起入府伺候的平娘就沒那麼好運，只配了薛雲濤院裡門房的班頭。桐娘和王貴沒有孩子，在府外有一座宅子，是三進的。王貴是京郊人，家裡親戚大多來自京郊，沒聽說有什麼出息的。

「桐娘既然是管事媳婦，太太去了之後，又讓她做了我院裡的管事嬤嬤，那她的月錢是多少？王貴的月錢又是多少？」

衾鳳和枕鴛聽了，面面相覷，她們只打聽了桐娘家裡，還真不知道她和她當家的月例，不禁失了聲，暗罵自己辦事不周全。

薛宸倒不是故意刁難她們，事實上，她對她們能這麼快打聽到這些，已經感到很滿意，只是脫口問出這個問題，卻把兩個小丫頭給難住了。

薛宸知道，有關銀錢的事，不是兩個小丫頭隨便打聽就能知道的，想了想，對枕鴛道：「去把平嬤嬤喊來，說我衣服上劃了道口子，讓她來看看能不能織補。」

平娘和桐娘不同，向來管的是薛宸的日常生活，衣服壞了找她準沒錯。在薛宸剛嫁入長安侯府、最難熬的時候，就是平娘不離不棄守著她。薛宸對她有愧疚，直到她死也沒能回報。

枕鴛出去後，不一會兒就看見一邊放衣袖、一邊抿頭髮的平娘匆匆忙忙趕了過來。薛宸想起，從前每回見她，她都是忙忙碌碌的，雖然有丫鬟差遣，但平娘習慣把她貼身的事攬過去做，不假手她人。

平娘見了薛宸，忙上前屈膝行禮。這個禮，她一輩子沒有廢過，哪怕後來得了腿疾，蹲不下去，也會彎腰把禮給行了。

「平嬤嬤快別多禮，過來坐下吧。」薛宸上前親自扶起平娘，拉著她坐到床前的椅子上。

平娘如坐針氈，薛宸對她和善地笑笑，然後才用黃鸝般的聲音問道：「平嬤嬤，我問妳，妳與桐嬤嬤都是管事嬤嬤，妳們倆的月錢一樣多嗎？」對平娘，她並不想隱瞞，願意讓平娘多知道她的事。

平娘被枕鴛喊進來，就知道小姐是有事問她，不敢隱瞞，直接回答。「我的月錢沒有桐嬤嬤多，我一個月是五百錢，桐嬤嬤則有一兩。」

平娘的話，讓薛宸陷入了沈默。一兩的月錢，哪怕在王侯將相府邸中，也不算低了，照這麼說，其實桐娘手裡應該不缺錢，可她為什麼會連兩個小丫頭的月例都惦記呢？

平娘見薛宸不說話，眸子一動，想了想薛宸喊她進來問這話的原因，便試探著說：「桐嬤嬤的月例雖然多一些，但是開銷也大，她當家的不僅好酒還好賭，欠了一屁股債，就是金山銀山也不夠他輸的，所以桐嬤嬤的日子不大好過。再加上王貴家裡親戚多，大多沒什麼錢，經常來打秋風，一來二往，這銀子可不就不夠用了。」好像知道薛宸想問這個似的，在薛宸還沒想好怎麼問時，就把話全說了出來。

「……」

平娘的精明，讓薛宸徹底對她改觀了。上一世她對平娘的印象最多是不笨，可也不覺得她聽明睿智，現在聽她說這些，簡簡單單幾句話，便把薛宸想要的答案說出來。雖然表面看上去，平娘過得沒有桐娘好，但實際上卻比桐娘舒心。她還記得上一世平娘快病死時，她丈夫日夜守在她身邊，一直伺候到她死，一輩子就守著平娘一個女人。這是多少女人夢寐以求的福分，若不是平娘運氣太好，那就是她手段很高。

倒是叫她看走了眼，平娘竟是個大智若愚的。

有心再讓平娘多說點，薛宸繼續問道：「可她當家的這脾性也不是一天、兩天了，那桐嬤嬤家三進的小院子是怎麼來的？平嬤嬤在府裡的年分和桐嬤嬤差不多，不還住在府裡嗎？桐嬤嬤哪裡就有了那些錢？」

這是薛宸心裡真實的疑問。就算桐娘嫁給了朱雀街薛家回事處的二管家，可是在京城買一座三進的小院要多少錢，她心裡還是有數的，最少也要八、九百兩，而桐娘的月例是一兩，若沒有其他來源，要六十多年才能買。這件事很令人懷疑，不是桐娘有問題，就是那個王貴有問題。

平娘看著薛宸，覺得在小姐身上看見與以往不同的模樣，似乎一夜之間長大了許多，心中憐惜。「她的錢從哪裡來的，我也不知道。不過，我與小姐說句掏心窩的話，太太留下的嫁妝不少，若交給桐嬤嬤打理，只怕也不是萬全的。」

薛宸聽了，沒有說話，平靜地看著平娘，稚氣小臉純美得像是畫中的小仙子一樣。

平娘說完這句話後，便低著頭站了起來，對薛宸行禮。「外頭還有好些衣服沒洗完，小姐若是沒事，我就退下了。」

本來薛宸就是喊平娘過來問話的，不是真的有事讓她做，點點頭，看著平娘離去的背影，重重地呼出了一口氣。

平娘和她說的這句話，好像前世時也說過，就是那副神情、那副語調。可上一世的她對桐娘太過依賴，覺得她既然是母親安排替她管理嫁妝的人，由她管著也沒什麼。後來不幸的是，不知徐素娥對薛雲濤說了什麼，讓薛雲濤做主把盧氏的嫁妝交給她打理，說是等薛宸要嫁人時再歸還。可是，到薛宸真的出嫁時，徐素娥交出來的東西卻是差強人意的。

所以，薛宸一直以為，母親的嫁妝是徐素娥吞了。但如今想來，必定不是她一個人吞了才對……

薛宸沐浴完，換了身衣裳，散著頭髮走出淨房，看見衾鳳捧著兩套新裁的素色衣裳過來。衣裳沒有多餘的花色，看起來特別素雅，摺好的衣服上還放著一支白色的珍珠髮箍、一對珍珠耳墜。

看見薛宸，衾鳳對她說道：「小姐，這是田姨娘送來的衣裳，說是她自己做的。本來她要進來見小姐，我說小姐在沐浴，才沒進來，託我將衣服拿給您。」

田姨娘是薛雲濤的通房丫頭，後來盧氏懷孕才抬成姨娘，從小伺候薛雲濤，對盧氏也算恭敬。如今薛雲濤身邊，應該只有一個田姨娘，是個沒什麼城府卻敢說敢鬧的女人，盧氏做主母時性子和軟，她才沒能鬧起來。後來薛雲濤娶了徐素娥做續弦，田姨娘被整治得下場淒慘。接著，薛雲濤再納妾，就要到十年以後了。

薛宸看也沒看那衣裳一眼，對衾鳳說道：「收起來吧，讓廚房做一盤棗泥山藥糕和芙蓉餅給田姨娘送去，就說我謝謝她。」

這兩樣東西是盧氏愛吃的，薛宸不知道田姨娘喜歡吃什麼，乾脆這麼吩咐。

衾鳳領命去了，枕鴛過來告訴薛宸，說是薛雲濤回來了。盧氏出殯後，薛雲濤要按例去謝謝五服裡來幫忙的親眷，一家一家走過，以示誠心。

薛宸稍微梳理一番後，便急急走出青雀居，往主院去，還特意讓枕鴛端著一壺她親手泡的茶。

可走到主院，卻看見田姨娘這個除了請安、其他時候不經召喚不得進主院的人已經快她一步到了。薛宸進門時，她剛在內室幫薛雲濤換好衣裳，但兩人衣服齊整，不像是做過什麼的樣子。

田姨娘的年紀和薛雲濤一樣大，但生就年輕的臉，看來不過二十出頭的樣子，不勝嬌美，永遠一副很有精神的樣子。因為出身農戶，所以身上並無大家閨秀的雅氣，真要說的話，索利乾脆算是她的特色了。

田姨娘看見薛宸，趕忙迎上來，接過枕鴛手裡的茶，說道：「老爺剛向我問起小姐，小姐就來了，果然是父女連心。」

薛宸沒有說話，只是回她一記淺淡的微笑，像是一朵清雅小白蓮剛剛冒出了白嫩的尖角，叫人不由自主地想要呵護她，恨不得把世間所有好東西都捧到這個美麗小姑娘面前來。

薛雲濤連日奔忙，整個人瘦了兩圈，但看見女兒，心情還是好些的。「這些日子妳也累了，怎麼不好好在房裡歇著。」

薛宸噙著淡淡的笑，乖乖坐到薛雲濤身旁，由著田姨娘給他們倒茶，對薛雲濤說：「女兒不累，女兒和爹一樣扛得住。這是咱們能為娘親做的最後一點事情了。」

薛雲濤聽了，欣慰地點點頭。從前他一直覺得女兒被盧氏寵過了頭，都十一歲了，說話做事絲毫不知分寸，不是很討喜。可沒想到盧氏去了之後，這嬌寵大的小丫頭，竟能自己醒悟過來，像是一夜長大了般，叫人從心底裡生出憐惜。

薛宸來薛雲濤院子裡，也沒其他事情，就是來陪薛雲濤吃頓飯。父女倆話不多，加上盧氏亡故，心情總是沈重的，因此一頓飯吃下來，並沒有多少交集。饒是如此，薛宸仍然覺得很滿足。

吃過飯，薛雲濤還得出門走五服，田姨娘伺候完薛雲濤和薛宸，便識相地告退。薛宸正好也要走，田姨娘就說送她回青雀居。

兩人走著，田姨娘跟在薛宸身後，時不時打量這個由主母盧氏親自教養的小姐。盧家是商戶出身，在田姨娘心中，盧氏的出身比自己還不如呢，不過祖上修的好福氣，這輩子不用做什麼，就能嫁入詩書傳家的薛家做正妻，死了還能入薛家祠堂，有牌位。

可想而知，盧氏那樣的性子能教出什麼樣的小姐來，在田姨娘的印象中，薛宸被寵得沒有半點城府心計，旁人說什麼她都相信，好騙得很。

如今盧氏去了，她就是這個家裡唯一的女人，只要她把小姐籠絡好，老爺自然會看在眼裡。他當年能娶一個商戶之女為妻，想來是對妻子的出身不在意，若自己能趁這個機會被扶正……

這麼想著，田姨娘腳下走快了些，來到薛宸身旁，故意套近乎。「小姐可收到衣裳了？之前太太生病，沒人給小姐料理衣裳，我的針線活做得還算不錯，小姐穿著若是喜歡，我明兒再給小姐做。」

薛宸沒有立刻回答田姨娘，而是又與她一同走了幾步，才對她說：「府裡不是有繡娘嗎？哪裡就要姨娘動手了。」

田姨娘一愣，很快便反應過來，回道：「是。但姨娘做的是姨娘對小姐的一份心意，想著小姐沒了太太疼愛，不忍罷了。」

薛宸聽了，突然停下腳步，田姨娘差點反應不及，也急急停住，回頭看見薛宸正不帶半點表情，站在那裡看著她。

與田姨娘對視後，薛宸的唇瓣才微微輕啟道：「妳是不是以為我爹有一天會把妳扶正，讓妳做薛夫人？」

「……」田姨娘沒想到，原本以為好說話、不懂事的小姐會犀利地說出這句話來，一時愣住，不知道怎麼回答，半晌才抽著嘴角說：「小、小姐說的哪裡話，我自然沒有這個想法……」

薛宸打斷她。「沒有就好。太太雖然亡故了，但府裡是有規矩的，下回沒有人召妳，不用去主院了。我爹那兒有伺候的人。」

說完這句話，薛宸便帶著枕鴛，如先前那般，挺直了背脊，驕傲地自田姨娘面前離開，留下目瞪口呆的田姨娘看著薛宸離去的背影，久久回不了神。

「不識好歹的臭丫頭。和她娘一個死德行！我呸！」

田姨娘這些年在薛家過得很是順心，老爺不風流，主母好伺候，她雖是姨娘，但府裡從沒少過她的吃穿，主母在的時候，也對她相讓三分。如今薛宸不過是個失了嫡母的假小姐，竟敢在她面前耀武揚威。不讓她去主院？哈，整個府裡就她一個女人，老爺除了她，身邊還有誰服侍？這時候不去的人，才是真正的傻瓜！

於是，田姨娘扭著腰肢、撇著嘴，對著薛宸離去的方向甩了個白眼，哼哼唧唧地離開了。

第五章

回青雀居的路上，枕鴛沒忍住，問了薛宸。「小姐，您說田姨娘會聽話嗎？」

枕鴛比薛宸大兩歲，覺得薛宸剛才對田姨娘說的話根本不會奏效。田姨娘一定是想趁著太太歿了的這些日子，把老爺籠絡過去。再沒有比現在更好的時機了，不管小姐說什麼，田姨娘都不會放棄才對。

薛宸沒停下腳步，依舊飛快向前，雙手攏入袖中，嘴上卻沒耽擱，對枕鴛說道：「不聽話就罷了，原也沒指望她聽話。」

上一世田姨娘的下場有些慘，被徐素娥當場抓到與人通姦的證據，百口莫辯下，被打癱了發賣出去。買她的是青樓牙婆，帶回去之後，也不知遭了什麼罪，沒兩天就死了。

所以薛宸才想給田姨娘提個醒，稍微聰明點的女人，這時就不該去主院伺候老爺。薛雲濤並不好女色，從他婚後納妾的情況就能看出一二，且薛宸的爺爺薛柯是個很重規矩的人，薛雲濤是他親自教出來的，在這方面不能有缺失，所以，他不可能在這段日子和田姨娘胡來，即便做了什麼，田姨娘若想鬧出事，比如懷孕，也不會有好下場。她在薛雲濤心裡的地位，還不至於讓薛雲濤為了她和她肚裡的孩子去擔不好的名聲。

因此，薛宸一點都不擔心田姨娘去主院籠絡薛雲濤，相反的，她去不去，也和薛宸沒多大關係。她說那些話已是仁至義盡，田姨娘要想不明白，硬湊上去，最後得了什麼下場，就是她自找的了。

枕鴛還想再問，卻聽薛宸話鋒突然一轉。「六月裡是東府老太爺的壽辰，娘親剛去，咱們府上不宜出席，準備東西送給老太爺做賀禮便成了。妳把桐嬤嬤喊來，叫她帶上我娘的嫁妝單子，去耳房找我。」

枕鴛先把薛宸安全送到青雀居內，薛宸又交代了幾句，枕鴛才領命去找桐娘。

桐娘正在回事處說話，枕鴛把薛宸的意思告訴桐娘後，桐娘的眉頭蹙了起來，對枕鴛的口氣十分不好。「小姐怎麼會突然要看太太的嫁妝單子？定是妳們這些伺候的丫鬟多嘴了是不是？」

枕鴛本來就和桐娘不和，上回若不是小姐相救，她和衾鳳肯定被賣出去了，心裡對桐娘恨極，原本想好好來傳話，最後竟然變成了兩人罵架。

枕鴛雖然年紀小，但罵架功夫絲毫不差，只聽她義正詞嚴地說：「桐嬤嬤嘴巴放乾淨些。我不過是來傳小姐的話，妳有什麼不滿儘管找小姐去，犯不著對我使妳的奴婢威風。」

上回薛宸在舍人所當眾說桐娘是奴婢，這件事已經在府裡傳開了，枕鴛現在說桐娘使的是奴婢威風，就有借著薛宸的話奚落她的意思了。

桐娘沒想到一個小丫頭片子也敢和她頂嘴，上前要抽她耳刮子，可枕鴛手底下是有些功夫的，哪是站在那裡被人拿捏的木頭樁子，眼光一閃，看準機會，乾脆自己把臉給迎上去，讓桐娘在她臉上打一巴掌。而作為回報，她扯著桐娘的手，一下把桐娘拉倒在地，兩人翻滾了兩圈後，桐娘才把纏著她不放的枕鴛給推到一邊。

枕鴛從地上爬起來，頭髮亂得跟雞窩似的，身上滿是泥土，臉上卻帶著勝利的笑，繼續趾高氣揚地譏諷道：「桐嬤嬤，妳還想動手教訓我？果然好大的奴婢威風啊！也不怕颳起的妖風太大，閃了妳的腰。我只是來帶個話，去不去的，妳請便吧。」

說完這麼一句刻薄的話，枕鴛轉身就走，不再戀戰。氣得桐娘鼻孔發歪，想發落這小蹄子，可還沒開口，人就跑了，在後面急得直跳腳，指著枕鴛離去的背影罵人。

枕鴛聽見幾句要不得的髒話，但她已經轉身，便只當沒聽見，痲溜地回去給薛宸覆命了。

「小姐，話已經傳到了，不過桐嬤嬤來不來，奴婢可不敢保證。」

薛宸見枕鴛大大的臉上似乎泌著汗，身上又亂糟糟的，便勾起了唇。

枕鴛發現小姐笑她，有些羞窘，將手裡一直捏著的東西放到薛宸手上，然後行禮告退，回房換衣服去了。

薛宸低頭看看手裡的東西，嘴角的笑容越發深了。

過了大概一個半時辰，桐娘才姍姍來遲，身上的髒衣裳也沒換，就那麼頂著滿身灰塵走進來，手裡捏著一本藍皮小冊子，看起來沒幾頁的樣子。

雖然她沒道理不聽小姐的吩咐，可沒規定不能有事耽擱啊！桐娘就等著薛宸和她發脾氣，這小姐的性子和她娘差不多，綿軟可欺也好騙。她把如何應答，然後怎麼告枕鴛的狀都想好了，今天非逼著小姐處置那丫頭不可，不然她也白做這個管事嬤嬤了。

桐娘進來時，看見薛宸站在窗臺前擺弄那兩盆夕霧花，用剪子把有些乾枯的葉子修剪乾淨。她敷衍地屈了屈膝，然後等著薛宸和她說話，可等了半晌，薛宸也沒轉身，只認真地侍弄花草。

桐娘心裡的氣真是不打一處來，丫頭已經那樣囂張，這主子原來還是個師父。她在府裡這麼些年，已經多久沒人敢在她面前這般拿喬了，就是太太也不敢。說來奇怪，太太剛死的時候，她在小姐耳邊說了許多怕人的話，那時小姐明明被嚇到了，畏畏縮縮跪在靈前，大氣都不敢出，怎麼一個轉身之後，就變了個人似的，難不成她用來嚇她的話，被棺材中的太太聽見，暗地裡做了什麼鬼……

一番胡思亂想後，桐娘覺得這麼乾等下去不是個事，於是走上前，對薛宸說：「小姐，您要的單子，奴婢給您拿來了。除了這事，奴婢還想和小姐說說您那丫鬟的事，她實在太不像話，她……」

薛宸聽見她說話，稍稍回頭，卻沒有看她，用食指在唇瓣間比了一下，意思是叫她噤聲。桐娘一肚子的話說不出來，硬生生又憋了回去，差點沒憋出內傷，以為小姐這回是要和她說話了，可傻站著又等了半晌，小姐還是沒動靜。

桐娘等得心浮氣躁起來，正要不顧一切地發飆，薛宸卻放下剪子，回過身來了。

「單子呢？」一開口就要單子，哪裡有給桐娘說話的機會。

桐娘臉上一黑，不情不願地將手裡的藍皮冊子遞給薛宸。薛宸取過冊子，便坐到一旁的太師椅上去翻看了。

桐娘心裡憋著氣，再不想用熱臉去貼冷屁股，乾脆木頭似的直挺挺站著，甩臉子的架勢足足的，像個炮仗般，只等人上來給她點個火，然後就能爆炸了。

她斜眼瞄著正似模似樣看冊子的薛宸，輕蔑地撇了撇嘴，一個小丫頭片子，還真以為自己看得懂。不是她小瞧，這丫頭是隨了她娘的真性兒，冊子上頭的字都未必認得全，更別說看懂了，不過是在她面前做做樣子罷了。

薛宸很快就把冊子翻完，合起來，手指在冊子封面上敲了兩下，然後才對桐娘遞去今日的第一眼。「這只是副冊，上頭記的是太太出嫁時的添妝。其他正本呢？為何不一併拿來？」

薛宸也不說破，只覺得好笑，這桐娘真以為她是個什麼都不懂的小丫頭，隨便拿一本添妝單子來糊弄。不過，若是從前的自己，只怕還真看不出來。

桐娘心裡大驚，她剛才來得急，只隨手拿了一本小冊子，她來是為了告枕鴛那臭丫頭的狀，哪是真給薛宸送嫁妝單子的。太太留下的那些東西，她既然管了，斷沒有輕易交出去的道理，不過是想來糊弄糊弄小姐，讓她把枕鴛那丫頭處置了才是正理。

可小姐一出口就道出這冊子的內容，倒叫她措手不及，以為小姐在詐她，便硬著頭皮說道：「嗯？小姐說什麼呢？太太的嫁妝都寫在冊子裡呢。不是您要看的嗎？還讓枕鴛丫頭去傳話，如今怎地又不要看了呢？」

薛宸盯著她，半晌沒說話，然後才端起旁邊的香茶喝了一口。「嬤嬤事情太多，一時忘了也是有的，我已經讓衾鳳和枕鴛拿著妳的對牌去庫房了。太太的嫁妝單子，管事嬤嬤那裡一份、庫房一份，妳就出了這個，待會兒我們看看庫房那裡會出幾本來。我倒要瞧瞧，你們出的本子是不是對得上，若是對上便罷了；若對不上，就是你們存了私心，想霸占主人家的財物。到時候去報官，讓官府來替我查查，到底是誰想瞞騙我？」

剛才枕鴛那一架可不是白打的，桐娘掛在腰上不離身的對牌讓她趁亂摸了回來，也是桐娘一心想整治枕鴛，來見她之前沒換衣服，不然就會發現對牌沒了。不過，就算她發現了，薛宸也不怕，到底她才是正經主子，要府裡的對牌，於情於理都說得過去。

薛宸對桐娘撂下這麼一番話後，桐娘才臉色大變，低頭看看自己的腰間，那個裝對牌的荷包果然不見了，暗恨自己大意，竟讓枕鴛那丫頭鑽了這麼大的空子。不過，她到底是經歷過風浪的，雖然丟了對牌，可自問在府中還算站得住腳，她就不信，小姐派兩個乳臭未乾的丫頭去庫房，庫房的人就肯交出夫人的嫁妝單子。到時候，幾個管事聯手發難，縱然是大小姐又怎麼樣？

但桐娘心裡還是有些沒底，色厲內荏道：「小姐這是什麼意思？」嘴角忍不住抽搐起來，卻還要拚命忍住，竭力讓自己的聲音聽起來很平靜。「府裡的對牌是太太臨終前交給奴婢掌管的，小姐使這樣的手段搶了去，不怕旁人說妳不敬太太嗎？」

薛宸小小的身子坐在太師椅中，像是一株清蓮般，脫俗得不沾塵埃，彎了彎嘴角，用最溫柔的聲音對桐娘說：「瞧桐嬤嬤說的，對牌是太太給妳的，難道我就拿不得了？對牌這東西，不過是主人家為了讓下人辦事方便些準備的，可有些奴婢偏偏看不懂，以為拿了對牌便有了管束主人家的權力。在這一點上，桐嬤嬤可能是會錯太太的意了。」

不得不說，薛宸這張好看如櫻桃的小嘴實在毒辣，一口一個「下人」、「奴婢」，絲毫不給管事嬤嬤面子，可她說的話又那麼底氣十足，叫人抓不著錯。桐娘雖然暗恨在心，卻不敢否認這些話。

薛宸自然也不覺得自己這段話有錯。所謂對牌，就像是虎符，天子頒虎符於將領，使將領可行天子令號令三軍，不過眾將士效忠的始終是天子，而非虎符。所以，在下者的確需要這件象徵身分的信物，但對於真正的天子而言，卻不是必須；沒有虎符，憑天子亦能調動三軍。

桐娘的臉色徹底冷了下來，就在這時，衾鳳和枕鴛回來了，在薛宸耳旁低聲說了幾句，薛宸便點了點頭。

桐娘站在她們面前，卻沒實實在在地聽清楚，只聽見衾鳳說了一句「在花廳等」什麼的，還想再聽，就見薛宸冷意森然的雙眸瞪了她一眼，便知她們說的定是庫房的管事已經被叫來了。可小姐為什麼不把他們喊進來和她對質？為什麼要搞得這樣神秘？

桐娘的兩隻手不由自主攥了攥，掌心似乎有些出汗，然後見薛宸從椅子上站起來，拂了拂根本不亂的衣袖，越過桐娘就往外頭走去。

桐娘這才驚覺事情不對，趕忙追上去，對著薛宸的背影大喊。「小姐、小姐！您這樣做不對！對牌是太太交給我的，您不能這麼奪了去！」

桐娘在薛宸身後叫囂，引來廊下不少婢女的注意。

薛宸突然停下了腳步，差點讓跟在身後的衾鳳和枕鴛撞上來。兩個婢子大呼驚險，今後在小姐後頭走路，也得耳聽八方才行。

桐娘是有心引來眾人注意，小姐用這麼卑鄙的手段搶了她的對牌，就不信她不怕旁人知道！

沒承想薛宸回頭走到了桐娘面前，沒等她反應過來，便在迴廊中朗聲道：「對牌是太太給妳的又如何？我搶了又如何？有本事，妳找太太說去，讓太太來找我！」

「……」

薛宸一句「讓太太來找我」實在霸氣，驚呆了在場所有人。說完這話，她的語氣緩和了些，繼續用不容置疑的口吻對桐娘說：「今後對牌就放我這裡，桐嬤嬤想用，來我這裡取。若下面的人只認對牌，不認嬤嬤，嬤嬤可以來告訴我，我直接攆了他們出去便是，定會替嬤嬷作主。」然後不再理會桐娘那像是吃了蒼蠅般的青綠臉色，轉過身，端莊又高貴地疾步穿越迴廊，往會客花廳走去。

而在薛宸當眾說了這麼多話以後，明天府裡的人就會知道，桐娘的對牌被大小姐收了，誰要是不聽大小姐使喚，等待他們的便是攆出府的命運。平日裡仰仗桐娘的人，現在得好好考慮考慮輕重了。

薛宸去了花廳，裡面空無一人，衾鳳和枕鴛小心地將門半掩起來，才進來對兀自給自己倒茶，又從衣袖裡拿出一本書，準備在這裡看書、姿態悠閒的薛宸道：「小姐，那兩個管事根本不信對牌是桐嬤嬤給我們的，要桐嬤嬤親自去才肯拿出單子。我就傳了小姐的話，讓他們到東府取一架連理枝的大插屏。他們雖然不高興，但沒敢真的逆了小姐的命令，已經出府去了。」

衾鳳向薛宸稟報先前做的事情，薛宸聽了沒有多餘反應，只點了點頭。

枕鴛在旁不懂地問。「小姐，既然他們不相信，要怎樣才能讓他們辦事呢？」

薛宸沒有立刻回答，而是先喝了一口茶，然後坐到花廳右側的雕鏤仙人拜壽楓木羅漢床上，用芙蓉花面的大迎枕墊著胳膊，找了個舒服位置，平靜地將書翻了一頁，才語調緩慢地說：「他們現在不信沒關係，總會相信的。待會兒，妳把我抄的那份單子拿去庫房，叫他們當場把那些東西送過來，並且告訴他們，這單子是桐嬤嬤給咱們的。」

上一世，薛宸整理了小半輩子，才把盧氏的嫁妝還原了七成。盧氏雖是商戶之女，但陪嫁卻是極其豐厚的，盧家覺得虧欠詩書傳家的薛家，但凡有什麼好東西，都讓盧氏拿到薛家來了。薛宸整理嫁妝後才發現這件事，所以對盧氏的嫁妝心裡有數。徐素娥就是靠著盧氏的嫁妝翻身，若沒有這些嫁妝，她也沒那麼大的底氣壓制薛宸。

如今薛宸向桐嬤嬤和庫房管事要盧氏的嫁妝單子，不過是想找個接管的理由。現在徐素娥還是被薛雲濤養在外面的外室，她一定要在她入府之前，把盧氏的嫁妝掌握到自己手裡，這樣就算徐素娥做了她繼母，沒那麼多錢打點，也再難控制她。

但是，不管桐娘還是庫房，他們都不會輕易把到手的肥肉讓出來，或者不會完完整整地讓出來。現在對他們來說，是多好的發財機會？主母過世、嫡女年幼，老爺從不管後宅的事情，龐大的嫁妝無人打理，不說全部吞下去，光是過過手，也能沾上不少油水，哪能說放棄就放棄呢？

薛宸算準了他們這種貪婪的心理，所以並沒有天真地以為只要拿了對牌，他們就會聽命於她。但沒關係，不聽她的話，她自有辦法叫他們窩裡鬥，這世上再沒有比看著狗咬狗更加痛快的事情了。

她先是把桐娘找到面前說一番話，然後讓她回去，又故意讓她聽見兩個管事在花廳等薛宸。她回去之後必定生疑，會去庫房找他們，但薛宸早早就把兩人打發去了東府，桐娘找不到人，便會相信他們是在薛宸的花廳裡。

等那兩個管事從東府回來，她就讓衾鳳拿著單子去找他們，要他們當場把東西拿出來，並言明那單子正是桐娘給的。

那單子上的內容是花了心思的。這些東西，其實連上一世的薛宸都未必見過，因為在徐素娥進門後沒多久，庫房管事就換了人，而徐素娥得到薛雲濤的許可，接管盧氏的嫁妝。後來薛宸做了長安侯夫人，從徐素娥那裡奪回不少東西，就是沒奪回的，也知道了去向，唯獨這份清單上的內容始終不曾被找出來。由此可見，徐素娥換掉當時的庫房管事時，這些東西已被他們私吞入囊，所以才怎麼找都找不到。

不管怎麼說，她寫的那份清單上，正是盧氏嫁妝中包含的內容，不怕他們懷疑真假。只要那兩個管事認定單子是真的，他們就會懷疑桐娘，而桐娘百口莫辯。她不會相信薛宸知道嫁妝裡的內容，如果不是有人告訴她的話……到時，她便會懷疑兩個管事惡人先告狀，故意栽贓她。兩方各執一詞，最後總會有薛宸出手的機會。

盧氏的豐厚嫁妝，就是這一世薛宸翻身的關鍵。她再也不要為了錢財奔波，而這一切本就應該屬於她！這一世，她不會再讓任何人染指她的東西！

第六章

兩個庫房管事好不容易從東府拖回那架兩人高的連理枝大插屏，心裡暗道大小姐太折騰，好端端放在東府的東西，非年非節的卻要拿回來。偏偏這東西又貴又重，價值堪比燕子巷薛家入門那影壁，若派等閒人去拿，出了事，把他們祖宗八代從祖墳裡挖出來都不夠賠的。

正是因為如此，他們倆才選擇「聽從」大小姐的吩咐，親自前往東府，免得這位大小姐借題發揮，說他們不將她放在眼裡。雖然他們本來也沒把這個十一歲的女娃娃看在眼裡，但至少不會留下把柄，落人口實。

因為插屏太大，不容易運回，所以耽擱了些工夫，兩人回來已是華燈初上、夜幕降臨之時了。

兩個管事還沒走到庫房，就遇見大小姐白天派來傳話的丫頭，於是招手讓她們過去，說道：「妳們去回大小姐，東西已經運回來了，太太斷七時要擺在哪裡用？」

薛宸讓他們去搬這大插屏的理由，就是想在太太斷七那天擺出來。這座大插屏是薛太夫人送給薛雲濤的娶親禮物，用料和做工皆十分名貴，是當時大師的得意作品，現在市面上千金難求。前幾年，東府姑奶奶出嫁時，薛太夫人親自來了府裡，向盧氏借回去，盧氏一直沒好意思去東府要回來，就一直擱在東府了。薛宸上一世曾在東府看見這插屏，問過緣由，所以才知道的。

衾鳳和枕鴛對視一眼，笑容滿面地迎上前，一邊給兩位年過半百的管事行禮、一邊甜笑應道：「是，奴婢們待會兒就回去稟告小姐。不過在那之前，還煩請兩位管事把這些東西從庫房裡拿出來。小姐說，六月裡東府老太爺過生辰，咱們府上有白事，不宜大張旗鼓出席，但她這個做孫女的總要送些拿得出手的東西才行。這單子上寫的都是小姐從太太嫁妝中挑出來的，桐嬤嬤也說這些東西合適，現在請兩位管事將東西取了，派人送到青雀居，小姐正等著選呢。」

吳管事接過衾鳳手裡的清單，草草掃了一眼，臉色就變了，將之交給旁邊的劉管事。劉管事見了，臉色也是大變。

衾鳳看看枕鴛，枕鴛接著說道：「兩位管事剛回來，也有些累了，要不先吃晚飯，吃完飯，再讓人把東西送到青雀居吧。我們先回小姐去了。」

吳管事喊住了兩個丫頭，面色凝重地舉著單子問道：「這單子，是桐嬤嬤給小姐的？」

衾鳳一身藍衣，一雙會說話的丹鳳眼微微彎了彎，笑著道：「可不就是桐嬤嬤給的，不然咱們哪知道嫁妝裡有些什麼呀。白日裡小姐叫我們來問兩位管事，管事們忙，就讓桐嬤嬤給了單子，也是千挑萬選，才挑出這些東西。」

吳管事和劉管事的臉色變得十分古怪，對視一眼後，低下頭不說話了。而衾鳳和枕鴛則趁著這個時候，轉身離開了庫房外院。

她們離開之後，兩個管事才討論道：「這個桐娘倒是會挑東西討好小姐，怎麼不把她拿走的那些讓小姐挑？如今倒把咱們架在火上烤了，哼！」

「她對咱們不仁，咱們也不必對她講義氣。她把我們的分捅給小姐知道，橫豎我們是吞不得了，既然如此，那她也別想有東西進帳。想黑吃黑，也要看她有沒有這個本事吃下去！」

原來，薛宸誤打誤撞，她想趁著這一世盧氏的嫁妝還十分完好、沒被人瓜分時，早早抓住，巧的是，她選擇的這些東西，正是兩個管事和桐娘商量好的瓜分品，說好等太太喪事一過，就想辦法轉移出府。可如今太太還沒斷七，桐娘就把他們賣給了大小姐，看來是想借大小姐的手剷除他們，然後自己獨吞太太的嫁妝。

這個女人的野心實在太大，如今只是商量著各拿一小份，她都見不得，轉臉便告訴小姐，今後這筆買賣估計是做不成了。原本他們三人之間就沒有多少信任，桐娘來這手，徹底把兩個管事給惹怒了，當即從庫房裡取出東西，一併拿著太太的嫁妝單子，往青雀居去了。

青雀居裡，衾鳳問薛宸要不要擺飯。這幾日薛雲濤都在走五服，早出晚歸，這個時候並不在府裡，薛宸的晚飯多是在青雀居裡用的。

不過，這時薛宸卻沒有讓衾鳳她們擺飯，而是說等一等再吃。果然話音沒落多久，外頭傳來庫房管事求見的消息。薛宸像是早做好了準備般，起身便往抱廈走去。

兩個管事見了薛宸，恨不得在抱廈裡就要跟薛宸交代，薛宸卻帶著他們去了花廳。一進去，兩個管事便走上前，對薛宸說：「小姐，白日裡您讓咱們把太太的嫁妝單子拿來，那時正好不得空，現在全送來了，請您過目。」

吳管事說完，劉管事便將捧在手裡的木製托盤放到薛宸手旁。托盤裡，疊著兩落一尺高的小冊子，看起來有幾個年頭，和先前桐娘拿來糊弄薛宸的藍皮冊子一個品相，應該就是盧氏的嫁妝單子正本了。

薛宸不會真的以為這兩個管事對盧氏的嫁妝死了心，才把嫁妝單子全交出來，定是想著後路的。他們不知桐娘告了多少密，若是拿少了，反而著了她的道，讓她抓住把柄，如今他們把太太的嫁妝單子全拿來，等小姐一一過目後，所有嫁妝不還得入庫，也算又回到了他們手裡。那時，他們平安揭過這一茬兒，沒了桐娘摻和，隨時隨地可以籌劃下一回的私藏轉移。

薛宸掃了一眼，心中即震驚了一下，從前只知道盧氏的嫁妝多，卻不知道有這麼多。看來，她上一世拚命撈回來的那些，根本不是七成，估計有五成都夠嗆。盧家嫁盧氏這個女兒，可真是下了血本，但嫁妝竟那樣給人無聲無息地瓜分了。

薛宸暗恨在心，表面上卻要維持平靜，對兩個管事揚起大大的微笑，甜得像是初熟的果實，天真中透著純美，一派小姑娘的嬌俏模樣，讓兩個管事的心稍稍平靜了些。

再怎麼樣，大小姐還只是個十一歲的小姑娘，能成什麼事？桐娘能糊弄得了她，他們的腦子難道比桐娘的還不如？

「兩位管事辛苦了。我就是覺著太太斷七那天總要個排場，想起東府裡有一座大插屏，聽太太說，那可是個寶貝，誰見了都得說好。只是想讓太太走得更加體面罷了，兩位管事可別嫌我小孩子多事。」

吳管事和劉管事連連搖手說不敢，見薛宸淡定自若地喝茶，卻是絕口不提桐娘告密的事，先前安下的心，不覺又鼓動起來。

薛宸平平靜靜地喝了幾口茶後，才訝然地看向兩位管事，用清脆聲音說道——

「嗯？兩位管事還有事嗎？」

吳管事和劉管事繃了起來，吳管事臉上露出圓滑的笑，試探地問薛宸。「呃……不知小姐還有什麼想問的沒有？」說著目光朝托盤中的清單瞥了一眼，暗示薛宸可以問問這方面的事。

孰料薛宸果斷地搖了搖頭。「哦，吳管事說的是這個呀！不用問你們了，桐嬤嬤晚上會過來跟我講解，估摸一會兒就到了，我有什麼看不懂的地方，只管問她便是。時候不早了，兩位管事還是快回去吧。」

吳管事聽到薛宸提起桐嬤嬤，臉色一變；一旁的劉管事露出為難的臉色，指了指桌上的名目，問道：「那這些……」

薛宸從容一笑，一副「我不做虧心事」的樣子，光明正大地搖頭，嘴角那彎微笑，簡直能把人甜得發膩。「這些放我這裡，兩位管事還不放心不成？桐嬤嬤對我可是很放心呢。」

「……」

正牌大小姐都這麼說了，兩個管事即便肚子裡還有話，也不知該怎麼說出來。東西是他們自己心甘情願拿過來的，原本想借這個功，抵一抵白天的過，跟小姐交代一番，再把東西帶回去。可是小姐根本不問他們，還言明要問桐娘。這些東西都是太太的，太太和老爺沒有其他孩子，說到底，現在已經算是大小姐的東西了，自己查看自己的東西，旁人自然沒有多嘴的權力。

兩人滿臉挫敗地對視一眼，不好留在這裡討薛宸的嫌，一咬牙，便告退了。

薛宸抬眼看著他們離去的背影，勾了勾唇，忽然聽見衾鳳在外頭報了一句。

「大小姐，桐嬤嬤求見。」

薛宸發現兩個管事的背脊明顯僵了僵，然後才用所有人都能聽到的聲音對衾鳳道：「快請桐嬤嬤去西次間裡，我和兩位管事說完了話，一會兒就過去。先上一壺八分熟的麥子茶，桐嬤嬤愛喝那個。」

這親疏程度，高下立現啊。

兩個管事灰頭土臉地一甩袖子，就往外頭走去，正好遇見了桐娘。桐娘想和他們打招呼，沒想到兩個管事瞧她的眼神凶狠至極，哪還和她虛與委蛇？甩開手，怒氣沖沖地與她擦肩而過了。

桐娘入內後，衾鳳把她帶到先前兩個管事在的花廳裡，不用薛宸開口，她一眼就看到了放在薛宸手邊的兩落冊子，又扭頭往兩個管事離去的方向看了看，蹙起了眉頭。她整個下午都盯著薛宸這裡，讓人看見兩個管事出來，就帶到她那裡去，可她的人根本沒看見管事。她隨即想到這可能是大小姐玩的把戲，本想晚上過來奚落一番，順便搶回對牌，可是一來就看見兩個管事從這裡出去，居然還交上了太太的嫁妝清單。

先前還自信滿滿要和大小姐一爭高下、想教育這小妮子尊老愛幼的桐娘，瞬間就軟了，躊躇著上前給薛宸請安。

薛宸將隨手拿起的冊子放在一旁，頭也不抬，指了指下首的椅子，讓桐娘坐下說話。

在這個節骨眼上，桐娘哪裡敢說什麼，如坐針氈般手足無措了起來。

「兩個管事可比桐嬤嬤聽話多了，讓他們送單子過來，一份不少的，全都在這兒。還順便說了很多我不知道的事情。」

桐娘面如死灰，額角不能抑制地一直泌出冷汗珠子，抬手擦了擦，然後故作鎮定地問道：「哦，他們說了什麼？」

薛宸看著桐娘，但笑不語。

桐娘被她看得頭皮發麻，心裡像有無數隻貓爪子在撓般。偏偏薛宸不著急，可就是這種不著急，才更讓她擔心。

桐娘終於沒忍住，搶在薛宸前頭說道：「小姐，不管他們說了什麼，您一定要相信我！太太讓我做您的管事嬤嬤，這份差事不知道多少人眼紅，被蓄意誣陷是有的。奴婢平日裡為人嚴厲，下面那幫人不服氣，想要借您的手出氣也未可知。您年紀小，千萬不能被外人給蒙蔽了，不然太太在九泉之下也會難過傷心的。」

一番話說得聲情並茂，好像她真是個萬般為主子著想的忠僕般。

薛宸看著她，眼角冰冷，嘴邊卻含著笑，叫人分辨不出她的喜怒哀樂。靜靜地拿起一本冊子，翻看兩頁後，才問道：「沒有兩個管事說給我聽，我還不知原來桐嬤嬤的生活這般拮据。怎麼樣？王管家在外欠的帳還上了嗎？」

桐娘聽了，立刻站了起來，難以置信地看著薛宸，不敢相信那兩個管事會把這些事告訴小姐，看來他們真是反了，想除了她，獨吞太太的嫁妝！太天真了，沒有她這個管事嬤嬤在後面撐著，單他們兩個管庫房的能成什麼事？果然人心不足蛇吞象！

「小姐，您聽我解釋，您可千萬別信那兩個吃裡扒外的，他們一心想吞了太太的嫁妝，若不是我從中周旋，他們早得逞了。如今是對我挾怨報復，才出言誣衊我，小姐可不能聽這些奸人之言啊！」

桐娘慌忙地走到薛宸面前，臉上表情是真有些急了。

薛宸穩如泰山，絲毫不為桐娘突然的靠近而緊張，神態反而更加平和。「嬤嬤在說什麼呀？我不過問王管家的帳還上沒有，妳怎麼就說出兩個管事想吞太太嫁妝的事了？妳什麼時候知道這件事的？為什麼不來跟我說？難不成真如兩個管事所言，桐嬤嬤也想吞太太的嫁妝？」

薛宸一連三個問題，問得桐娘再也站不住腳，腿軟地跪在薛宸面前。

然後衾鳳進屋，用準備好的繩子將桐娘捆了個結實，再讓水清和水繡托著兩個托盤過來，上頭全是釵子首飾、鐲子鏈子什麼的，滿滿堆了兩盤子。

水清、水繡看見桐娘被綁，似乎沒有很意外，而是低著頭、故意不去看她，將東西擱到薛宸旁邊的桌子上，與兩落嫁妝單子放在一起。這些東西扎得桐娘的眼都睜不開了，看著水清、水繡，實在想不懂，為什麼會是她們？

衾鳳看出了桐娘的疑惑，走到薛宸身邊站定，說道：「桐嬤嬤是不是覺得奇怪，怎麼是水清、水繡從妳房裡翻找出這些東西來呈送給小姐？」

聽到衾鳳說出這些東西是從她房裡搜來的，桐娘整個人僵硬了，瞬間好像老了十幾歲般，再提不起任何精神。

衾鳳看了低頭不語的水清、水繡一眼，對桐娘說：「要不怎麼說你們家的人都是這貪婪的性子呢？小姐只是說從妳房裡搜出的東西全賞給她們，她們就翻箱倒櫃，把值錢東西都搜出來了。妳的房間外頭有兩個婆子守著，等閒丫鬟根本靠近不了，可水清、水繡是妳夫家人，與旁的丫鬟自是不同，這事交給她們辦，那是再合適不過了。」

小姐猜得果然不錯，這兩個丫頭雖是跟著桐娘進府，但未必對她信服。依桐娘的行事，介紹她們入府必會收取一定的金錢，而且桐娘之前連衾鳳和枕鴛的月例都惦記，那更加不會放過水清和水繡的了。

兩個丫頭進府是來賺錢的，可誰知道進了府，受了人家規矩不說，最後還可能拿不到錢，哪裡不心急？只要稍微引誘一番，兩個十多歲的丫頭能有什麼主意，一聽能一下子賺個盆滿缽豐，不僅她們家給桐娘的錢能要回去，還能再得一些好處，哪有不願意的，簡直是指哪兒打哪兒，比狗還聽話。可想而知，桐娘現在肯定連腸子都悔青了，竟然招了這麼兩個沒道義的白眼狼進來，最後連自己都搭進去。

桐娘低著頭，不敢去看盤裡的東西，這些都是她從太太遺物裡扣下的，每一樣都有來歷。剛才她還敢拚著一口氣，跟小姐說自己是冤枉的，可如今東西擺在桌上，還是她夫家人從她房裡找出來的，想抵賴也抵賴不了了。

「東西都在這兒了，桐嬤嬤還有什麼好說的嗎？」衾鳳代替旁若無人、翻看冊子的薛宸問話。其實今日就是小姐在教她和枕鴛做事，她們是小姐的貼身婢女，今後只要忠心跟著小姐，小姐自然會給她們一個好前程。可作為小姐的貼身婢女，自然要懂得處理這些事，什麼時候該說什麼話，用什麼態度說，都是一門學問；做事要謹慎周全，說話要滴水不漏。就像小姐一樣，不過一天工夫，就讓桐娘和兩個管事徹底反目，並且乘勝追擊，將桐娘一舉拿下，絲毫不拖泥帶水。

桐娘面如死灰，知道大勢已去，不敢再造次，但她心中也有不甘，帶著怨憤，把害她到如此境地的兩個掌櫃供了出來，從他們怎麼密謀，到三人各自分了什麼，事無鉅細，再不敢隱瞞。

枕鴛也是個能幹的，拿著小姐給的對牌，親自挑了四個肥壯護院，早早等候在庫房外院，等兩個管事一回去，就命人把他們拿下。押回來時，桐娘正好說到關鍵處，兩個管事哪裡還看不出不對勁，連辯解都沒有，就先在薛宸面前跪下來。

三人當面對質，都想把錯推到對方身上，讓對方多擔一些罪責，饒是滿口流血，也止不住他們的互相攀咬。衾鳳在旁邊將三人所言一一記錄下來，洋洋灑灑寫了好幾張紙，然後讓護院押著桐娘和兩個管事蓋手印畫押。

衾鳳將他們畫押的罪狀遞給薛宸，薛宸從上到下看了個大概後，交給了衾鳳。

衾鳳出聲詢問道：「小姐，咱們明日直接帶著這罪狀，把他們扭送去官府嗎？」

薛宸從椅子上站起身，三個被五花大綁的人立刻緊張地看著她，希望這個小姐不要那樣絕情。他們這些做下人的，一旦被主人家送去官府，等於是去了大半條命，就算主家不計較，但等著他們的便是發賣了。當即磕頭求饒，哭聲大得幾乎能震斷房樑。

薛宸卻好像沒看見般，冷靜自持地看了跪在地上的人一眼，對衾鳳說：「犯了這樣大的錯事，府裡不先教訓，成什麼體統？每人五十下巴掌、三十下板子，打斷了腿，明天讓官府直接到府裡來提人！」

三十下板子可不只是斷腿，打得他們大小便失禁都有可能，小姐會不會太狠了些？

衾鳳和枕鴛第一次接這樣的活兒，被這大手筆給驚呆了，衾鳳先回過神，然後推了推枕鴛，枕鴛這才反應過來，收起不合時宜的同情，麻溜地領命下去喊人準備了。

這下，桐娘和兩個管事嚇得連喊冤求饒的聲音都發不出來了。

大小姐是想用他們殺雞儆猴，這麼一番陣仗下來，今後府裡還有誰敢忤逆大小姐的意思？可惜他們撞上大小姐這槍口，想挽回都挽回不了了，偷雞不著蝕把米，賠了夫人又折兵，這輩子就這麼毀了！

第七章

薛雲濤從外頭回來，聽門房說府裡出了大事，打算換好衣裳便去青雀居看看。可剛回到主院，就見院裡燈火通明，以為是田姨娘自作主張，心裡隱隱升起一股怒氣，這個女人是越來越不知道分寸了。

進去一看，卻是薛宸守著一桌子飯菜，安靜地坐在燭火下看書，見薛雲濤進屋，才放下書本，迎上前抓著薛雲濤的胳膊說：「我等父親好久了，您才回來。」

薛宸嬌憨的小女兒姿態讓薛雲濤覺得心裡熨貼得很，妻子過世，留下獨女，她在府裡一定很寂寞，而自己無疑就是她最親近的人。嘆口氣，在她頭上撫了撫，才開口道：「妳怎麼在這裡？聽說妳處置了桐嬤嬤和庫房管事，是怎麼回事？」

這件事，薛宸沒想過要隱瞞薛雲濤，就算她不說事情的經過，明天自然也有旁人跟他說。與其讓父女倆心懷芥蒂，還不如她先一五一十地全說給他聽。

薛雲濤聽完，又看了薛宸送上來桐娘他們畫押的罪狀，怒不可遏地一拍桌子，吼道：「反了天了，這幫狗東西！」

「父親息怒，我已經處置好了，明日叫捕快上門拿人。」

剛才薛宸已經把她對桐娘等人的處置方式告訴薛雲濤，薛雲濤看著眼前這個只有十一歲的女兒，腦中還記得她前些日子的天真活潑、無憂無慮，整天只想著穿漂亮衣裳、戴好看首飾，全然不懂這些算計。可盧氏去了，小丫頭失去全心依賴的人，一夜之間，像是忽然長大了般，堅強得叫人心疼。

「出了這些事，怎麼不先派人告訴我？萬一那幾個刁奴傷害了妳，可如何是好？」

薛宸聽了，看著薛雲濤，笑得有些落寞。

在一個美麗的小姑娘面前談「落寞」兩個字，好像有點不恰當，但薛雲濤就是在女兒身上看到了那種歷經世事的感覺。

「爹，如果出了事，每回都要去找您，萬一以後找不到您，該怎麼辦呢？有些事情，女兒終是要面對的。娘親已經去了，我再也不能做那個有娘親疼愛的天真小姑娘了。從前娘親總把我帶在身邊，想教我掌府裡的中饋，我當時還偷懶不想學，如今才知道，娘親教我的那些，才是在這個家中的立足根本。」

薛宸故意說得有些感傷。根據這些日子的觀察，她知道薛雲濤是個重情的人，對誰都做不到豁達，儘管他不喜歡盧氏，可和她成了親、生了孩子，盧氏過世，他還是會難受。後來徐素娥進了門，他也照樣扛起作為丈夫和父親應該承擔的責任。而徐素娥當初對付薛雲濤的辦法，就是示弱，在薛雲濤面前總是溫柔如水、做事妥帖周到，從不當面違逆薛雲濤的話。這一點做得比盧氏要好許多，盧氏是刀子嘴、豆腐心，嘴上對薛雲濤沒什麼好話，卻是一心向著薛雲濤，背地裡做了很多為他好的事情。

盧氏為他做的那些事，薛雲濤都知道，所以盧氏死後，他才會愧疚和傷心。但他對盧氏的愧疚和傷心，並不能保證他下半輩子對盧氏忠誠，或對盧氏留下的孩子有所彌補，因此，薛宸不會把自己的身家全交到薛雲濤手上。薛雲濤感情用事，誰的話說得動聽就會相信誰。與其賭他會盡父親的責任和義務，還不如自己掌握一切，不與他多糾纏，才是最理智的做法。

「母親才剛過世，府裡即有人打她嫁妝的主意，女兒實在不願再叫這種事情發生。所以，懇請父親同意，將母親的嫁妝全部交給女兒打理。」薛宸終於說出了自己的目的。

薛雲濤看著眼前嬌俏單薄得像一朵含苞待放小清蓮的女兒，她說出來的話，竟讓他無地自容。

「妳這麼小，哪裡會打理那些東西。不如爹再給妳找兩個合心意的嬤嬤和管事，讓他們幫妳。」

薛宸堅定搖頭。「不，我想自己打理，就算我現在不會，但誰也不是生下來就會的。娘親的東西，我不想讓其他人惦記著，爹就答應我，好不好？」

薛雲濤有些動搖。他生在詩書人家，雖無大富貴，但從小大手大腳，沒缺過錢使，並非因為盧氏的嫁妝豐厚才不讓薛宸打理，他甚至根本不關心盧氏到底有多少嫁妝，只是擔心女兒年紀小，處理不好事情。

不過他轉念一想，便釋然了。

這些東西都是盧氏留下來的，盧氏只有這個女兒，將來這些東西就是她的嫁妝，多與少，總歸都是她的。如今她想自己管理，就隨她去，到時若虧得多了，他再私下裡補貼她一些就是。

這麼一番思前想後，薛雲濤終於答應了薛宸的要求，讓她全權管理盧氏的嫁妝。有薛雲濤這句話，薛宸懸著的心總算是放下了。

薛宸回到青雀居，只草草喝了半碗粥，就讓衾鳳在書房裡點了燈，又從帳房取算盤來，開始挑燈整理這些還沒有被瓜分掉的嫁妝。

盧氏的嫁妝總共分為三份，一份是店鋪、一份是田莊，還有一份是錢莊的兌票、銀票，兩個庫房管事帶來的清單應該就是嫁妝的全部。另外，盧氏還有一個私庫，庫裡是現有的金銀細軟、綢緞飾品等。薛宸上一世沒有接觸過這個，根本不知盧氏竟然這麼有錢，這些錢最終被徐素娥那個女人吞下大半。自從徐素娥嫁給薛雲濤後，徐家人哪一個不是富貴逼人，想到這些人用的、花的全是盧氏的，薛宸心裡就噁心得厲害。

而讓薛宸沒想到的是，盧氏的嫁妝不僅名目繁多，占據的地點也很廣。整個北直隸，大興、宛平這兩個府城不用說，二十多家店鋪，四百畝的田莊就有兩座，光是這一項，估計便有三、四萬兩的淨利。還有保定府、河間府，雖然僅三家店鋪，卻有兩座近千畝的田莊，就算產息不高，但這麼大的地方擺在那裡，租出去的話，每年也該進益豐厚，估算約有二、三萬。至於其他較偏僻、未及開化之地，亦有五、六個地下酒窖，不說多，一萬兩該是有的。

薛宸草草將盧氏的嫁妝從頭到尾理了一遍，發現單就清單上看到的、還沒算盧氏私庫和錢莊的銀票，即有近十萬兩。

越是這樣清點，薛宸越覺得窩火，上一世徐素娥那樣囂張、徐家人那樣張牙舞爪，所依傍的不就是這份龐大財產？不然憑她一個罪臣之女，能過得那樣風生水起嗎？她用著盧氏的錢過上錦衣玉食的好日子，又用這個打壓盧氏的女兒，真不知她午夜夢迴間，有沒有過一絲一毫的愧疚？

知道了大概後，接下來就是讓各地掌櫃分批把帳目交上來，府裡應該也有他們往年交的帳，從明天開始，要重新計算了。如今身邊沒有精通此道的帳房，一切的清算盤點都要自己來。

幸好上一世她為了長安侯府，早早涉及了商道，練就一身本事。這些帳雖然繁雜，但金額與數量還比不上她做長安侯夫人時每年要管的帳目多。剛開始，她對經商一竅不通，一年裡有大半年是在看帳的，後來才練就了看帳的本事，一本帳翻過去，看幾個要點，就能知道這本帳對不對。後來錢是賺了不少，但沒日沒夜的辛勞讓她累壞了身體，以至於一場病就讓她早早過世了。

想起前世病中的虛弱感，薛宸默默站了起來，沒驚動睡在紗房中的衾鳳和枕鴛，自行洗漱後，爬上床，沈沈睡了過去。

第二天，薛宸由著性子，睡到辰時三刻才起來，吃下兩個肉包、一碗粥，還喝了小半碗酪漿，然後才精力十足地讓帳房把所有言明交給盧氏的帳目全搬到青雀居。

半人高的帳本堆在廊下，薛宸一邊看帳、一邊讓人把被教訓得不成人樣的桐娘和兩個管事拉出來，將滿身血污、虛弱不堪的他們直接扔在院子裡，讓所有人好好瞧瞧打主人家財物主意的下場。

直到枕鴛領著兩個捕快前來，薛宸才站起身。兩個捕快似乎被人打點過，對薛宸十分客套殷勤，拍著胸脯保證，一定好好審問這三個狗東西。薛宸給他們每人一個中等封紅，兩人推辭不要，說薛大人已經給過，薛宸執意讓他們收下，說今後保不定還有差事要麻煩他們，兩個捕快這才千恩萬謝地將封紅收入袖中，帶上一隊人，浩浩蕩蕩地把桐娘和管事架出了薛府。

盧氏斷七之後，薛宸正式開始了對帳工作，每天固定辰時二刻起床，晚上亥時一刻睡覺。吃了早飯後，先散步一刻鐘，然後到小書房裡對帳。中午午睡小半個時辰，下午願意就繼續算帳，不願意便看一會兒書。

盧氏去世前，把去年的帳目全整理好了，雖然她為人過於軟弱，但對於管理錢財與經商卻是有著很高的天分，做帳也是一把好手，薛宸看她的帳並不費勁。且盧氏還規定了名下店鋪與田莊的掌櫃，每半年交一回帳，距離下次交帳的日子，薛宸還有兩、三個月能整理舊帳。

此時，薛雲濤也向朝廷上表，在家賦閒一年，為亡妻盧氏守制。

薛宸身邊的管事嬤嬤和庫房管事被處置的消息傳入了東府，不過，他們不知道這是薛宸的手筆，以為是薛雲濤做的。東府老夫人隔天就派人過來問話，薛雲濤不想讓薛宸擔上惡名，便搪塞一番，將事情攬到自己身上糊弄過去。

至此，薛宸才知道，原來自己的母親的確不受東府喜歡，連帶的也不喜歡她這個孫女。

東府老夫人是江南書香門第的大小姐，一心想替兒子找個知書達禮、識文斷字的媳婦，可偏偏是盧氏這個商戶之女嫁給自己兒子，讓她想找個賢婦的念頭就此斷了，因此對盧氏乃至於盧氏生的女兒都沒什麼好感。後來徐素娥出現了，她溫柔婉約、通達人情，更有比擬世間男子的才氣，一下便擄獲了老夫人的心，也是促成她從外室被扶正的關鍵，不過裡面還有沒有其他原因，薛宸就不得而知了。

薛宸在府裡忙了一個多月，終於把盧氏留下的帳目全部理清。盧氏留下的鋪子大多是書畫鋪，也許是盧家人在給盧氏嫁妝時，為了配合薛家的書香門第，故意改的。雖說雅意有了，可書畫鋪子與那些胭脂鋪、衣裳鋪及酒樓客棧相比，賺得必定是少，盧氏能將這些鋪子維持這麼些年，也算是有點才幹。

薛宸想把這幾家鋪子改做其他買賣，但目前手中沒有多餘人手，自己一個小姑娘，也不方便拋頭露面。因此，所有的想法暫時只能是想法，姑且先這麼維持著，等找到合適的人後，再將這些店鋪改頭換面也不遲。

六月裡的天氣已經有些悶熱，東府老太爺就是這個月的生辰，因盧氏剛剛過世，所以東府並不打算隆重操辦，只是讓一些平日裡碰不到一起的親友藉此機會聚聚罷了。

薛雲濤是老太爺唯一的兒子，就算要守制，又分府出來單過了好些年，可不到場也說不過去，於是讓薛宸準備著，六月十五那日與他一同去東府給老太爺磕個頭，避開筵席就是。

薛宸應下後，去庫房裡挑了一幅麻姑拜壽孝子圖，另配兩帖自己臨摹的百壽字，隨父親去了東府。

薛柯如今是四品翰林院掌院，官職雖不是最高，但翰林院在文臣之中，地位絕對是翹楚。不說其他的，就是每年的科舉，那些所謂的天子門生，哪個不曾在翰林院中任職。新科狀元有三元及第的才學，初時也只能在翰林院做編修，遑論其他學子，不論今後官職大小，見了薛柯這個翰林掌院總要喊一聲老師、行學生的禮，其地位可想而知。

所以，別看薛柯只是個四品官，往來賀壽的官員，有不少襟前是仙鶴、麒麟、錦雞、獅子的補子，可見這些個當朝一品、二品的官員，也都願意和薛家這樣的清貴交往。

上一世，因為薛老夫人不喜歡，薛宸沒來過東府幾回。盧氏在世時，還能跟著她過來；可盧氏去世後，就沒有人帶她來了。前兩年還有人問起她，徐素娥便以她生病為託詞，久而久之，便再也沒有人問。世人只記得燕子巷薛家有個嫡小姐叫薛婉，哪裡還記得另一個叫薛宸的？

朱雀街的薛府是御賜府邸，府內一切都是按照規制來的。進門便是滿院書香，放眼望去，修竹環繞，颯颯輕響，白牆黑瓦，八角飛簷，青磚小道別有幽趣。繞過轉角，清一色大小的鵝卵石鋪成一條小徑，兩旁皆是文竹雅蘭，盡頭處便是一座水墨小院，圓形拱門旁種滿夏海棠，枝繁葉茂，幾枝花團錦簇的枝椏擋住了褐底青字的匾額，走近之後，才見到匾額上寫著「青竹」二字。越過拱門，有一處蘭園，園中放置嶙峋怪石，堆砌成各有姿態的假山，旁邊是袖珍池塘，碧波清澈，水中養著幾條花斑錦鯉，暢遊其中。

薛宸跟著薛雲濤到了主院，薛柯在外迎客，父女倆是從旁門進來的，因此沒有遇上。進了抱廈，有兩個美貌丫鬟上來替他們打起竹簾，還沒入內，便聽見裡面傳來一陣歡聲笑語。

早有婆子進去通傳，屋內的笑聲停了，只聽老夫人急忙說道：「快請大爺進來。」

薛雲濤領著薛宸跨進門，繞過一處紫檀木的書香蘭氣大插屏，薛宸就看見了屋內的景象。一個五十多歲的婦人穿著蓮青色萬壽紋緙絲褙子，盤腿坐在螺鈿雕刻牡丹的紅木羅漢床上，下繫石青馬面裙，梳著一絲不苟的盤髻，戴著蓮花紋吉祥如意雙側金簪，看起來不顯奢華，卻不失端莊。

瞧見薛雲濤後，老夫人似乎很高興，只是有些忌諱他穿得素淡，鞋頭還別著麻布，不好喊他近前。

等薛雲濤行完了禮，薛宸才上前，規規矩矩地給坐在正中央的薛老夫人行跪拜大禮。

老夫人左側坐著兩個三十歲左右的婦人，看裝扮應該是老太爺的姨娘，言談舉止不失雅意，瞧著便知是讀過書的。老夫人右側另坐著幾位年輕夫人，有一個薛宸認識，是她的姑姑薛氏，早年嫁入廷威將軍府，一年後誕下女兒。兩年前，廷威將軍帶兵出征，戰死沙場，朝廷體恤將軍無子送終，便為他過繼叔伯家子嗣傳承血脈，並將此子記入薛氏名下，與其女兒一樣是為嫡出，又賜薛氏誥命夫人和貞節之名。

這是好聽的說法，說得不好聽一點，就是薛家這個女兒嫁給了將軍，將軍戰死，雖然有女兒，但是無子呀，所以朝廷給他找了個兒子，養在薛氏名下，又給薛氏誥命和貞節牌坊，為的就是讓她斷了改嫁的心，好好做個寡母，替死去的將軍養大過繼來的兒子。

薛氏正笑吟吟地看著薛宸，等她行過禮，就招了招手，讓她去她旁邊坐。

薛宸看了薛雲濤一眼，見他點了點頭，才走過去，在薛氏身邊坐下。

薛氏伸手替薛宸順了順鬢角，然後低聲嘆了口氣道：「可憐的孩子。妳母親是個好的，只是福薄。今後妳有什麼事，來跟姑母說，姑母給妳作主。」

這是盧氏死後，第一個對薛宸說出這種暖心話的親人，她當即紅了眼眶，如扇睫毛眨了兩下，泫然欲泣。

薛氏看著心疼，把薛宸擁入懷中，溫柔地輕拍她的後背。「好孩子，不哭。」

薛宸這才眨眼收回眼淚。今日是老太爺的壽辰，最忌諱哭哭啼啼的。又偷偷看了寧氏，見她雖然面無表情，卻沒有因她的感觸而動怒，還是體諒她的喪母之情的。

薛雲濤給寧氏行了禮，便要去見薛柯。薛氏摟著薛宸，對薛雲濤說：「大哥去吧，宸姐兒留在這裡，我給你照看著。待會兒讓鈺姐兒領她去其他小姐那兒玩耍，不會有事的。」

薛雲濤聽了，看看薛宸，這才對薛氏點頭，然後出去了。

第八章

薛氏抽出自己的帕子，給薛宸掖了掖眼角，然後喊了貼身的侍婢，讓她去把薛宸的表妹韓鈺叫進來。

韓鈺就是薛氏和韓將軍留下的獨女，聽她的名字，便知韓將軍對這個女兒也是寄予厚望的。只可惜，他沒來得及親自教養，就戰死沙場。

上一世，韓鈺經常出入東府，薛宸卻成天待在燕子巷，所以對這個表妹並不熟悉，只覺她生得不像薛家人，眉眼間自有一股豁達英氣。

韓鈺進來，見了薛宸之後，上下打量兩眼，便乖巧地對她行禮，爽快地喊了一聲。「大表姊。」

韓鈺生得活潑可愛，圓臉丹鳳眼，配著總是上揚的嘴角，讓人見了就覺得喜慶。她穿著一身肉桂粉繡薔薇纏枝的荷葉邊緞裙、掛瓔珞項圈，頭上梳俏皮的元寶髻、戴著珍珠髮箍，笑嘻嘻地走過來拉住薛宸的手，說道：「大表姊，多日不見，可還記得我嗎？」

薛宸看著她，微微一笑，似乎斂盡了光華般。「自然記得的。妳是愛吃桂花糕的鈺兒表妹。」

韓鈺一聽薛宸提桂花糕，眼睛都亮了，她為眾所知的嗜好就是吃桂花糕，沒想到薛宸竟然知道，對她的好感大增，立刻抓緊了薛宸的手。

薛氏見她們姊妹倆還算談得來，這才對韓鈺說道：「妳把大表姊帶去東廂和繡姐兒她們一起玩玩，姊妹們也是難得見面的。」

薛宸努力在腦中回想繡姐兒是誰，卻是無果。見韓鈺過來摟住她的胳膊要走，便對從頭到尾沒看她幾眼的老夫人還有薛氏她們行了禮，跟著韓鈺出了主屋。

薛宸和韓鈺離開之後，主屋裡的氣氛又恢復先前的熱鬧。坐在薛氏旁邊的一位雍容婦人，她與薛氏算是密友，問道：「那便是薛家大爺的嫡小姐嗎？好正的容貌啊。」

薛氏還沒說話，老夫人身邊風韻猶存的三姨娘即接口道：「相貌好也沒什麼，要的還是品行教養。」

三姨娘現在正跟在老夫人後頭管家，自然知道老夫人對這個孫女是什麼態度，見人家有心誇讚薛宸，老夫人又不能當面說什麼，只好由她這個「不懂事」的姨娘開口了。

婦人一聽，立刻來了興趣，追問。「哦？此話怎講？我瞧著舉止還是很妥帖的呀。」

三姨娘看了並不打算阻止的老夫人一眼，人精似的笑了笑，站起身，扭著腰肢走到婦人身旁，在她耳邊說了幾句，婦人才一副恍然大悟的神情，然後兩人又湊在一起說個不停。

薛氏看著她們，不覺搖了搖頭，再望向若無其事、繼續和身邊人說話的老夫人，又是一聲無聲的嘆息。

韓鈺帶著薛宸去了東廂萬花園，院子裡奼紫嫣紅，雅致中透著生氣，這是專門用來招呼嬌客的小園子。走入拱門，是一條青磚石路，花園假山中有座涼亭，亭中或站或坐著好些妙齡少女，歡聲笑語直達天際。

這些姑娘中有幾個薛宸覺得面熟的，都是西府的小姐，這才想起先前薛氏口中說的繡姐兒，正是大堂伯的嫡女。要說西府中哪一房的勢力最強，當屬薛繡所在的大房了，原因無他，因為西府只有大老爺、薛雲濤的堂兄薛雲清考中進士，在六部觀政時，又抓緊時機，做了中丞御史大夫的女婿，娶了御史千金入門，便是西府大夫人趙氏。薛繡是薛雲清與趙氏的嫡長女，在西府中的地位可想而知。

薛宸的目光環顧一圈，最終落在薛繡身後的靚麗身影上，眉峰不動聲色地蹙了起來，難掩心中的震驚。

薛婉？她怎麼會在這兒？

薛宸一度以為自己看錯了，薛婉和她娘徐素娥不是應該還住在貓兒胡同中，薛家老太爺生辰，她如何會來？

不，應該問，她是以什麼身分來的？

薛婉似乎感受到薛宸的目光，抬眼看她，聽說了薛宸的大名，心裡有數，沒來由地心虛，很快避過了她的注視，身子往後縮了縮。

薛繡認出薛宸，走過來牽著薛宸的手。「原來是宸姐兒，好些年沒見妳出來，都長大了，越來越漂亮了。」她說的是實話，因為東府不待見盧氏，有事從不喊她；盧氏不來，薛宸自然也不會來了，以至於今日看見薛宸，她還有些驚訝。

薛繡比薛宸大一歲，舉止大方、言談有度，頗有嫡女風範，兼之容貌清麗、氣質高貴，薛宸記得她後來嫁給尚書令的嫡長子，是西府裡獨一份的榮耀。

「米粒之珠怎敢與日月爭輝？多年不見，姊姊才是傾城之貌。」

上一世的薛宸，有著自己的矜持，嫁人之前是個悶葫蘆，說得粗俗些，就是三棍子打不出個悶屁，哪裡懂得這些奉承，即便遇見了想要親近的人，卻因為自己那莫名其妙的可笑驕矜而錯失了機會，給人留下孤僻不合群的印象。原本她就不怎麼和人來往，到後來，別人也不願意跟她交往了。直到嫁入長安侯府，她才意識到自己從前的性格有多糟糕，是後來做了生意，才慢慢改變了她的個性，變得圓滑起來。

沒有人不喜歡嘴甜的人，薛繡用帕子掩唇，文雅地笑了笑，美目橫了薛宸一眼。「就妳會說話！快來坐吧。」拉著薛宸坐到她身邊去了。

在場的姑娘皆是以薛繡為首，見她親近薛宸，儘管不認識，也紛紛與薛宸打招呼。薛宸端莊大器、八面玲瓏、應對有度，展現著嫡女該有的交際手腕，只要聽聽那些姑娘的家門，就能猜出她們是誰，一下便與所有人拉近了距離，絲毫沒有新加入的尷尬，甚至妙語如珠，讓這些千金小姐們笑得花枝亂顫，人人皆想引她為知己，氣氛好不熱鬧。

這時，薛宸的目光掃向了一直低頭不語的薛婉，故意笑吟吟地對她問道：「不知這位妹妹是誰家的千金？這般秀美，可看著面生得很。」

薛婉是外室之女，徐素娥被扶正之後才成了嫡女。而此時，薛宸可不相信她敢大言不慚地說出自己的身分來。

果然，薛婉聽見薛宸對她問話，不覺低下頭，侷促地絞起手裡的帕子，半晌沒能開口。先前還熱鬧的氣氛忽然有些冷，韓鈺見狀，便熱絡地推了推薛宸，道：「大表姊，剛才她們還誇妳懂得多，現在總遇見個妳不認識的吧。」

韓鈺本就容易與人打成一片，再加上對這個大表姊十分有好感，覺得對方可靠極了，說話便親暱許多，調侃起薛宸來。

亭子裡又是一陣歡笑，薛宸似嗔似怨地回推了韓鈺一下，卻像是點中了韓鈺的笑穴般，讓她笑得停不下來。周圍的姑娘們被韓鈺感染，也都笑了，唯有薛婉的臉色越來越沈重。

坐在薛婉旁邊的張小姐挨近了她，問道：「婉兒，表姊在問妳話呢。剛才妳不是還挺能說的，怎麼表姊一來，就不開口了？」

張小姐有口無心，卻一語道破了玄機。大家似乎也意識到這一點，紛紛看向薛婉。

張小姐想了想，又道：「對啊，話說到現在，咱們都還沒問婉兒姓什麼，是誰家的小姐呢！」

薛婉的臉色越發尷尬，偷偷抬眼看了正似笑非笑看著她的薛宸，心中大驚。

這時，薛繡站了出來。「哎呀，妳們這是做什麼。婉兒是我帶來的，她娘親與我娘親是表姊妹，她也是我的妹妹，聽說這裡女孩子多，就想來湊個趣兒。妳們這樣問，小心把她嚇壞了。」

眾人一聽這個婉兒是薛繡的姨表妹妹，這才恍然大悟，不再追問了。

薛婉鬆了口氣，暗地裡對薛繡點頭道謝，一抬眼又撞見薛宸的目光，想也沒想地再避開了。

這樣的薛婉，薛宸還是第一次遇見。在她的印象中，薛婉從來都是端莊高貴、傲氣凌霜的。薛雲濤一步步往上爬，爬到二品官位，給徐素娥掙了個二品誥命；作為他們的掌上明珠，薛婉的身價自然水漲船高。也因為這樣，上一世薛婉才能嫁給鎮國公府世子做嫡妻，將來世子襲爵，她當上國夫人，這樣的身分，讓她有了俯瞰眾人的本錢。

可讓薛宸沒想到的是，那樣高傲、不食人間煙火的薛婉，竟然也有這樣不敢上檯面的時候。

薛宸從先前的震驚中回過了神，腦子裡開始思考。

原來徐素娥和趙氏竟然是表姊妹，她只記得徐素娥的父親是罪臣，像當初的薛柯一樣，被罷免官職、流放在外，沒收財產、家眷留京。她一直以為徐素娥能被扶正，是因為薛雲濤的偏愛，可如今看來，也許薛雲濤和徐素娥之間，不僅僅是偏愛，可能還有些她不知道的事情。

看薛雲濤替盧氏辦後事的樣子，此時他應該還沒下定決心要扶徐素娥為正室，那這一年裡，徐素娥到底用了什麼手段讓薛雲濤改變主意？又是什麼原因讓薛雲濤養著徐素娥做外室，卻不把她納進府裡，給她名分？妾侍扶正，總比外室扶正要名正言順得多吧。

她從前想，是薛雲濤想把徐素娥藏好，不讓盧氏發現後迫害她。可府裡明明還有一個田姨娘，也沒見盧氏對她怎麼樣。難道說，薛雲濤在這年之前，並沒有把徐素娥接進府裡的意思？

到底是什麼促使他改變了主意？

薛宸的目光轉向言笑晏晏的薛繡。在徐素娥扶正這件事裡，薛繡的母親趙氏，又是怎樣的存在呢？

腦中想著，趙氏的父親、御史大夫趙子奎，他也是進士，師承右相左青柳，六部觀政後兩年，外放永安做縣令，再兩年升到了御史，然後……明年就升中書侍郎了！

趙子奎明年升官，今年肯定就會有風聲出來。而她爹雖然守制在家，但之後還是要入仕的，他如今是在翰林院講學，可講學的差事一旦停下，就要從頭開始，所以，明年薛雲濤肯定想走別的路子。薛柯雖是翰林院掌院學士，也不能直接任命兒子官職，若是通過中書侍郎，事情或許就簡單一些了。

如果這個假設是真的，那麼徐素娥從外室被扶做正室夫人，很可能就是一場交易，一場打著真愛名義的交易。

如果這場交易成了，徐素娥便是西府的人了，薛家的東府與西府表面上是決裂分家，可暗地裡卻打斷骨頭連著筋。因為有了西府的支持，所以東府老太爺那樣重規矩的人，才會對徐素娥這件事睜一隻眼、閉一隻眼。

那麼現在的問題是，西府的大夫人趙氏為什麼要幫徐素娥這個忙？就算兩人是表姊妹，若無實際的利益，趙氏又憑什麼幫一個父親被流放的表親？難道只是想安插一個人在薛雲濤身邊？而薛雲濤又為什麼跟徐素娥生了一子一女，卻多年來不把她納進門，讓她做外室呢？

各種疑惑縈繞在薛宸心頭，突然，先前詢問薛婉的張小姐又開口了。「繡姊姊的心都快偏到身子外頭去了，我不過是問問婉兒的家世，就會嚇到她？這麼不禁嚇的話，怎麼不待在府裡，非要往咱們人多的湊趣兒。」

這個張小姐是太府卿家的嫡小姐，最是牙尖嘴利，從一開始就對薛婉的身分感到好奇，卻一直被薛繡壓著，如今既然問了，自然是要問出個子丑寅卯來的。現在在場的小姐全是嫡系出身，她年紀雖然不大，偏偏生就一副死腦筋，認為嫡庶有別，生怕自己的交際圈裡突然冒一個庶出的來。

薛繡看了看薛婉，似乎也有些疑惑，便對薛婉問道：「婉妹妹，既然她們都這麼說了，那妳告訴我們表姨父在何處任職吧。每回表姨母過府來，都是直接找我娘，我雖是妳的親戚，竟也不知妳們出自何府。」

薛繡這句話倒是出自肺腑，她是真不知曉薛婉的身分，只知道她叫婉兒，跟著表姨母來過薛家幾回。她們原本是不熟的，這回東府老太爺過生辰，正好婉兒在府裡，聽說這裡女孩兒多，就想跟來玩。薛繡想著，反正是來東府，也算是薛家，多帶一個人沒什麼，便私下把薛婉帶來了。

薛婉聽了，有些不知所措地看著周圍正用好奇目光盯著她的女孩們，突然很後悔今天跟著薛繡過來，只好硬著頭皮回答。「我、我家……自然比不上諸位姊姊的家世，就不說了吧。」

眾姑娘一副恍然大悟的樣子，原來是出身寒門，難怪她不好意思說了。

可張小姐卻是不依不饒，非要逼著薛婉說清楚。「比不上也要說出來呀！咱們又不會笑話妳。既然見了面、一起玩耍，總要知根知底才好，若將來有人問起妳，難道要咱們糊裡糊塗地說不出來嗎？」

薛婉哪裡受過這樣的追問，當即有些惱火了，對張小姐瞪著眼睛說：「妳怎麼這樣窮追不捨的？我說了比不上，妳還要問，心眼未免太小了。諸位姊姊都是和善溫良之人，偏妳這般咄咄逼人。」

張小姐聽到這裡，不樂意了。在她看來，這個問題多好回答呀，她都說了無論是什麼門第，絕不會笑話她，可這個婉兒竟然還說她心眼小、咄咄逼人，拿她和其他人相比。周圍的小姑娘全在看著這場對峙，她無論如何也不能輸下陣來。

薛宸在旁聽了，心中冷笑，薛婉到底是薛婉，一下就把問題拉高了，不知不覺間偷換了話題。餘光瞥了薛繡一眼，見她也是端著茶杯，並不想插嘴的樣子。

韓鈺是個好性兒，見薛婉和張小姐要吵起來，趕緊站出來勸。「好啦好啦，妳們別鬥嘴了。時辰尚早，咱們去池塘邊看魚吧。」

她說著就要去拉張小姐的胳膊，卻被張小姐抽手躲了去，瞪著薛婉道：「妳走開，誰要和她去看魚！我不過要她自報家門，她就說我心眼小。妳們說說，她的家門到底有什麼見不得人的？難道她爹是罪臣，她娘是小妾嗎？」

不得不說，張小姐實在厲害，沒讓薛婉偷換話題，又把問題引了回來。

薛婉這輩子最不願意聽到的，也許正是「妳娘是小妾」這句話，因為在張小姐說完後，她的臉瞬間垮了下來，指著張小姐罵道：「妳娘才是小妾！妳才是小娘養的……」

張小姐哪裡聽過這樣的污言穢語，頓時紅了眼睛，連薛繡都不自覺地蹙起眉頭，似乎也對薛婉口中說的「小娘養的」幾個字很反感。眾人面面相覷，覺得這四個字也太粗俗些，不敢接話了。

薛宸放下茶杯，站起身，似笑非笑地抬眼看著薛婉。「妹妹何必動怒呢？寶盈妹妹不過是想親近妳，可妳卻這樣不近人情。也罷，咱們也不是非要知道妹妹姓甚名誰，妹妹不說的話就算了。只是先前妹妹那句話，可不像個大家閨秀該說出口的，今日是咱們薛家老太爺生辰，妳們是客，怎麼著，說話也得注意一些不是？這件事到此為止。寶盈妹妹別哭了，我今兒帶了幾瓶玫瑰花露來，妳隨我去，我送妳兩瓶，招呼不周，算是向妳賠禮了。」

張寶盈還是很生氣，但知道薛宸是東府薛家的嫡長孫女，今天她們是到東府來做客，這個面子的確要給主人家，便抬眼狠狠瞪了薛婉一下，然後才對薛宸點了點頭，算是妥協。

薛繡一直在等薛宸出手。這些姑娘裡，她的確是年齡最大的，可這裡不是西府，是東府。若薛宸不在也罷了，可薛宸在，這件事就得交給她處理。除非薛宸主動求助，要不然她是不會插手的。

如今薛宸開了口，薛繡自然喜聞樂見，將薛婉今日的表現記在心中，面上卻是絲毫不顯，就著薛宸的話題說道：「玫瑰花露是多難得的東西，拿著十兩銀子去波斯商人那裡，還不一定能拿到現貨。妹妹可不能偏心，咱們這裡全都是客人，妳若只給寶盈妹妹，那就是厚此薄彼，咱們可是不依的。」

薛繡說完這些話之後，姑娘們便炸開了花，紛紛道：「就是就是，宸姊姊不能厚此薄彼。」

「對對對，我們也要玫瑰花露。上回我跟我娘說要買一瓶，我娘還跟我嘀咕半天。宸姊姊真大方。」

這麼一番討論後，先前的劍拔弩張即順利化解了。

看著眾姑娘簇擁薛宸和張寶盈喜笑顏開地離去，薛婉站在亭裡，僵硬著身子，怒目而視。

她就是薛宸，是薛家的嫡出小姐。她可知道她是誰？為什麼同樣是爹爹的女兒，因為她的母親是正妻，所以她就是嫡小姐，而她只能躲在陰暗中，想見親爹都要費盡心思，排除萬難？

憑什麼她就可以堂堂正正地說她是薛家小姐，而她卻連說出自己爹爹是誰的勇氣都沒有？

薛宸，憑什麼所有好事都要被妳占了去？

玫瑰花露，十兩一瓶，十兩……是她和她娘半個月的開支，她卻這般無所謂地拿來送人。是為了跟她炫耀嗎？炫耀她有爹、炫耀她有錢？

哼，這些東西，她一定會全部奪過來的！到時候，定要她也嘗嘗這種一無所有的滋味！

第九章

客苑中，薛宸命人將她事先準備好的玫瑰花露拿出來送給眾位小姐。這東西雖不是最貴，卻最深得小姑娘歡心。小小的琉璃瓶子透出裡面花露的顏色來，看著晶瑩剔透，聞起來芳香沁人，叫人想不喜歡都難。

張寶盈得了兩瓶，對薛宸感謝得恨不得當場認她作姊姊。薛繡和韓鈺也各拿了一瓶，韓鈺大大咧咧地就試用起來；薛繡看著手裡的東西，對薛宸再次刮目相看了。

姑娘們得了東西，心情好得很，韓鈺再提出去池塘看魚，大家都積極回應，三兩成群往池邊走去。

園裡的池塘不算大，難得的是，這池塘無論從哪個角度看都是美景。一塊碩大參天的太湖石夾在中間，生生將池塘分成了東西兩半，東半邊是荷花映水，西半邊則是浮萍碧綠。

姑娘們對浮萍可沒什麼興趣，去了東半邊，一邊觀荷、一邊賞魚，倚靠在欄杆旁玩耍起來。

薛宸獨自靠坐在太湖石旁的突石上，並沒有與姑娘們一同去池邊玩鬧，眸子抬了抬，正好對上了張寶盈的目光，黑眸似珍珠般閃爍著，看著像是有話要說的樣子。

張寶盈實在不討厭這個既漂亮又大方的姊姊，見她單獨坐在那裡，便走了過去。

薛宸眼角餘光瞥見張寶盈走來，唇角不著痕跡地向上勾了勾。

「宸姊姊，妳怎麼一個人坐在這兒？」張寶盈已恨不得跟薛宸拜把子、結金蘭，對她的態度何止是親暱。

薛宸微微一笑，調轉目光，看向池塘荷面，沈吟片刻後，好聽如黃鶯出谷的聲音才響了起來。「先前那件事，並非我想幫著她，只今日是老太爺的生辰，不能因為一個來歷不明的人吵鬧起來。妹妹是大家閨秀，又是嫡女，想必明白其中的難處，不會怪我吧？」

薛宸的聲音不高不低，傳不出去，卻也讓張寶盈聽得清楚。

張寶盈聽薛宸這麼說，知道她是在向自己道歉，言語中分明是偏袒自己的，頓時覺得更加暖心，搖手說道：「不不，姊姊處置得再妥帖不過，我怎麼會怪姊姊呢。都是那個婉兒的不是，鬼鬼祟祟，沒一點教養。」

薛宸聽了，只是微笑。「她沒教養，咱們可不能像她。為了那種小事和她鬧起來，最後還成了咱們的不是。為了一個沒教養的人，害得咱們受連累，可不是得不償失嘛。」

張寶盈義憤填膺。「就是就是，現在想來，好在宸姊姊阻止了我，要不然現在定是和她一樣沒臉了。」

薛宸深吸一口氣後，語氣又轉了。「只可惜，便宜了她的牙尖嘴利、沒有教養。當她說妳心眼小又咄咄逼人時，我真恨不得上去搧她一個嘴巴子。寶盈妹妹這般人品，哪容她詆毀？別說妹妹了，就是我現在想起來，心裡頭也是窩火的。」

張寶盈聽到這裡，心頭才剛歇下去的火沒來由地又竄了上來。薛宸說得沒錯，她長到這麼大，從沒當面受過這樣大的委屈呢！想起那個賤婢的嘴臉，咬牙暗恨在心。

「姊姊快別說了，若不是今日在府上做客，怕擾了老太爺清靜，我定要她好看的。如今只能等下回遇上再說了。」

張寶盈確實想教訓教訓敢那樣對她的薛婉，卻也真的想給薛宸這個面子。

薛宸不以為意地笑了笑，突然說出一句模稜兩可的話來。「我先前阻止妹妹，是怕妹妹捲入其中，可若妹妹無須捲入，或者由他人代勞，縱然事情鬧得再大……」說到這裡，語調頓了頓，轉過頭來看向張寶盈，點漆般的眸子裡盛滿了狡黠。「又與咱們有什麼相干呢？」

張寶盈看著這樣的薛宸，腦中突然靈光一閃，頓時明白了薛宸的意思，人家這是要她有仇就當場報了。主人家都說了，她如果再不抓住機會，真要等下回，可誰知道什麼時候會再遇見那賤婢，哪裡有當場報了仇來得爽快？

她臉上露出一抹笑容，湊近薛宸的耳旁說：「宸姊姊，我懂妳的意思了。對付那種人，的確不該咱們親自出手。妳且等著看，我自有法子叫她向咱們磕頭認錯。」

薛宸看了她一眼，勾唇道：「妹妹在說什麼，我可聽不懂。」

張寶盈嘿嘿一笑，然後站起來。「行行行，姊姊聽不懂便罷了，橫豎這件事與姊姊無關，權當是妹妹自作主張好了。這口氣，我今兒是出定了。」

說完，她也不等薛宸反應，轉身離開湖邊，去亭子裡說了幾句話後，正巧薛家的丫鬟前來通傳，說是可以入席了，姑娘們就散了。

有人來喊薛宸，薛宸卻是搖搖頭，指了指自己襟前的麻布，眾姑娘知道她有孝在身，便不再喊她。

薛宸坐在太湖石旁，等到亭子裡的姑娘們全散開了，才從石頭上站起來，若無其事地拍了拍自己的裙襬，然後端莊秀美地離開了池塘邊。

太湖石西的池邊，一坐一躺著兩個人，坐著的那個，斯斯文文、濃眉大眼，穿著一身普通布衣，手裡抓著魚竿，此刻正用難以置信的神情盯著這塊碩大的太湖石，彷彿要把它看穿一般。而躺著的那個，窄腰長腿，穿著細布斜織紋直裰，卻是毫無形象地躺在一塊突石上，臉上蓋著書，看不出模樣，又蹺著二郎腿，雙手墊在後腦，姿態悠閒得很。

「主子，您剛才聽見了嗎？那些姑娘是不是想害誰啊？」

坐著的小廝用一臉「女人真恐怖」的神情說話，到現在還很難相信，就在剛才，他竟親耳聽聞了一場精采絕倫的挑撥離間戲碼，算是見識了女孩兒背地裡的陰暗面，一時有些接受不了。

奈何躺在突石上的人並沒有多餘反應。

小廝拿著魚竿站起來，貼著太湖石，稍稍探了探腦袋，發現東邊池塘的姑娘們全都離開了，哪裡還有絲毫「密謀」的影子。

他是東府管家之子，原本不在府裡當差，只不過今日輪休，主子突發奇想，竟想跟他回來瞧瞧薛家是個什麼樣兒。他一個拿人錢財的跟班能說什麼？只好把人往府裡帶，反正今兒人多，不差他們，帶主子回來玩玩不會有什麼事的。沒承想居然讓他們聽到了這麼一番話，他倒還好，就怕主子今後對薛家的姑娘要敬而遠之了。

小廝想了半天，沒想出那兩個姑娘到底想害誰，轉頭看了好像什麼都沒聽見的主子一眼，見他依舊閒適地躺在那裡，不禁走過去，試探地問道：「主子，這件事，您怎麼看？」

等待他的是無聲的漠視，小廝頹敗地鬆了口氣，他爹還要在薛家做事，他當然不希望薛家鬧出事來。原以為主子睡過去了，沒聽見他說話，正要去收拾東西，卻聽見書冊下面傳出一聲極其慵懶的聲音。

「有點兒意思。」

「……」

小廝無語，這主子還真是獨樹一幟，看人看事總和別人不一樣。幽幽嘆了口氣，下回一定讓別人帶主子回去玩，他可不想再帶了。

張寶盈受了薛宸的挑唆，打算有仇當場報了。她給薛婉坑了一回，當然不能就那麼白白算了，肚子裡憋著一口氣，決定給薛婉一點顏色看看。

這時，幾個粗使婆子擒住了薛婉的雙臂，將她連拖帶拽起來，不由分說，就在她身上搜東西。

薛婉被嚇壞了，她哪裡遇過這麼粗暴的對待？想反抗，可小胳膊哪拗得過粗使婆子的力氣，被她們這麼一搜，竟然真從她身上搜到了「贓物」。

張寶盈從婆子後頭走出，兩個婆子立刻將搜到的「贓物」送到她面前。

張寶盈接過後，冷哼著道：「哼，難怪妳不敢報家門呢，原來是存了心要偷咱們的東西。妳眼饞這玫瑰花露就跟我說，我不會不給，可妳偏偏要來偷我的，這就說不過去了。」

薛婉的眼睛幾乎要瞪出眼眶，難以置信地看著張寶盈，怎麼也沒想到她會用這樣下作的手段來誣衊她。看著四周聚攏過來的人，薛婉臉上臊得慌，想躲開這場災難，可張寶盈派來的兩個婆子力氣大得很，根本掙脫不開。

她連連搖頭，說道：「我沒有！妳氣我罵妳，就誣賴我偷東西嗎？張寶盈，妳卑鄙下流，太無恥了！」

張寶盈勾起笑，將婆子搜出來的東西舉得高高的，朗聲道：「人贓並獲，妳還想狡辯！東西在妳身上，當場給搜了出來，我怎麼是誣賴了？我算是知道妳不敢說出家門的原因了，就是怕事情敗露。現在好了，我連妳的大名都不知道，還真沒辦法把人送去官府，妳真是打得一手好算盤啊！」

薛婉氣得直喘，咬牙切齒，幾乎想撲上去咬斷張寶盈的喉嚨，眼眶裡立即聚攏了水氣，豆大淚珠就這麼掉了下來。

薛宸在二樓的雅間裡，臨窗而立，冷眼看著庭院中發生的這一幕，眉峰蹙起，然後回身，面無表情地走到樓梯處，喊了一個丫鬟上來，在她耳邊說了幾句話，那丫鬟便應聲下樓。她折回窗邊時，正好看見丫鬟到了張寶盈身後，將她的話告訴了張寶盈。

張寶盈抬頭向上看了一眼，然後調轉目光，越發狠戾地對薛婉說：「既然不能將妳送官法辦，在這裡辦了也成。我就充當一回官老爺，好好審審妳這偷東西的賊。」說完便大喝一聲。「來人吶，給我上鞭子，對付賊不用客氣，給我打！」

張寶盈的話音剛落，周圍即響起了此起彼伏的抽氣聲。

在另一邊主院的二樓雅間內，也正有兩道目光盯著這裡發生的一切。

小廝一拍窗櫺，憤然說道：「真是無法無天，在府裡就敢動私刑了！現在的姑娘心腸怎麼這樣歹毒？下面鬧事的猶可恕，上面出謀劃策的才叫真的可惡！主子，怎麼辦，咱們要不要去救那個女孩？她被冤枉，太可憐了。」

窗前掛著半敞的竹簾，那人的半個身子隱在竹簾後，依舊看不見容貌，只聽他用極其平淡的聲音道：「救什麼救？你跟她是親戚啊？」

一句話，便把熱血的小廝給堵死了。

他憋紅了臉，支支吾吾道：「不、不是。我只是覺得那女孩可憐，她……」

「可憐？」那人聲音稍稍頓了頓，然後又說了一句莫名其妙的話。「有點兒意思。」

「……」對於這樣的主子，小廝簡直要當場抓狂了！

而下面的院子裡，薛婉的眼珠裡布滿了血絲，色厲內荏地以為張寶盈不敢在薛家對她怎麼樣，偏偏她猜錯了，兩個婆子果真拿了一條黑漆漆的鞭子來，那鞭子還帶有皮刺，要打在她身上，這輩子估計難消掉傷疤了。

不行，她不能讓這種事情發生，不能在眾目睽睽下吃這麼大一個虧。

不知哪裡來的力氣，薛婉掙開了兩個婆子，拔腿往主院跑去，一邊跑、一邊大喊道：「爹、爹，救命啊！爹——」

薛雲濤正隨在薛柯身後，以茶給諸位賓客敬酒，突然聽見外頭傳來紛雜的腳步聲，伴隨著女孩尖銳的喊叫。「爹，我是婉兒，救命啊——」

賓客間一陣騷亂，薛柯立刻招來管家，可還沒等他吩咐完，就見一個小小的身影跨過門檻跑了進來。門口的家丁連阻止都來不及，薛婉直接跑到了薛雲濤身旁，抓住他的胳膊，躲到他身後。

薛雲濤和薛柯被眼前突如其來的狀況給驚呆了，薛雲濤回頭盯著薛婉的表情，簡直可以用精采來形容，臉色一會兒青、一會兒白，眉頭皺得幾乎能夾死一隻蒼蠅，聲音冷漠，隱含怒氣。「妳來幹什麼？誰讓妳過來的？」

薛婉感覺出薛雲濤話語間的洶湧怒氣，嚇得鬆開了手，驚恐地看著四周正對她指指點點的賓客，感覺耳中嗡嗡地響，隱約知道，自己可能犯了不可原諒的大錯。

她偷偷抬眼看薛雲濤，試圖解釋。「有、有人追我，她們要打死我，我、我……」

薛柯也意識到事情不對，讓管家出去看看。

管家很快便回來稟報：「外頭並沒有其他人。」

薛婉大驚。「怎麼可能沒有！你……」

她的話還沒說完，就被薛雲濤粗暴地打斷。「妳給我閉嘴！滾回去！」

薛婉呆呆看著這個從未對她大聲說過話的父親，知道自己可能犯了錯，但他是她的父親啊，為什麼要這樣不分青紅皂白地對她凶？就因為她是外室之女嗎？

兩個薛雲濤的同僚站起來問道：「薛兄，這位姑娘……是令千金嗎？」

薛雲濤為難得不知如何回答，旁邊立刻有人說道：「看著不像啊，薛大人的千金我見過。」

隨著這兩段話，賓客間頓時熱火朝天地討論起這個突然跑進來認爹的女孩的身分。

薛婉的心撲通撲通地跳，這是她第一次公開跟薛雲濤站在一起，有那麼一瞬間，她幾乎希望薛雲濤當著所有人的面把她認下來。她不要再做外室的女兒，她要走進薛家，她也是薛家的女兒不是嗎？憑什麼薛宸可以在薛家來去自如，她薛婉就不可以呢？

只要她爹當眾認下她，一定能讓那些欺負她的人大驚失色，讓她們看看，她也是薛家的女兒，她也是薛家的主人！

薛婉又向前走了一步，這回緊緊抓住了薛雲濤的衣袖，語調清晰地對他喊——

「爹，我也是您的女兒啊。您告訴他們，我是您的女兒薛婉呀！」
這句話又在賓客間引起了滔天巨浪，大家紛紛交頭接耳，疑惑的聲音傳遍屋裡。
「薛婉？我記得薛大人只有一個女兒叫薛宸呀！難道是妾侍生的？可也沒聽說過。」
「不是妾侍生的。薛大人只有一個妾侍，那妾侍膝下無子，府裡只有一個嫡小姐。」
「那這是從哪裡冒出來的女兒？不會是……外室生的吧？」
席間的流言越演越烈，薛雲濤也給這一齣鬧得頭疼欲裂，薛柯倒是沈得住氣，瞥了仍舊抓著薛雲濤胳膊的蠢貨一眼，對管家使了個眼色，管家便派人上前把大喊大叫的薛婉拖入後宅，交給老夫人處置。
然後，他和薛雲濤在賓客間周旋一番，薛雲濤就急急趕去後宅處理這件事了。

第十章

青竹苑中安靜得針落可聞，薛雲濤急急地經過抱廈，自己打起竹簾走進去，就看見薛婉跪在地上。

寧氏滿臉的怨憤，女客都給請了出去，只剩下兩位姨娘和薛氏。他毫不意外地看見了薛宸坐在最下首的位置上，正默默盯著不住抽泣的薛婉。

感覺到薛雲濤的目光，薛宸這才抬起點漆般的雙眸，冷冰冰地掃了薛雲濤一眼。

只那一眼，就讓薛雲濤幾乎想奪門而出。

他低著頭走到薛婉身旁，躬身對老夫人行禮。

老夫人寧氏依舊盤腿坐在羅漢床上，先意味不明地看了看薛宸，然後才對薛雲濤問道：「你倒說說，這是怎麼回事？這丫頭是誰啊？」

薛雲濤看著寧氏，嘴角動了動，掀起袍角跪下，抱拳請罪。「兒子不孝，連累了父親母親，讓薛家蒙羞。」

東府薛家子嗣艱難，薛柯只有薛雲濤一個兒子，無論是才學或人品，向來都是薛柯引以為傲的，帶給家族榮耀。但像今天這樣，在賓客雲集時鬧出這麼一件醜聞來，實在有失顏面。

因此，在這件事上，寧氏並沒有表現出對兒子的寬容，而是越發冷聲地問道——

「我是問你，那丫頭到底是誰？」

薛婉忘記了哭泣，跪在薛雲濤身旁，看著在她印象中高大如山般的父親，在這位祖母面前，也只能俯首認錯，不敢有絲毫忤逆，心裡的不安漸盛。母親總和她說，總有一天，父親會把她們迎進門，可薛婉隱約覺得，被她這麼一鬧，這件事也許會不順利了。

「她是……我和素娥的孩子。」薛雲濤再不敢隱瞞，和盤托出。

寧氏蹙眉，顯然知道徐素娥的名字。「這麼多年，你和徐素娥還有聯繫？」

薛雲濤沒作聲，只是默默點了點頭，猶豫半晌後，才道：「她一直跟著我，婉兒是我們的女兒。還有、還有一個兒子，今年八歲，叫薛雷。」

聽到這裡，寧氏沒法子冷靜了，一拍床框，指著薛雲濤怒道：「你個混帳東西！書都讀到狗肚子裡去了嗎？竟然學那些紈袴子弟養外室。你的妻子屍骨未寒，就讓外室之女鬧到府裡來，你對得起你的妻子、對得起你的女兒嗎？」

寧氏說這些時，目光瞥向的是雷打不動、坐在那裡看戲的薛宸，這些話，分明是說給薛宸聽的。由此可見，老夫人早已知道薛雲濤在外面養了外室，並且生了兒女。

薛宸腦中靈光一閃，忽然有些明白老太太為什麼願意打破陳規，讓薛雲濤將徐素娥迎進門了，怕是為了她生的兒子吧。

也許盧氏在寧氏眼中最大的錯誤，不是商戶之女，而是到死都沒生出個兒子來。薛宸心頭，又替母親一陣悲哀。

薛雲濤被寧氏罵得不敢抬頭，知道這件事自己做得有多不地道。

當時，他無心婚姻，家裡卻莫名其妙給他安排盧氏做妻子。頭兩年他很討厭盧氏，哪裡肯和她好好過日子？因此，他才和流落的官眷徐素娥好上。可後來，他發現了盧氏的好，想和徐素娥斷了時，她已經替他生下一子一女，又不肯入府做妾，他只好兩頭瞞著，想等盧氏的喪期過後，再考慮該怎麼安置他們。沒想到，事情卻被這個莽撞丫頭給徹底揭開了。

兩個嬤嬤上前給寧氏順氣，寧氏坐在上首，環顧下面一圈後，才對薛雲濤問道：「事到如今，你打算怎麼處理這件事？」

話雖然是和薛雲濤說的，但寧氏的目光卻若有似無地瞥向了薛宸。

薛宸眼觀鼻、鼻觀心，安靜得彷彿沒她這個人般。

薛雲濤直起了身，卻是不抬頭，對寧氏認命道：「全憑母親處置。」

薛婉嚇得看向薛雲濤，他說全憑別人處置，若別人要他拋棄他們，他難道也會照做？她覺得今天所受的打擊實在是太大了。從小到大，她雖是見不得人的外室之女，可她有母親、有弟弟，還有偶爾會去看他們的父親，如今她不過是想爭取一些東西，便淪為讓別人來決定自己命運的後果，這讓她怎麼也無法想通。

此刻寧氏可管不了薛婉心裡怎麼想，順了氣後，越過薛雲濤，直直看向一直默不作聲的薛宸，對她招了招手。「宸姐兒，到祖母這裡來。」

薛宸端莊站起，目不斜視走到了寧氏身旁。

寧氏抓住薛宸的一隻手，放在手裡端詳片刻，幽幽嘆了口氣，語氣憐愛地對她說：「好孩子，今日之事，妳可看明白了嗎？這個丫頭是妳同父異母的妹妹，也是妳爹的孩子，妳看這件事該怎麼處置才好呢？」

薛宸抬眼看寧氏，目光清明得似乎能倒映出寧氏此刻齷齪的內心，讓寧氏不由自主垂下眼，不敢再去盯著這雙彷彿能夠看透人心的美麗眸子。

薛宸的注意再次回到薛雲濤和薛婉身上，在薛雲濤愧疚、薛婉恐懼、寧氏期盼的目光下，緩緩吐出幾個字來。「要是我說，留子去母，祖母和爹爹會答應嗎？」

「……」

在場眾人無一不對薛宸的這句話感到震驚，連薛雲濤都難以置信地抬起頭，看著像是一朵佛前清蓮般清麗不可方物的女兒，實在很難相信，那句「留子去母」是從她這樣一個小姑娘口中說出來的。

而寧氏更是目瞪口呆地看著孫女，因為那四個字，她抓著的那隻溫潤如玉的手，似乎都有些冰冷起來。她只是想藉這丫頭走個過場，彰顯她作為老夫人的仁慈公正，可這丫頭竟然還真敢開口。

寧氏的嘴角抽動，旁邊的兩個姨娘面面相覷，只有薛氏依舊端正地坐著，似乎對薛宸說的話並無任何異議。

看著面前嬌俏得像個小仙子的孫女，寧氏內心極其矛盾。剛才的確是她把這把刀送到了薛宸手中，原本是想讓她再把刀遞回來，因為她已經明確地說了，那個女人雖然是外室，可畢竟給她爹生了兩個孩子，要是她善良一點，很容易就會說出「事到如今，也沒有其他辦法」的話，怎麼樣也能把這事交到她這個祖母手上。到時候如何處理，便是她的事了。

說白了，寧氏把這個問題推給薛宸，為的就是不讓別人抓住她的話柄，說她這個老夫人做得不公平。如果她問了薛宸，今後無論事情發展到什麼地步，她都能推說是這丫頭同意的，事先問過她了。

可如今呢？這丫頭拿著雞毛當令箭，說出這麼一句讓人如鯁在喉的話來，讓她怎麼往下接？是答應還是不答應？

薛宸賺足了所有人的驚愕，在一片凝重的氣氛中，突然笑了起來，是那種冷冷的哼笑，聽著叫人毛骨悚然。奈何她容貌生得太好，連這種詭異的笑容都使她生色不少，平添豔麗之感。

薛雲濤站在那裡，對薛宸為難地開口道：「辰光，這件事不是兒戲，妳切莫意氣用事，還是交給祖母處置吧，好不好？」

薛宸收起笑容，冷冷盯著薛雲濤和躲在他身後的薛婉，果決地說：「不好。祖母不是問我想怎麼辦嗎？弟弟和妹妹是爹爹的親生骨肉、是爹爹的血脈，自然不能看著他們流落在外。他們的母親雖說為薛家生了兩個孩子，卻是個道德敗壞的，正經人家的女人，哪裡肯做外室這麼多年，連個名分都沒有。這般自甘墮落，難道爹爹還想將她迎進門做主母不成？」

薛雲濤被薛宸說得啞口無言，有心再替徐素娥說道兩句，卻發現自己竟然無處辯駁。他不得不承認，薛宸所言句句屬實，徐素娥的確是毫無名分地跟著他做了好些年外室。

「留子去母，算是給她的體面了。不然像她這種品行的女人所生的孩子，我還怕認回來以後，會壞了薛家的門風呢。」

薛宸的話如一把鋒利的刀，一下下砍在薛婉的心頭。她從沒有一刻像此時這般憤怒，連剛才被張寶盈冤枉，心裡也沒這麼氣，甚至還有些慶幸，慶幸張寶盈給了她一個光明正大來找薛雲濤的理由。

可現在呢，卻完全不是那麼回事了。

這個薛宸怎麼敢說出這些話來？毫不避諱地說她娘道德敗壞。她是什麼東西？竟敢這樣說她的娘親！她想讓她爹將這個口不擇言的姊姊罵一頓、打一頓，就像住她們隔壁的三花家，三花那麼凶悍，她爹兩個巴掌下去後，也像隻鵪鶉似的縮在一旁不敢說話。

在薛婉看來，薛宸應該被薛雲濤打幾個巴掌、好好地教訓教訓，但她現在不敢當眾把這個主意說出來，因為她確實有些懼怕那個站在祖母身旁的嫡姊，儘管對她恨之入骨，卻又不敢站出來和她對抗。

薛婉低下了頭，將希望全寄託在薛雲濤身上。

事實上，薛雲濤也被薛宸這番話震驚到了，很難相信眼前這個出言狠辣的孩子是前幾天還對他十分依賴的女兒，懷疑這些話是有人教她說的，語氣變得不好起來。「這些話是誰教妳的？妳娘嗎？她還真是教出了好女兒。」盧氏去世前，薛宸接觸最多的人就是她，所以第一個便懷疑到盧氏身上。

薛宸藏在衣袖中的手緊緊握了握，然後又鬆開。並非她對盧氏沒有感情了，任由薛雲濤誣衊她，而是她已經不是會被別人一句話激怒的孩子了。如果非要按照年齡來算，她上一世病死時，年紀甚至比現在的薛雲濤還要大些。所以薛宸很冷靜，知道現在的問題是什麼，最重要的又是什麼。

至於薛雲濤對盧氏的不信任……她也不是第一回見識到，上一世，像這樣的場面她見得多了，早已練就刀槍不入、再也無法被言語傷害的心腸。

「爹爹的話好奇怪。我說的難道不是人之常情，難道爹爹認為我說得不對？那讓爹爹來說，這件事該如何處置？爹爹是想迎那個女人入府做嫡妻，要我喊她一聲母親，要她來教導我做人做事嗎？」

薛宸的冷靜，讓薛雲濤突然覺得害怕起來。他也知道剛才那句懷疑盧氏的話重了些，原以為女兒會受不了和他大鬧，或者委屈地哭出來，可是女兒堅強得令他想起那日她墊著蒲團也要爬上棺木、看盧氏最後一眼的畫面。

他想起了盧氏，這個沒什麼學問，與他沒有共同語言，卻又處處為他著想、維護他的女人，頓時覺得恍惚，一陣難以言喻的愧疚侵襲而來，連嘴唇都開始顫抖，支支吾吾說出的話，聽起來並不是很清楚。

「不，我沒這麼說過。但留子去母也實在太……太不近人情了。」

薛宸看著心神恍惚的薛雲濤，暗自嘆了口氣，還沒開口，卻聽見一直沈默的薛氏說話了。

「大哥，我覺得宸姐兒說得對。這麼個女人，大哥實在沒有必要維護，她沒名沒分做你的外室這麼多年，要麼是不知廉恥、要麼是野心太大，不論是哪一種，都不適合留下來。這樣的品行，也沒辦法教出什麼好的孩子。正如宸姐兒說的，留子去母是給她的最大體面了。子嗣咱們可以認下，但那個女人休想進門。」

聽到這裡，薛婉終於忍不住了，卻不敢大聲否決她們的話，而是不住拉扯薛雲濤的衣袖，抽抽噎噎地說：「爹，您不能拋棄我娘，您也不能拋棄我和弟弟。您和她們說去，她們不能這麼對待我們。」

此時，薛雲濤心亂如麻，頭腦裡一團漿糊，自己都捋不清思緒，哪裡還聽得進薛婉的話。

薛氏冷哼一聲，轉身對寧氏道：「母親，這件事原不該我這個出嫁女來說道，但您也看見了，大哥是個糊塗的。在這種大是大非上，最是容易遭人詬病，他卻糊裡糊塗這麼多年，被一個女人擺布至今。這事要不鬧出來也罷了，將來他想怎麼辦，那都是他的事，可如今事情已經鬧得沸沸揚揚，那不知禮數的丫頭冒冒失失地跑過來認爹，這是想把咱們薛家架到火上去烤，父親一生清名可不能毀在這上頭。」

薛氏說完這句話後，又彎下腰，湊近寧氏耳旁，輕言道：「事情鬧出來就沒有挽回的餘地了，縱然大哥子嗣艱難，但大嫂已故，只要今後另尋嫡妻，又不是生不出來，母親何必綁緊在那棵樹上。說到底全都是命，母親可要顧全大局啊。」

聽到這裡，寧氏終於有些動搖了。

是啊，她是心疼子嗣，曾動過把徐素娥娶進府來的心思，那是玲瓏心肝的人，不同於盧氏出身市井、滿身銅臭，難得兒子也喜歡，肚子又爭氣。

可徐素娥再好，如今怕也只能放下了。

至於子嗣，將來若替兒子另尋知書達禮的大家閨秀續弦，再把孫子寄養到嫡母名下，也是一樣。只是留子去母……真要做得那樣絕嗎？兩個孫子都大了，知道自家親娘是誰，若此刻將他們分離，只怕今後進了薛家會日夜不寧。

薛氏對寧氏說完那些話後，隨即看了薛宸一眼，薛宸立刻明白這位姑母是在幫她，不動聲色地斂下了眼瞼。

寧氏沈吟片刻後，說道：「宸姐兒，妳說的那個建議，祖母不贊成。留子去母這樣的事，不該發生在咱們薛家。」

寧氏的話在屋內響起，薛婉滿懷希望地仰望著這個一句話便能決定他們命運的祖母，希望她能給自己作主、能給她娘親作主，好好殺一殺薛宸的威風，讓她知道，薛家不是只有她一個女兒。

可是，寧氏接下來的話，讓薛婉剛剛升起的希望重重地落在了地上，只覺耳膜震動不已，迴盪著寧氏的聲音。

「讓她進來做妾吧。隨便尋個院子養著，不過多雙筷子，也礙不著妳什麼。妳依舊做妳的大小姐，她一個妾侍，怎麼著也越不過妳去。這樣的話，妳怎麼看？」

這是跟薛宸商量的意思了。

薛宸暗自鬆開了在袖中緊捏的雙手，轉過身，對寧氏屈膝行禮，收起先前快要炸裂的鋒芒，變得乖順無比。「是。祖母總是考慮周全的，這件事煩請祖母費心了。」

寧氏看著眼前突然低眉順眼起來的孫女，沒來由地，心頭閃過一抹被騙的感覺，可沒等感覺成形，薛婉不知天高地厚的言論一下子又敲在了寧氏的眉頭上。

「不，我娘不做妾！我娘說什麼都不會做妾的！」

直到現在，薛婉才知道，今日這樣莽撞地上門有多不明智，可現在後悔也來不及了。

「……」這下輪到所有人的目光注視薛婉這不知分寸的孩子了。

要說薛宸說話刻薄，但她說得都在理，而且她是正經的嫡長女，又嫡又長，無論說什麼都有一定分量；就算沒分量，但她最起碼有權說話。話說得絕了，那也叫嫡女底氣。

可薛婉算是個什麼東西？一個還未認祖歸宗、外室生的女兒，姑且不論她說的話有沒有意義，單就這個場合裡，她還沒有說話的資格！

寧氏對她可沒對薛宸的耐性，瞇著眼，沈聲回了一句。「不做妾，還想做嫡妻不成？她也配！」

寧氏這句話說出口，薛宸只覺內心莫名一鬆，重生以來一直壓在心頭的大石終於落地了。她對徐素娥有著莫名的懼意，前世在她還是孩子時，時常被她整治得有口難言，被她用嫡母的身分壓得喘不過氣，像從小被人教訓的狗，就算長大了有多凶猛，依舊會懼怕那個小時候打牠的人。

上一世，她一敗塗地，在徐素娥最脆弱時，她懵懂無知，錯失了對抗她的機會。等到她明白一切，徐素娥已經不再脆弱，手中緊緊捏住了她的命脈，成為一座她再也無法撼動的高山。

重來一世，她本想一次徹底解決，可惜事與願違。

留子去母的話是她故意說的，本就沒指望祖母和父親會同意，只是以退為進的方法。先提出一個他們怎樣都不會同意的要求，讓他們去反駁，最後給出折衷的結果。

徐素娥為父親生了兩個孩子，而且已經養到這麼大，哪能徹底擺脫她呢？饒是薛婉突然闖入，讓她占得先機，從父親剛才的表現來看，其實他對徐素娥還是頗有情義的。如果她不鬧這麼一場，由著他們在暗地裡操作，一年之後，徐素娥依舊能以嫡母的身分進入薛家，到那個時候，她就該頭疼了。

如今雖仍免不了徐素娥進門的結果，但最起碼讓她從嫡母變成了妾侍，身分差了一座太行山那麼高。嫡母可以管教嫡小姐，但妾侍就沒有那個資格了。

得到了自己想要的結果，薛宸並不想在這裡多留，辭了寧氏與薛氏，再不看薛雲濤與薛婉一眼，兀自離開了主屋。

薛雲濤看著她離去的背影，眸光微動，撇下薛婉追了出去。

薛雲濤在廊上喊住了薛宸。

薛宸停下腳步，卻沒有回頭，只是靜立等待薛雲濤上前找她。

薛雲濤走到薛宸身邊，見她面無表情，一副拒人於千里之外的樣子，想起先前她在屋裡那般咄咄逼人，覺得自己身為父親有義務管教她，便輕咳一聲，開口道：「辰光，先前父親在裡面說話確實有不對的地方，但妳也不該心懷惡毒。不管怎麼說，婉兒也是妳的妹妹，對他們姊弟，爹爹確實虧欠良多。他們從小生活在外面，一個月難見到我一回，他們的娘是個好女人，這麼多年來，一直無怨無悔地跟著爹爹。

「之前怎麼樣就不提了，爹爹只想和妳說，今後他們進了門，妳不可再刁蠻。大家都是一家人，妳不僅多了個妹妹，還有一個弟弟，妳是長姊，要學會如何照顧弟弟妹妹，要懂得維持一家人之間的和睦，知道嗎？」

薛雲濤說這些話時，薛宸依舊沒什麼表情，直到他說完後，才緩緩地轉過身子，目不斜視地看著薛雲濤。「爹，我從沒覺得您不是個好父親。可是現在，我卻覺得您連個好人都算不上。」

薛雲濤蹙起眉頭，正要發怒，卻聽薛宸又開口說：「不要急著否認我的話。您說我心懷惡毒，不懂維持家庭和睦，可我說的哪一句不是為了您的名聲著想？家有嫡妻卻豢養外室，又容外室生下一子一女；嫡妻屍骨未寒，便縱容私生女上府大鬧認親，丟盡了薛家顏面。

「今日來府賀壽的，大多是祖父與父親的同僚，今日之事早已獲得大家關注，所以您處理這件事的方法變得尤其重要，大家都等著看薛大人會怎麼做。我說留子去母，有什麼不對？留下的是爹爹的血脈，去掉的是會讓爹爹蒙羞的女人。不過祖母和父親皆不願做得那般絕情，那我只好妥協，答應讓她進門做妾。這樣委曲求全，爹爹還要我怎麼樣？」

說到這裡，薛宸看向薛雲濤的眼中，已經有了血絲和熱淚。

薛雲濤見女兒這樣，心裡也不是滋味。他素來耳根子軟，吃軟不吃硬，只要跟他說些軟話，就能把心窩子掏出來。他剛才雖然責怪薛宸，可聽她這麼一解釋，又覺得好像是這個道理。

想起今日筵席上同僚們那好奇的眼神，他才猛然驚醒。是啊！經過薛婉這麼一鬧，這件事已經變成眾所周知，就算他有心將徐素娥娶進門做嫡妻，只怕這一世都做不到了。在這種情況下，女兒還能處處替他著想，實在是難得。

薛宸見薛雲濤表情起了變化，深吸一口氣後，開口繼續道：「爹爹覺得對他們有虧欠，可是說到底，這些虧欠並不是我和母親的債。您想維持家庭和睦，這一點不用您說，我身為嫡長女也會做到。父親想對他們好，便對他們好，我不會阻止。但請父親不要忘了，我也是您的女兒，而且是您和髮妻唯一的女兒。」

說完這些話後，薛宸不等薛雲濤反應即轉過身去，挺直了背脊，端莊典雅地走下迴廊，獨留薛雲濤立在當場。

他這個人，做事做官都可以，唯獨對家事的處理很容易猶豫。他太重情，往往被細微的感情絆住腳步，以至於影響了理智的判斷。辰光說得對，事情會走到今天這一步，全是因為他。

是他虧欠了一雙兒女、虧欠了徐素娥，同時也虧欠了盧氏和辰光。

第十一章

寧氏被前院發生的事煩得頭疼，薛氏便扶著她往寢室走去。

鵝卵石鋪就而成的小徑旁蘭草芬芳，看著十分雅致。經過一座八角飛簷的涼亭時，薛氏指了指亭子，攙著寧氏過去，讓跟隨的人在外頭等候。

寧氏看著薛氏，終於忍不住道：「妳不是也不喜歡盧氏這個嫂子嗎？怎麼今日倒是對宸姐兒刮目相看了？」

寧氏知道這個女兒和她的心思差不多，不希望家裡娶個商戶之女，奈何祖上積下的緣分，只好娶回來。可娶回來並不代表她們就能接受。

薛氏看了看四周，然後湊近了寧氏，在她耳旁說道：「母親以為，今日之事因何而起？」

寧氏見她有話說，遂配合地搖頭。薛氏勾了勾唇角，繼續道：「我若說出真相，母親定也會讚我做得對。咱們家這個宸姐兒可不是個普通角色。」

說完這幾句話後，薛氏把今日白天發生的事情，事無鉅細地全告訴了寧氏。事發之時，她已暗中派人去將這事的前因後果調查了一遍，也問過府裡的人，這才全部明白過來。

寧氏聽完，大驚失色。「妳是說，今日婉姐兒會突然跑來找大爺，是受人威脅挑唆，而這個威脅挑唆的人，是宸姐兒？」

薛氏點頭。「是。而且這件事做得算是滴水不漏了，要不是我找到那個給張家小姐遞話的小丫鬟，根本沒人會發現，這背後之人竟然是宸姐兒。」

寧氏若有所思地垂下眼瞼，半晌才瞇眼說了一句。「如此，宸姐兒的心思也太深沈了些，想必她早已知道徐氏的事，也認得婉姐兒。這回要不是妳尋對了人，咱們就徹底被蒙在鼓裡了。」

薛氏聽兒，笑了笑。「我倒覺得，這件事怕是宸姐兒故意留下蛛絲馬跡讓我們去尋的。若非如此，她大可事前與張家小姐說明白，何必在事成之後多此一舉，派個丫鬟去知會張家小姐速速回府呢？」也是因為這個小丫鬟被薛氏的人撞見，才有了這條線索，順藤摸瓜找了上去。

「可她為什麼要給咱們留下這麼個線索？」這是寧氏怎麼也想不通的地方。宸姐兒既然有這樣的心思，又何必畫蛇添足，讓人發現？難道是想在她們面前顯露顯露自己的手段嗎？這可不是理智的人會做的事情。

薛氏的目光落在了亭子旁那株開得正豔的魏紫茶花上，勾起了唇角。「她是想利用這件事情，向咱們投誠吧。」

寧氏看著薛氏，好半晌沒說話。

薛氏站起身，走到那株茶花旁，以指腹托起單薄的花瓣，頗感欣慰地道：「娘不是一直嫌棄大嫂出身商戶，沒有大家閨秀、世家千金的樣子嗎？沒想到她竟然教出了這樣一個女兒來。依我看，宸姐兒身上的氣度，未必比那些世家千金要差。這樣有心思、有手腕，又懂得進退的嫡長女，才是咱們薛家該有的。」

寧氏仍然沒開口，似乎陷入了沈思。

薛氏見她如此，又加了一句。「娘若想要有嫡子繼承薛家，大可讓大哥再娶個嫂子回來做嫡妻。大哥正值青年，前程似錦，娘還擔心今後沒有孫子可抱？倒是這個時候，若家裡沒有一個像樣的嫡小姐，那才是貽笑大方的事。

「您原來說徐素娥是個知書達禮的，以為她教出來的女兒會有多出色，可如今看來，跟咱們宸姐兒相比，不知差了多少。您之前提過，將來等徐素娥進了門，要從兩個閨女裡挑個出色的，如今我看不必挑了，薛家要捧的嫡長小姐，就是宸姐兒。」

薛宸讓東府管家給她準備車馬，要先回燕子巷去。

管家離開後，派了兩名丫鬟服侍薛宸。薛宸一邊想事情、一邊走到側門，站在門後的霧紗籠下，等著車馬來接。

薛宸一身素服，身上沒有多餘的顏色，站在那裡便是一道靚麗的風景。初夏的天氣有些悶熱，但瞧著她，似乎便能避開所有暑氣，叫人心曠神怡，她就像一株清蓮般，出淤泥而不染，用不著任何點綴，亦能讓人發覺她驚天的美麗。

此時，一輛藍底褐色暗紋的馬車自薛家側門旁經過，趕車的是個年輕人，濃眉大眼，揮舞著鞭子，似乎在趕路。

因為側門本就沒什麼人來往，薛宸不禁多看了兩眼，正好瞧見車後飛簷上掛的祥獸鎮鈴，獸口垂下一塊杉木牌，牌上寫著「大理寺」三個字。

她一直盯著那輛馬車，直到它駛遠，才若有所思地收回了目光。

大理寺的馬車怎麼會經過這裡？

管家親自將馬牽來，尋了府裡的車夫給她駕車。

兩個丫鬟扶著薛宸上車時，薛宸轉頭對管家問了一句。「咱們府上有事跟大理寺來往嗎？」

管家是個四十多歲的中年男人，留著山羊鬍子，看著很是幹練，聽薛宸這麼問，想了想，才搖頭說道：「沒聽說府裡有什麼事要煩大理寺的。」

薛宸看著他，這才點了點頭，由兩個丫鬟攙扶著上馬車。兩個丫鬟則一人坐一邊，陪著薛宸往燕子巷去。

薛婉是寧氏派人送回貓兒胡同的，徐素娥親自迎了出來。

徐素娥生得十分溫婉，五官精緻，有種來自江南水鄉的柔美韻味，二十來歲的模樣，看著很是年輕。她穿著一身半新不舊的素色衣裳，看起來像是高門府邸出來的優雅婦人，絲毫不見陋室中的輕浮卑賤。

看見垂頭喪氣從馬車上下來的薛婉，徐素娥似乎猜到了什麼，沒有先發怒。知道送薛婉回來的是薛府老夫人身邊伺候的嬤嬤時，更是恭敬得不得了，將那嬤嬤迎入大堂做了上賓，讓丫鬟跪地奉茶。

嬤嬤將來意說明了，然後直接讓人拿出一個紅絨布的托盤，上頭蓋著喜慶的紅綢布。將托盤放在大堂中央的案上後，嬤嬤伸手掀開綢布，露出六排四錠、共二十四塊的銀錠，每錠二十兩，總共四百八十兩，呈現在徐素娥面前。

徐素娥嘴角的笑容微微斂起，柔雅得不似中年婦人般的聲音自口中傳出。「嬤嬤這是何意？」

嬤嬤對她笑了笑，神態間帶著一股高高在上的優越。對於這種自甘墮落、給人做外室的女人，哪裡還用多尊敬？卻不表現出來，笑容滿面地說：「姨娘大喜。這是老夫人託奴婢送來的禮金，姨娘一心追隨我家大爺，並勞苦功高地為大爺誕下一子一女，旁人家納妾原是幾十兩的事情，但老夫人心慈闊綽，給姨娘四百八十兩，也算是獎勵姨娘。如今大夫人故去，大爺願為夫人守制，等到一年期滿，薛家再派轎子來迎姨娘入府享福。」

徐素娥臉上的笑容再也掛不住了，瞥了低頭不語的薛婉一眼，不著痕跡地蹙了蹙眉，聲音裡依舊聽不出喜怒。「這……怎會這樣突然？敢問嬤嬤，真的是老夫人的意思嗎？老夫人要我入府為妾，嬤嬤可有聽錯？」

今日嬤嬤在東府裡也算是看完了整件事，微微一笑，從椅子上站了起來，低下頭，一邊捋著根本不亂的衣袖、一邊狀似隨意地對徐素娥說道：「徐姨娘真會說笑，這麼大的事情，奴婢耳朵再怎麼不好使，也不會聽錯的，老夫人說的正是您啊。您是婉小姐的生母，婉小姐今日為了姨娘入府去認爹，如今只怕京城上層圈子半數的人都知道您要做薛家姨娘啦。」

徐素娥聽見，繃緊的最後一根神經終於斷裂。

嬤嬤留下銀子，說完話便離開了。

偌大的廳堂內，只剩下徐素娥與薛婉。薛雷在私塾裡唸書，現在還沒回來。

薛婉低著頭，不住絞弄手裡的帕子，恨不得把帕子絞碎般。她不敢抬頭去看徐素娥的表情，因為她知道，那一定會很恐怖。

她娘雖然表面上看起來柔柔弱弱，但骨子裡可是誰也欺負不得的性子，凶起來比外頭的男人都凶。

徐素娥緊緊盯著薛婉，坐到先前嬤嬤坐的位置上，冷冷地問道：「妳讓繡姐兒帶妳去薛家了？見著妳爹了？到底怎麼回事？說！」

徐素娥一拍桌面，發出一聲巨響，薛婉想也沒想就跪了下來，結結巴巴地把今日在薛府發生的事情，事無鉅細全告訴了徐素娥，也將薛宸「留子去母」的話說了，只希望能用這些轉移徐素娥對她的怒火，把帳全算到薛宸頭上去。

聽完薛婉的話，徐素娥表情凝重，秀麗的臉上布滿寒霜，剛用鳳仙花汁染好的指甲掐進肉裡，一雙手捏得骨節泛了白，雙眸中凝聚的是陰狠之色。

她一揮手，將擺放在桌上的托盤掃到底下。嘩啦啦一響，銀錠子散了一地。

徐素娥的目光盯著散落在地的銀錠，只覺那發出耀眼光芒的東西，似乎正顯示著她有多卑賤。

四百八十兩……她跟了薛雲濤十二年，隱姓埋名，替他生下一子一女，忍著多大的苦，就是不肯跟他入府做妾。她以為薛雲濤知道她的心思，亦默認了，可如今就因為一個孩子的冒失行為，她所有隱忍全化作灰燼，到頭來，也只不過當個低賤的妾侍！

薛雲濤根本不知道她為他付出了多少，用四百八十兩就想打發了她。

薛婉見她娘親目露凶光，一動不動坐在那裡，試探著走到她面前，小聲囁嚅道：「娘，您怎麼了？您別嚇我！這件事都怪那個薛宸，她太壞了，我……」

薛婉的話還未說完，即被徐素娥給打斷了，冷聲道：「閉嘴！去外頭跪著，我讓妳起來再起來。」

她聽薛婉說了今日在東府發生的事情，哪會想不到這件事從頭到尾就是盧氏那個女兒搞出來的。薛宸是想借婉兒的手，讓她這個外室暴露在所有人眼中，叫薛雲濤和薛家再無娶她入門做正妻的機會。

雖然徐素娥不知薛宸是如何認出婉兒的，但這件事既然已經發生，便只得如此，沒有其他退路了。原本以為盧氏的女兒會和她一樣沒用，如今看來，倒是她小瞧了那孩子，一時大意，才遭受這樣大的打擊。

薛婉今年十歲，一直長在親娘身邊，對大戶人家的嫡母、妾侍和外室的身分理解得並不通透。在她看來，只要能進薛家，住進那又大又漂亮的宅子裡，就算是做個妾侍，也比在外頭住這四合院要強得多，所以不是很能理解徐素娥的真正心思。

如今聽徐素娥要罰她，多年來的驕縱讓她忍不住頂嘴。「娘，明明是薛宸的錯，您罰我做什麼呀！您今後入了薛府，做了她的姨娘，還怕教訓不了她嗎？」

啪！徐素娥一巴掌打在了薛婉的臉上。

這是薛婉第一次挨打，整張小臉滿是錯愕的神情，一隻手摀著臉頰，難以置信地看著自家娘親，久久說不出話來。

徐素娥絲毫不心疼，看著這樣蠢笨的女兒，頭疼不已，指著門外沈聲說道——

「我再說一遍，出去跪著！」

這回，薛婉再不敢頂半句嘴，摀著臉從地上爬起來，憤憤地走到院子中央跪了下來，委屈的眼淚自眼眶裡流下，腦中卻想起薛宸在薛家的威風畫面。

這一切都是薛宸害的！

同樣是薛家的女兒，可她卻擁有那麼多東西，住著又大又寬敞的宅子，出入有人伺候、出行有車跟隨，就連說句話，都有無數人捧著她；隨便送出的禮，是她們半個月的開銷。可是她呢？從小跟著娘親住在這樣一個小院子裡，前後伺候的不過兩、三個粗使丫鬟，吃的東西也沒有薛家可口，連喝的水都沒她喝的香，這些都是憑什麼？

所以，自從見了薛雲濤之後，薛婉就決定，不管用什麼方法，這回她一定要進薛家才行，就算是讓她娘去做妾。做妾又怎麼樣，不過是死了以後進不得祠堂罷了，生前不照樣可以享福嗎。

更何況老夫人也說了，她和薛雷本來就是薛家正經的公子、小姐，生下來該是金尊玉貴的。既然如此，他們又為什麼要跟著她娘在這破房子裡過苦日子？

薛婉雖然跪在地上，心裡仍是埋怨她娘。從前她不知道薛家有多清貴，今日去了才知道，她和薛雷若是出生在薛家，那麼過的該是錦衣玉食的生活。可是她娘卻偏偏要把他們留在身邊，又不能給他們優渥的生活，硬是讓他們錯失了十年的好日子，她有什麼資格對她生氣呢？

決定好徐素娥的事後，薛宸這個女兒十分懂事，把家打理得處處妥當，讓薛雲濤很是放心。沒過幾日，薛雲濤被從前的同僚請去衙所，並不出面講學，只是在後房幫忙。他學識豐富、做事穩妥，整理的古籍資料很是詳盡，對編纂文集等事亦是相當純熟，飽受好評。

薛宸在府中撰寫店鋪的新計劃，寧氏卻日日派人來給她送些當日東府做的吃食或是絹花首飾。東府與燕子巷隔著兩條街，薛雲濤和盧氏剛剛成親那會兒，盧氏每日套了馬車，辰時前趕去給寧氏請安，後來寧氏覺得不耐煩，就免了這套禮。如今寧氏天天送東西給薛宸，薛宸又怎麼好不去道謝呢？

看著桌上的兩只食盒，裡面裝的是東府廚子新做出來的點心，衾鳳替薛宸擺在桌上，薛宸取一塊築圓咬了一小口，讓東府來的丫鬟回去覆命。

待丫鬟走了之後，薛宸就把滿桌點心全賞給了衾鳳和枕鴛，讓她們自行分配去。

雖然每日都能收到老夫人送的東西，但衾鳳不免對東府老夫人的心思捉摸不透。要說老夫人關心小姐吧，可她們夫人故去時，也沒見老夫人對小姐有多關切；要說不關心吧，這段日子以來，幾乎日日都會命人來送東西。

她一邊將點心再裝入食盒、一邊對薛宸問道：「小姐，您說老夫人這是什麼意思呀？」

薛宸站在窗臺前修剪那兩盆夕霧，聽衾鳳這麼問，隨口答道：「什麼意思呀……每日送東西給妳還不好？」

衾鳳趕忙搖手解釋。「不是的，奴婢只是覺得奇怪罷了。」

薛宸勾唇，回頭看了她一眼，心情似乎不錯，卻沒再和衾鳳說什麼。

等收拾好東西，薛宸才對她們吩咐道：「讓人套車。替我準備衣裳，待會兒去東府謝恩。帶上花園昨兒送來的兩株姝色明蘭。」

薛雲濤喜歡蘭草，因此府裡有專門培育的花房。薛宸覺得養蘭實在麻煩，一般是不沾手的，花房送來就擺著，不送也不會特意去看。但寧氏也喜歡這些，因為主母喜歡，所以東府的人不管真喜歡還是假喜歡，反正通府都有這種愛好。無論送什麼名貴的東西去東府，都會被說市儈庸俗，唯有隨手拿這些東西去，才能讓寧氏刮目相看。

在這方面，盧氏做得就沒有薛宸圓滑，也確實沒有薛宸的眼光和品味。

上一世，薛宸作為長安侯夫人，所見所學自然比出身商賈的盧氏要好。盧氏嫁到薛府，並沒有得到寧氏的教導和夫君的點撥，對於這些世情，只能靠自己摸索，但到她死之前，也沒能摸出薛家人的真正喜好。薛家人好雅，單以盧氏的身分來說，實在很難和雅字聯繫在一起。

在薛宸看來，薛家就是個正兒八經的讀書人家，祖父身為翰林院掌院學士，官拜四品，本身也是進士出身。而薛雲濤更是自小才名遠播，中進士之後，雖未入三甲，但所做之事卻堪比三甲。只要等盧氏喪期一過，自然有貴人舉薦他，從此官運亨通。

薛宸又擺弄了兩盆夕霧一會兒，剪去不必要的小枝椏，才淨手去了內間更衣梳妝。薛雲濤只有一年的孝期，但薛宸卻有三年，這三年中，她不能穿任何豔色衣服，出門襟前需別上巴掌大小的麻布片，一年之後方可取下。

於是，她換了一身乳白色細布竹紋邊的褙子，配淡藍素色襦裙，腰間繫一根嫦娥細錦帶，在腹前繞出打成蝴蝶狀的結後，錦帶還能垂至裙襬上方兩寸，行走間飄逸靈動，為素服添一絲活力。烏黑的髮按制需披散而下，但薛宸是女孩兒，這樣出門未免不雅，便挑上層髮絲綰成一個纂兒，斜斜偏在一旁，以一根白玉珍珠簪固定，面上不施粉黛，亦可見清麗絕倫。

薛宸端莊秀美，腳步穩健，行走如風，衾鳳與枕鴛手裡各小心翼翼地捧著一株一朵花瓣兩種顏色的明蘭，坐上馬車，往東府趕去。

東府的青竹苑中，薛氏也在，見薛宸走來，迎上前牽著她的手入內。裡面還坐著西府大夫人趙氏，薛宸對寧氏、趙氏和薛氏行過禮後，看到薛繡和韓鈺也在一旁。

韓鈺對她漾起大大的笑容，暗地裡對她招手，薛宸忍著笑望向她。另外還有兩個有些面熟的女孩兒，應該也是西府裡的。薛宸努力想了半天，才想起來，穿著肉桂粉攢花短衫、配銀紅色百褶裙的姑娘，應該是薛繡的庶妹薛柔。另一個穿著石榴紅交領撒花裙的，薛宸認不出來，看樣子應該不是大房的。

正想著，薛氏來給她介紹了。「這是西府的柔姐兒，是繡姐兒的妹妹，與妳同年。那個是妳二伯父家的蓮姐兒，和繡姐兒同年，妳也該叫她姊姊。」

聽薛氏說完，薛宸便上前向她們問好。然後，薛繡親自站起來牽起薛宸的手，讓她坐到自己旁邊，韓鈺則很識趣地往旁邊挪。

寧氏見了薛宸送來的兩株明蘭，很是喜歡，誇讚道：「也就是妳父親能栽培出這麼精神的明蘭來。他去了燕子巷後，我讓他回來給我養花，他倒是拿喬，總是推說沒空。這下好了，有宸姐兒在，今後他在花房裡養了什麼好花，妳都給我送一盆來，還省得我自己種了。」

薛宸站起來，螓首微頷，笑不露齒地回答。「祖母可是冤枉父親了，父親養這些蘭花，原就是要孝敬祖母的，總說祖母愛蘭，傾注的可不止一點心血。我是借花獻佛，不敢居了功。」

寧氏就薛雲濤一個兒子，有時誇她兒子比對她說任何好話都中聽，更別說這些兒子孝順的話還是從嫡親孫女口中說出來的，聽起來更是熨貼，當即把寧氏給說得展開笑顏。

西府大夫人趙氏看著進退有度的薛宸，將她上下打量一番，眸光微動，然後跟著附和。「到底是四叔會教女兒，瞧把宸姐兒教得這般靈透，竟讓嬸娘笑得如此開懷。」

薛宸但笑不語，不施粉黛，容顏自光，嘴角噙著微笑，臉頰兩旁似乎各有個淺淺梨窩，特別純美好看。

趙氏見了，斂下目光，轉過頭去。

薛繡用帕子掩唇，從旁說道：「瞧瞧，咱們宸姐兒一來，老夫人笑了，太太也笑了，好像咱們幾個先前有多不懂事一樣。」

薛繡人美聲甜，這番似嗔似怨的話從她嘴裡說出來，竟是十分順耳。寧氏和趙氏對看一眼，不由自主地搖頭發笑。

薛氏開口道：「要我說呀，這些小丫頭片子才是了不得，如今連咱們都敢打趣了。」

趙氏接話。「還不都是妳慣出來的。」

薛氏笑著喊冤。「哎喲，這倒成我的不是了。」

屋內一陣歡聲笑語。

薛柔在旁看了薛宸好一會兒，終於在她和薛繡、韓鈺說完話後，插了進來，指著薛宸的衣服說：「宸姊姊這身衣裳真素雅，身上又有著像蝴蝶蘭一般的香氣呢，真好聞。」

薛宸對她甜甜一笑。「我身上灑的正是蘭花提煉出來的香露，聞著氣味與蘭花一樣，所以柔姐兒才這麼覺得呢。」

薛柔見薛宸願意搭理她，很是高興，更加殷勤起來。薛宸知道她是庶出，言談間捎上薛繡來回她，將薛繡捧得高高的，卻也不冷淡薛柔和薛蓮。姊妹們有說有笑，氣氛十分和睦。

趙氏一邊與寧氏、薛氏說話，目光卻落在薛宸身上。藉著一個話頭說完，趙氏側過身子，對薛氏小聲地說了句。「我瞧著宸姐兒像是不同了。」

薛氏也回頭看了在姊妹中應對遊刃有餘、溫婉大方的薛宸，然後湊近趙氏，模稜兩可地回了一句。「孩子嘛，總要長大的。大了之後，自然和小時候不同了。」

趙氏斂目想了想，又問道：「哎，那大爺外頭那個……怎麼樣了？」

薛氏勾了勾唇，淡淡答道：「能怎麼樣，不過是納個妾，多雙筷子罷了。宸姐兒如今正一個人，庶弟庶妹進門，總能稍稍熱鬧些，給她解解悶也是好的。」

話聽到這裡，趙氏哪裡還會不知寧氏和薛氏的意思，徐素娥做妾怕已是板上釘釘的事，連從前寧氏最期待的孫子，如今進府，也只是陪這位大小姐解解悶的了。

趙氏緩緩坐直了身子，若有所思地想了想，然後又把目光落在正和姊妹們一同打絡子玩的薛宸身上，心裡作出了決定。

她原是想做個順水人情，幫著徐素娥上位，從此以後，徐素娥便算是他們西府的人，當是埋個暗樁子，有事能支應些。可現在被這麼一攪和，徐素娥沒法扶正，今後的用處沒那麼大了……該如何取捨，她心裡還是清楚的。

上一世，小時候有繼母和嫡妹打壓，薛宸過得昏天黑地；嫁人後，夫君庸碌無才、驕奢淫逸，她一個人勞心勞力地撐起了龐大的家業，像這種女孩子玩的遊戲，她只在十一歲之前玩過兩回。如今重來一世，沒想到竟能彌補這種缺憾，一時就像個真的十一歲少女般，玩得不亦樂乎。

因薛宸有孝在身，這一年中，不能隨她們一同出門遊玩，不免有些掃了大家的興致，後來約好等薛宸生日時，招呼大家去燕子巷玩耍，姑娘們這才滿意。

第十二章

薛宸從東府出來，上了馬車，靠在軟墊和素色錦棉大迎枕上，馬車卻忽然停了下來。

衾鳳掀簾子問道：「王伯，怎麼停車了？」

外頭傳來車夫蒼老的聲音。「前頭有好些人擋道，車過不去啊。」

薛宸無意管事，讓衾鳳對車夫道：「退回去，從別條路回府。」

衾鳳說了，車夫便跳下車，往後頭看了看，然後到車窗旁回稟：「小姐，退不出去了，後面又來了三、五輛馬車啊。要不我去瞧瞧前頭發生了什麼事，若是馬上就散了，咱們也不必退了。」

薛宸點點頭，衾鳳回道：「好吧，你快去快回。」

車夫領命而去後，薛宸伸出一根柔皙蔥白的手指，將車簾挑開一條縫，往外頭看了看，果真瞧見許多百姓在路旁指指點點。

她一時好奇，正好車夫打聽回來了，在車邊稟報。「小姐，前頭有官差正在拿人，有對母女被舅家哥哥賣了，不知是自願還是被騙的。債主上門領人，那當家的從外地回來，自然不肯，打了債主，債主就喊了官差來，說那對母女是簽了賣身契的，當家的回來也沒用，除非他肯賠償，要一千兩銀子呢。

「那當家的給不起，官府就要拿人，債主許是通著官府的，這才當街打了起來。官兵吃了那當家的虧，去衙門搬救兵，現在那家三口正被一百來號官兵圍著，估計一時半會兒沒辦法解決啊。」

薛宸還沒開口，枕鴛即忍不住說道：「這分明是官商勾結，我看那對母女一定是被騙賣掉的，那舅家哥哥實在可惡！」

聽了枕鴛的話，薛宸沒有多餘反應，不是她性冷，而是這天下可憐人多了，哪裡是一個人能管得過來的，便讓車夫在旁邊休息了。

枕鴛掀開車簾看了看後面，等候的馬車越來越多，後退是不可能了。

薛宸也不著急，讓枕鴛從車壁上拿了一本書下來，將簾子掀開一半，就著光看起書來。

半個時辰後，她們要是再不回去，府裡該有人出來尋了。

前頭鬧的動靜越來越大，薛宸忽然放下了手裡的書，讓衾鳳將她的帷帽取來，想要下車。

兩個丫鬟嚇壞了，趕緊阻止。「小姐，使不得啊，外頭正亂著呢。」

薛宸好像沒聽見般，戴上帷帽，掀開簾子跳下車，果然聽見前面不遠處有打鬥的聲音，心中疑惑得很。先前聽車夫說，官府出動了百來號官兵，可這麼久了，這百來號官兵也沒能把人擒住？說明被擒之人的武功實在高強，以這樣的身手，若只有他一個人，必定不難逃脫，可如今妻女在旁，他縛手縛腳，沒法將兩人都帶走，只好留下硬抗。

因此，薛宸特別想看看，有這般高強武藝的是個什麼樣的人。

衾鳳和枕鴛守護左右，王伯從前開路，看熱鬧的百姓瞧薛宸的穿著與做派，知道這是個大戶人家的小姐，不敢擋路，不一會兒便給他們讓出了一條道來。

薛宸在旁邊瞥了一眼，看見一個虛弱的女人靠在門邊，蒼白臉色難掩其秀美容顏，只穿著白色中衣，看樣子像是病中被人從床上拉下來的，髮絲散在肩上，憔悴不堪。她的身旁跪著一個五、六歲的小女孩，不住地哭泣。

有個四十多歲的健碩漢子始終擋在她們面前，格開想要靠近那對母女的官差，雖然赤手空拳，卻是一夫當關、萬夫莫敵，官兵們倒下了一撥又一撥。

這時，人群中不知誰說了一句。「呀，官差拿鐵鍊來了，還有鐵刺……快往後退，免得被誤傷！」

一時間，圍觀的人們亂成一團，薛宸讓衾鳳她們護著，倒是沒被衝撞。退出去之前，她又掃了靠在門邊的虛弱女人和她摟在懷裡嚶嚶哭泣的孩童一眼，那個女人似乎在用最後的力氣安慰孩子。

薛宸心中莫名一痛，想起了盧氏躺在棺木中的樣子，還有小時候她生病了，盧氏整夜把她抱在懷裡的情景。

護著薛宸離開了人群，衾鳳說：「小姐，您還是上車吧，我看官差拿武器來了，估計這人待會兒就被抓了。」

薛宸點點頭，往車門走去，腦中卻是想著，如果這個男人被抓，他身後那對母女是不是會被帶去債主家裡？看那女人的樣子，要是被帶走，估計也活不成了。

不知為什麼，看見那個女人明明已經這樣虛弱，卻還護著自己的孩子，那畫面讓薛宸刺目不已。

到車上坐好後，她把車夫喊到車窗邊，從荷包裡拿出五張兩百兩的銀票遞給他，吩咐道：「就說那對母女我贖了，把這一千兩交給那些人吧。」

衾鳳大驚。「小姐，做好事也不是這麼做的，這可不是一筆小數目啊！」

枕鴛也搗著嘴，瞪大了眼睛，驚訝無比地看著自家小姐；車夫更是顫抖著雙手，接下了趕一輩子車都賺不到的一千兩銀票，愣愣看著薛宸，直到薛宸敲了敲車壁，才反應過來，雙手如捏著他的命般，往人群中跑去。

因為車夫的介入，原本混亂的打鬥突然停止，當他顫抖地把一千兩銀票交到帶頭官差手中時，原本喧鬧的街道頓時沒了聲音。

大家沒想到，這年頭還有這種人，一千兩啊，足夠一百戶人家好好過一年了，就這麼散了出來。

官兵們拿著武器，手尷尬地從半空收回來，你看看我、我看看你，然後一起看向他們的頭兒。帶頭官差低頭看了看銀票，然後回頭看唯恐天下不亂的債主。

債主走過去驗明銀票真偽後，才對車夫問道：「你是誰家的？」

車夫哪裡敢說，連連搖頭，向在場眾人拱了拱手，很快地回到馬車旁，對車裡的薛宸道：「小姐，事情辦好了。」

還是位小姐！眾人再次譁然。

因為債主是拿著賣身契來的，所以官差幫著逮人，後來因為當家的拒捕，才召集這麼多官兵圍堵，言明要麼拿錢、要麼拿人。現在有人送來錢，他們自然沒了拿人的理由，更何況，這當家的實在太厲害，他們還真不敢保證一定能拿下。

有人給臺階下，官兵們也鬆了口氣，把銀子交給債主，讓他去衙門結算報官的銀子，然後收兵，不再和眼前這其貌不揚的男人糾纏。

官兵走了，人群散了，路就通了。

車夫跳上馬車，載著薛宸她們速速離開了這是非之地，馬車穿過中央街道，往旁邊的胡同裡拐去。

可沒走多遠，馬車又突然停了下來。

衾鳳和枕鴛一個沒抓牢，差點滾下車去，枕鴛忍不住喊道：「王伯，你幹什麼呀！摔著咱們沒事，要摔著小姐，可有你好瞧的。」

車夫顫抖的聲音自外頭傳來。「小、小姐，有人擋道。」

枕鴛一聽，掀開了車簾子。「又是誰啊？」

看見先前那個其貌不揚的男人已經站在車窗下頭，枕鴛嚇了一跳，趕緊縮回來。

只聽那男人抱拳對車裡的薛宸說道：「小姐救命之恩，在下沒齒難忘，還望小姐留下姓名與住處，在下定要歸還這筆銀子。」

薛宸從簾子縫隙向外看去，只見男人穿的是最普通的短打，一雙鞋子被磨得破舊不堪，露出裡面的碎布來；綁腿用的布條上全是泥漿，抱拳的手滿是老繭，並不像是養尊處優的樣子。

薛宸自然明白，一千兩銀子對於一個普通人家來說，是多麼龐大的金額。她出手時，並沒有想過這個男人會把錢還給她，如今更不會留下自己的住處，遂直言道：「算了吧。我不缺銀子，用不著你還，你趕緊回去照顧好妻女才是正事。王伯，我們走吧。」

車夫應聲，就要駕車，卻見男人伸手攔住了去路。他額上沁出汗珠，牙關緊咬，眸光微微閃躲，像有什麼事難以啟齒、卻又不得不說的樣子。

「小姐心好，能不能、能不能……」他支支吾吾的，黝黑狼狽的臉上竟然有些脹紅，看來接下來要說的話，會讓他十分難為情。

半晌後，男人才鼓起勇氣，對薛宸說道：「能不能請小姐再借我一千兩，今生今世，嚴某必當歸還小姐恩情。」

這個要求，讓衾鳳和枕鴛驚呆了。衾鳳沒有忍住，開口道：「你這人好生過分，我家小姐好心救了你的妻女，你非但不感激，還追上來討要，天下間哪有這樣的道理？」

男人被衾鳳說得低下了頭，卻是不走。薛宸看他這樣子，便知他定是想借銀子去治他妻子的病，那個女人虛弱得很，只怕沒個千把兩銀子買人參吊氣，是活不下去的。

這個男人有那麼好的身手，卻沒去搶劫弱者，而是到她這個小姑娘面前低聲求救，說明他本身定是個頂天立地的漢子。這樣有本事的男人，竟能為了他的妻子向一個素未謀面的小姑娘低頭，單就這份情義，也值得了。

於是，薛宸掀開簾子，在車窗裡露出面容。

嚴洛東沒想到救他的小姑娘年紀這樣小，甚至還沒及笄，面上不覺又是一陣尷尬的羞臊，卻未退半步。

薛宸伸手將腰間的荷包取下來，直接遞給那個男人。

衾鳳抓住薛宸的手。「小姐，您可千萬別糊塗呀。」

薛宸拉開衾鳳的手，將荷包揚了揚。「全都給你吧。去朱雀街的醫館抓藥，那坐館大夫是宮裡御醫退下來的，用藥有效，珍貴藥材也比其他藥鋪全一些。」

嚴洛東活了四十多年，第一次被一個小姑娘臊得滿面羞紅，可他深知一文錢難倒英雄漢的苦楚，何況不是一文錢。雙手恭敬地接過薛宸的荷包，低著頭，再不敢看她一眼。

薛宸知道像他這樣武功高強的江湖人，最要緊的就是面子。今兒這善事做得自己都有些莫名其妙，不過，想起那女人護著孩子的神情，她就是放不下，權當是積德，破財消災吧。便放下車簾，讓車夫駕車走了。

嚴洛東看著他們的馬車消失在巷口，牢牢記住了方向和車壁印染上的「薛」字。

在車上，薛宸對衾鳳和枕鴛吩咐道：「今日之事，誰也不許告訴府裡任何人。」頓了頓，又揚聲對駕車的車夫說。「王伯，聽到了嗎？」

「是。」三人一起應答。

衾鳳和枕鴛點了點頭，面面相覷，也覺得這事絕不能讓府裡知道。二千兩銀子呢，這都能買兩百個人回來，小姐實在大方得沒譜啊。

救人的事，薛宸以為就這樣揭過去了。誰知道三個月以後，一個男人牽著一個小女孩找上了門。

在燕子巷薛家大門口站了大半天後，終於將薛宸給請了出來。

嚴洛東放開女孩的手，從懷裡拿出一張紙，朗聲對薛宸道：「小人嚴洛東，保定青河人，四十有五，膝下有一女，會武功拳腳，日前承蒙小姐搭救，大恩大德，無以為報，願追隨薛大小姐，求一護院之職，只求與小女有安身之所，不求任何回報，必忠心不二，效忠小姐。此乃小人投靠文書，請小姐收下。」

「……」

薛宸立在臺階上，穿著一身素色細布短衫、淡青色百褶襦裙，姿容光潔、清麗絕倫，微張著嘴，瞪眼看著眼前其貌不揚的健壯男子，一時竟不知道說什麼好。

男子又上前一步。「這是小人的投靠文書，已經畫押，請小姐收留！」

至此，薛宸才反應過來，走下臺階對他道：「收回去吧。我不要你還什麼，我們家不缺護院，你回去把妻女照顧好就行了。」

男子的神情微微一怔，然後低頭看了看還沒長到他腰際的孩子，道：「內子已經去世了。一日三餐用人參吊氣，也只維持了兩個月。」

薛宸這才看到那孩子襟前和男人的鞋面上都縫著麻布，孩子的頭髮上還戴著一朵小白花，許是從她娘墳頭採來的，腳後跟沾著燒了一半的紙錢。

想起那女人的樣子，薛宸也是一陣嘆息，依舊對男子搖手。「既然尊夫人已經去世，那你更不用來投靠我了，帶著閨女，好好過日子去吧。」

薛宸是真為了他們父女倆好。男子一身功夫，她是見識過的，這樣的人做護院絕對是大材小用，而且他拿的是投靠文書，也就是甘願為奴，只不過沒有身契，但身分會低人一等是肯定的。憑他的功夫，隨便去哪裡做個武師或鏢師，總是綽綽有餘的。

可是男子十分堅持自己的決定，並將剩下的五百二十兩銀子全交還給薛宸，一定要她收下他的投靠文書，說是想用這樣的方法來還薛宸的錢。

薛宸實在無奈，想著今後管理盧氏嫁妝時總會遇到麻煩，有嚴洛東在，肯定會安全很多，既然他此時盛情難卻，乾脆答應他，讓他帶著女兒進府。

於是，她給他們父女倆安排了單獨的小院子，並讓管家寫了護院聘書，未曾接受他的投靠文書。嚴洛東父女的開支算在薛宸的青雀居，算是青雀居的人，不用府裡的錢，其他人也不會說什麼。如此折衷之後，這件事才算定了下來。

大理寺府衙坐落在東河巷子，這裡會集了三法司、刑部、都察院和大理寺。大理寺是終極審衙，所以位於最東，屋舍連片，清一色的白牆黑瓦，說不出的莊嚴肅穆。

進去後，經過問案所、會審堂，便是大理寺官員休憩之所。避開前頭亂糟糟的喧鬧，范文超跟幾個擦身而過的同僚打了招呼，穿越竹林，往裡面一處幽靜居所走去。

這是一座竹製小樓，前後院種著各色竹子，一陣風吹來，竹林颯颯作響，誰會想到在大理寺的後衙內竟有這麼一處僻靜的地方。

范文超踩上臺階，守在門邊的兩個人向他行禮，他揮揮手裡的玉骨扇，問道——

「你們主子呢？」

小廝指了指裡面。「在風閣寫字呢，都快一個時辰了。」

范文超點點頭，用扇子在掌心敲了敲，然後跨入門檻走進去。經過一座雙面竹片繪四君子大插屏，小廝所說的風閣就在屏風後不遠處，因四面開窗、清風吹拂，因此稱為風閣。再往裡面，還有水閣、暖閣、書閣等。

范文超知道某人寫字時不喜歡人打擾，一路走來有些渴了，偏偏這裡連個伺候的丫鬟都沒有，要喝茶還得自己倒。

他剛從茶壺裡倒了半杯茶喝下，準備再倒一杯時，屋裡傳來一道清朗的聲音。

「人找到沒有？」

范文超抬頭看了聲音來處，也不進去，端著茶壺茶杯，乾脆坐下來，同樣朗聲回道：「找到了，也見到他了。我跟他說了來意，他想也沒想就拒絕我。」

屋裡一陣沈默，過了片刻後，才聽見傳來收起紙張的聲音。

「哈，拒絕你？他還真如傳聞中那樣，是個倔的。不過，如今除了咱們這裡，誰還敢接受他嚴洛東？千戶李大有死了，他倒好，乾脆辭了官回家帶孩子去。可他那身手，北鎮撫司裡找不出對手的。十三太保之首的嚴百戶會甘心在家帶孩子？說氣話罷了，你也信？」

范文超喝飽了水，才放下茶壺，決定站起來好好對付對付裡面那人，將玉骨扇別在腰間，雙手負於身後，踱步道：「我一開始也不相信，但他確實那麼做了，不僅甘心回家帶孩子，還甘心給一個小姑娘做護院。他是北鎮撫司第一高手、十三太保之首啊，說出去都沒人信！可這就是事實，嚴洛東連投靠文書都遞了，還能有假？」

連接風閣的簾子被一隻修長白皙的手掀開，從裡面走出一名恍若畫中謫仙的男子，丰姿如儀、神采清朗、俊美如玉，五官如一柄出竅的名劍，鋒芒畢露。他穿著一身斜織紋竹枝水墨色直裰，烏髮盡束腦後，以沖天紫玉冠將髮髻罩於其中，紫玉有鵪鶉蛋那麼大，通體晶瑩，在陽光下盡顯尊貴光華。腰間佩玉，年紀在二十歲不到的樣子，卻是難得的氣質沈穩、精神高邁，舉手投足間自有一股天生的貴氣，神態悠然、長身玉立，如此佳男兒，世間自少有。

每回見他，范文超都覺得眼前彷彿有一道耀眼金光閃過，他相信，任何人站在這樣一個人物身旁，皆會有這種感覺。他雖然跟這人一起長大，可直到今日也沒練就金剛不壞之身，依舊會被他的光芒閃到。

衛國公府世子婁慶雲，字既明，父親是衛國公婁戰，母親是綏陽長公主，正宗的皇親國戚，舅舅是皇上、表兄是太子，而他自己也是車騎雍容、衣履風流，具狀元之才。卻偏行詭道之事，愛好刑法，別的皇親開口是去翰林院、國子監之類的輕鬆地方，這位竟選擇了三司之一的大理寺，頂著富貴公子的皮相，成了酷吏典型的大理寺少卿，做著叫人出乎意料的事。所有人都以為，這位公子幹幾天便會自己回去了，偏偏他做得還挺帶勁，如今更是連衛國公都管不了他了。

婁慶雲看著范文超，好看的劍眉一豎，問道：「什麼小姑娘？什麼護院？嚴洛東瘋了不成？」

范文超的父親是永定侯，他比婁慶雲要大兩歲，可是在這位面前，卻始終找不到當哥哥的感覺，總覺得事事被他牽著鼻子走。

看著婁慶雲，范文超摸了摸鼻頭，道：「他就是瘋了！自己遞的投靠文書，面子、裡子全不要了。他要效忠薛柯也罷了，偏偏效忠的是他孫女兒、一個十一歲的小姑娘。我都不好意思說他！」

婁慶雲聽到這裡，一雙鳳目不禁瞇了起來，略帶遲疑地問。「薛柯？這事跟薛柯有什麼關係？他有幾個孫女兒？」

范文超愣愣地看著婁慶雲，開始掰手指頭數起來，數了半天，才對婁慶雲攤手。「能有幾個，薛柯不就一個嫡孫女兒？他只有薛雲濤這個兒子，不久前剛死了老婆，給他留下一個女兒呀。」

婁慶雲聽了這話，若有所思地轉過身，站到大竹片的四君子插屏前，瞇眼看著屏風上的香蘭草，良久後才舒展眉頭，勾起唇，喃喃自語道：「又是她。」

范文超湊過去問道：「什麼她不她？要我說，那嚴洛東就是個棒槌，做到北鎮撫司百戶的人，會不知鎮撫司是個什麼地方？這麼多年了，說好聽點叫兩袖清風，說難聽點就是死腦子不會撈錢，怪不得李大有一死他便辭官了。他這做派，不孤立他孤立誰啊！」

見婁慶雲依舊嘴角帶笑聽他說話，這可是少有的和顏悅色，范世子一下子輕飄飄起來，湊過去，知無不言道：「再說那小姑娘，也是莫名其妙，在路上看看熱鬧，一出手就給了嚴洛東二千兩，替他解了圍，真真是那個……涉世未深遇上了天真無邪。為了還債，嚴洛東一個鎮撫司的百戶，跑去給人做護院，真不知道怎麼說他好。」

婁慶雲將一根手指抓在手裡摩挲著，緩緩轉過身，饒有興趣地問道：「二千兩？薛家不是清貴嗎？哪兒來的銀子？」二千兩捨給一個素不相識的人，她也真捨得。

「這丫頭她娘有錢啊！大興盧家，祖上八輩都是富商巨賈。如今她娘死了，產業不就全變成她的了？不過按照她這用法，金山銀山估計都不夠她散的。」

范文超見婁慶雲對薛家感興趣，這件事他也算是調查過的，就把薛家的事全說給婁慶雲聽。當聽到再過幾個月，薛雲濤要把生了兩個孩子的外室納回來做妾時，婁慶雲更是揚起了眉，臉上露出一種說不上愉悅、卻絕對輕鬆的表情來。光是這樣，都讓范文超受寵若驚，恨不得把心掏給他。

此時，婁慶雲的眉頭終於舒展開來，他上回不小心聽到的那些話，原以為就是姑娘的小心眼，可如今看來，倒是別有深意的。

「還真有意思……」

婁慶雲的喃喃自語讓范文超有些不懂，湊上去問道：「什麼有意思？」

清冷如雪的雙眸冷冷地瞥了范文超一眼，范文超便自覺地閉上嘴，擺擺手，表明自己不問了。

這就是個祖宗！

第十三章

九月底是薛宸的生日，薛雲濤倒是沒忘，不過因著盧氏的孝期，不能操辦，只在府裡擺了一桌酒席，父女倆對面坐著吃了一回飯。薛雲濤送了薛宸一塊壽山玉石印章，章尾刻著一隻唯妙唯肖的小兔子。

這些日子，薛雲濤不在府裡住，因為年後他就要準備入仕，回歸朝廷。前些天，她似乎看見他的書房桌上放著秘書丞的文獻，看來薛雲濤依舊會沿襲上一世的軌跡，盧氏的喪期過後，進入秘書丞，後因他主張編纂的時文錄對上了應試題，一時風頭無阻，一年後升為國子博士。而從那個時候開始，薛雲濤幾乎不管家中大小事宜，一心撲到事業上，兩年後輾轉升為秘書監，在從三品的文職官員中，他算是升遷最快的了。

可令人出乎意料的是，薛雲濤這個秘書監並沒有做多久。半年後，因太子詹事暴斃而亡，職位空缺，這件好事就落在了勤勤懇懇又通達文理的薛雲濤身上。他在詹事府度過三個春秋，終於爬上太子少師的位置，官拜二品。要是薛宸沒有因病去世的話，沒準還能看見薛雲濤的下一次升遷。

年後，薛雲濤入仕前一個月，薛家派人抬了轎子，去貓兒胡同把徐素娥給迎了回來。

在隔了這麼久之後，薛宸再次見到了徐素娥。跟印象中的樣子差別不大，徐素娥很在乎她的容貌，保養得相當仔細，她能在薛雲濤的後宅中盛寵不衰那麼多年，不是沒有道理。

徐素娥今日穿著一身桃色的喜服。姨娘進門時，不能穿大紅、不能頂蓋頭、不能有長輩主婚、不能插龍鳳紅燭、不能受禮，甚至不能有專屬的喜房。嫁進來的前幾日，薛雲濤甚至不能在她房裡過夜。

想起前世徐素娥是五月進的門，雖是續弦，但薛家上下幾乎都到場恭賀，場面十分熱鬧壯大。她進門時的排場，也是薛宸後來竭力和她作對的原因之一，畢竟那時盧氏才剛剛離開薛宸一年，對於那個取代她母親的女人實在沒有好感。

薛宸見到徐素娥時，是她進門後的第五天。

薛雲濤在徐素娥房裡過了夜後，親自領她來了主院。薛宸見徐素娥的同時，還看見薛婉和薛雷，薛婉的神情還算喜慶，可能是徐素娥私下教導過，在薛雲濤面前十分乖巧，對薛宸叫姊姊時也很主動。

薛宸坐著等徐素娥敬茶，命枕鴛拿了托盤上的一對黃金鐲子送給薛婉，是嫡姊給她的見面禮。

薛婉受寵若驚地捧著那對金鐲子，愣愣地看著薛宸。這是她收過最貴重的禮物了。

薛婉眼中的驚豔沒有逃過薛宸的眼睛，她似乎有些明白上一世徐素娥母女死命抓住盧氏嫁妝不放的原因是什麼了。

薛雲濤對府宅之事本就沒什麼耐性，家裡尚且照顧不來，裡外所有開支全都由盧氏打點。若是納入府裡的妾侍，盧氏倒還不能虧待；可外室的話，即便盧氏知道了，也不會主動去幫薛雲濤打點。所以這些年來，徐素娥一個沒名沒分的女人，帶著兩個孩子在外頭生活，過的日子必定不是很好，縱然不缺衣食，但絕不會富貴就是。

看薛婉身上穿的，似乎就是那麼兩件拿得出手的，頭上戴的也是老舊翻新款的首飾，所以，薛宸給她一對足兩的金鐲子，便夠她開眼的了。

薛宸想起，上一世在桐娘的勸說下，她給薛婉和薛雷準備的是一份特別厚重的禮，送了薛婉一套價值千兩的黃金頭面、兩對漢白玉鐲、一箱金銀細軟，給薛雷那份的價值亦是相同的。如今想來，定是桐娘想用她的錢，給新人門的主母送個軟人情，才鼓動她送重禮。也許就是因為這樣，讓薛婉和徐素娥大開胃口，變得慾壑難填，後來乾脆動手把盧氏的嫁妝據為己有。

想想上一世的自己還真可笑，聽信了桐娘的話，想用重禮取得後母和弟妹的好感。可這討好的舉動，在後來徐素娥和薛雲濤討要盧氏嫁妝時，竟被拿來做文章，說她大手大腳不懂理財，一出手就是那麼貴重的東西，將來必會把自己的嫁妝全敗光，薛雲濤這才鬆了口，讓徐素娥代管盧氏的嫁妝，直到薛宸出嫁再還給她。

這一世，薛宸給薛雷的是一方造型古樸的端硯，並一盒玉石堂的松香墨條，禮物算不得值錢，卻賺足了薛雲濤的滿意，認為女兒很有品味，撚著八字鬍點了點頭。

薛雷還小，今年才八歲，模樣秀氣得很，個頭也不高，還有些瘦弱，不過倒是聰明伶俐的，〈三字經〉、〈千字文〉已能脫口背出來。薛宸問了他幾個問題，他都答了，規規矩矩地謝過嫡姊，然後捧著禮物站到薛婉身旁去。

徐素娥今日穿的是一身絳色吉祥紋曲裾，妝容清雅，身上亦沒戴多少首飾，看著有些寡淡，卻叫有心人深感欣慰，畢竟當家主母剛剛過世一年，府裡大小姐還在服重孝，實在不宜打扮得花枝招展。這一點，她比田姨娘做得好太多，田姨娘穿了一年的素服，等到薛雲濤納妾那日，便穿得花枝招展，似乎有意要和新姨娘比美似的。等新姨娘禮成入府後，她就恢復了從前的豔麗裝扮。

徐素娥是妾侍，應當在侍寢後第二天來給主母敬茶請安，雖然主母不在，但薛宸是嫡女，在府中的地位高她一頭，因此，徐素娥來請安，薛宸便坐著受禮。又因為姨娘是父親的人，與父親一輩，所以薛宸不用給她見面禮。

不過，徐素娥做得十分到位，從守在門邊的丫鬟手中親自取了一只托盤，盤內放了幾雙她親手做的鞋襪和幾塊繡帕，恭恭敬敬地呈給薛宸，和婉的聲音說道：「這是妾身親手做的，原該敬獻給主母，如今獻給大小姐也是應當。尺寸是老爺告訴我的，還望大小姐不要嫌棄。」

薛宸看著這個外表絲毫瞧不出野心的女人，良久不曾給出回應。薛雲濤在旁輕咳了一聲，她才反應過來，讓枕鴛從徐素娥手中接過東西，笑容滿面地道：「徐姨娘真是太客氣了，原本太太不在了，這些事能免則免，妳還特意給我做了鞋襪。」轉過頭，略帶嬌嗔地對薛雲濤說：「爹爹，姨娘真好，您說是不是？」

薛雲濤看著薛宸，有些意外，原以為女兒對徐姨娘會相當排斥，怕鬧出事，畢竟當日在東府裡，他這個女兒可是很了不得地說了「去母留子」的話來，沒想到真見了面，倒是變乖巧了。想來那日她也是情急之下才說那些話，的確是為了他著想。

不過，她剛才的話，他不好直接回答，撚著鬍鬚對她笑了笑，然後指著徐姨娘，說道：「什麼好不好的，徐氏今後就是姨娘了，她尊敬妳這個嫡小姐是應當的。總之，今後大家就是一家，和和睦睦的方能太平。」

薛雲濤說完，徐姨娘便屈膝行禮，溫婉乖順地應答。「是，謹遵老爺吩咐。」

徐素娥臉上帶著笑，一雙蔥白柔皙的手緊緊捏在一起，心裡卻是怎樣都笑不起來。她守了這麼多年，一朝失策，竟然就成了姨娘。之前她雖是外室，在世人眼中，地位連妾侍都不如，可是，正因為她在外面，有些事情充滿未知，未知的力量往往是很強大的，這也是她始終不肯入府做妾的原因。盧氏死後，她一直在薛家西府活動，眼看就要說服大夫人趙氏給她做這個主，偏偏中間出了岔子，讓她功虧一簣。

原以為憑著十幾年的情分，薛雲濤待她會比待其他人要特殊些，沒想到，所有禮儀全是按照妾侍的來，連在她房裡過夜都是等足了四日。現在她用來籠絡這嫡小姐的東西，也被他當成了姨娘的孝敬。單這口氣，就讓徐素娥嚥不下去。

但她素來是控制情緒的好手，在拿捏男人心思上也自問棋高一著，尤其是對薛雲濤這樣看似多情、實則無情的男人，首先要做到的就是順從，以柔克剛、抽絲剝繭、釜底抽薪，這些才是控制他的法門。

抬眼看了看笑得一臉嬌憨的小丫頭，徐素娥覺得自己似乎遇到了對手，不過，她可不是那種會輕易放棄的人。

薛宸盯著徐姨娘，見她兩手交握，雖然看起來並沒有動怒，但她知道，這就是徐素娥生氣的表現。

然後，薛宸轉而對薛雲濤問道：「爹爹，從前我不知自己有弟弟妹妹，他們一直養在徐姨娘身邊，我照顧不到。如今他們進了府，便是薛家的正經少爺和小姐，今後難道還繼續和徐姨娘住在一起嗎？」

薛宸這個問題問得很正當，從前徐素娥在外面，自然是什麼都由著她，可如今進了府，她要再像從前那般自由就不可能了。首先，姨娘是沒資格教養孩子的，即便她是生母也一樣。

「從前在外頭沒辦法，如今既然入了府，自然是不能了。妳看著給婉姐兒和雷哥兒安排別的住處就是了。」

薛宸應承下來，又問道：「住處由我來安排，可是弟弟妹妹的學業又該如何？」

薛雲濤聽了，有些猶豫，正不決時，薛宸開口道：「我瞧著弟弟妹妹很是懂禮，要不這樣吧，弟弟今後是要考科舉光耀門楣的，便讓他去東府和西府的兄弟一同讀書。東府裡的先生是老太爺的得意門生，學問和人品自是不用說的，弟弟去了那裡，總好過在府裡對著咱們這些女人家，學問也能有長進。」

東府和西府雖然分家，但這些年卻是來往甚密，薛柯與薛林這兩位大家長都主張分家不分人，到底是血脈親戚，打斷骨頭連著筋。人丁興旺，家族隆盛，才能真正成為百年大家。所以，前幾年開始，薛柯就在東府裡辦了家學，收的全是薛家嫡系旁支裡的子姪，請了之前的探花郎來府授課，對薛家子弟確實大有裨益。

薛宸這個提議讓薛雲濤很滿意，他心裡正是這麼打算的，不過是想等女兒不鬧彆扭了，再提議把薛雷送去東府上家學，沒想到她這麼快就敞開了心扉，事事為家裡著想起來。

薛雲濤覺得欣慰，畢竟盧氏沒給他生出個嫡長子來，是他這輩子的遺憾。原本為了薛雷他想抬舉徐素娥，如今既然抬舉不了，那也沒辦法。不管嫡出還是庶出，好好把兒子培養成才才是要緊。

「如此甚好。那明日……不行，明日衙所裡有事，要不等幾日……」

薛雲濤似乎有些為難，薛宸不等他說完，便接過了話。「做學問的事情何其重要，哪能等爹爹有空了才去呢。我見過東府的先生，他們知曉徐姨娘的事，明天由我帶弟弟去，應該也成的。」

有了薛宸解圍，薛雲濤放心地點點頭，然後薛宸再說起對薛婉的安排。「至於妹妹……原本庶妹有長姊帶也沒什麼，不過我與妹妹只差一歲，好些道理都未必弄得明白，如何能帶她？別誤人子弟才好。我院子裡有平嬤嬤，凡事她給我掌著，倒沒什麼。妹妹剛來府裡，沒有管事嬤嬤，要不我找一個教授禮儀和規矩的嬤嬤給妹妹，妹妹不去家學，在府裡跟著嬤嬤學規矩好了，爹爹看如何？」

薛雲濤連連點頭，只覺再沒有比薛宸這個女兒還懂事的孩子了，說話做事皆甚為周全，處處解了他的燃眉之急，哪裡有不應承之理。「就按照妳說的辦。也不用太著急，婉姐兒才剛剛回府，休息幾日是無妨的。」

薛宸笑道：「爹爹放心吧，哪有那麼快就找到合適的管教嬤嬤呢？自然是讓婉姐兒休息夠了再開始。」

至此，薛雲濤再無其他擔憂的了，衙門裡還有事，匆匆抿了口徐姨娘敬奉的糖茶便出府了。

薛宸讓丫鬟帶薛婉和薛雷去花廳吃點心。偌大的主院廳堂內，徐素娥端莊規矩地站在下首，眼觀鼻、鼻觀心，薛宸不說話，她亦不敢開口，一副老實的樣子。

薛宸看著她，喝了口糖茶，把茶放在一邊，然後開口道：「姨娘初入府，有好些事情該跟姨娘說清楚的。」

徐素娥不驕不躁，安安分分地給薛宸屈膝行禮，溫柔說道：「敬聽小姐教我規矩。」

看著徐素娥這樣，薛宸就笑了，姿態輕鬆地說：「姨娘說笑了，我才多大，哪裡會教姨娘規矩？這些都是管教嬤嬤的事，我可不管。我要和姨娘說的是咱們府裡的事，姨娘進了門，就是薛家的人，咱們薛家上上下下有些什麼人，總是要告訴姨娘知道的。」

說完這些，薛宸對守在一旁的衾鳳道：「去把田姨娘請來。」

不一會兒，田姨娘扭著腰肢趕了過來，原本以為還能再見老爺一面，因此走得特別帶勁，很快就到了，可一看哪裡還有老爺半點影子，只剩大小姐和一個看模樣就扎眼的新姨娘。

「田姨娘，這是徐姨娘，爹爹新納的妾，妳比她早入門，自然是她的姊姊，今後妾侍之間有什麼事，妳多教著徐姨娘些，哪裡該去、哪裡不該去，哪些人能見、哪些人不能見，都要事無鉅細地教導徐姨娘，若今後出了岔子，自然是找妳的。」

田姨娘看著薛宸，一時不大明白這位大小姐的意思，徐姨娘雖然是剛進府的新姨娘，但誰不知道她是老爺養的外室，兩個少爺小姐生在那裡，她可不敢奢望老爺會把她排到這位前頭。這位大小姐不知是揣著明白裝糊塗還是怎麼的，一來就把她和徐姨娘的輩分定下了，還給她管教徐姨娘的權力。這可不是一件小事情，宅門後院中，先來後到的輩分定下了，那是有很大區別的。

看來大小姐是想抬舉她來壓制新入門的徐姨娘了，這對她來說，是千載難逢的好機會，小姐讓她遞投名狀，她要好好把握才是。

這個府裡如今沒有主母，嫡出大小姐就是後院獨大的，其實說白了，府裡的事，老爺能管多少啊？從前是主母管，如今主母故了，自然是大小姐管，只要把大小姐給哄高興了，今後這府裡還不是她想橫著走就橫著走嗎？遂喜笑顏開地應下。「是，妾身一定好好教導徐姨娘，不讓她出半點岔子。」

薛宸滿意地點點頭，看見徐素娥的兩隻手捏得有些發抖了。

薛雲濤不管後院，在某些方面來說，給了薛宸很大的方便，最起碼她可以隨意安排很多事。

徐素娥的院子在西跨院，與田姨娘比鄰而住，那幾座院子是盧氏特地闢給薛雲濤納妾用的，只可惜，薛雲濤在這方面不是很主動，他只對做學問有興趣，女人於他是可有可無的附屬品。難得的是他也不好色，因此這麼多年來，只有盧氏這個正妻、一個田姨娘和一個徐素娥。

薛宸讓田姨娘管著她們兩個院子的帳，吃穿用度全由田姨娘管控，雖然她知道，田姨娘和徐素娥的手段差別甚大，即便給了田姨娘權力，最後她也會被徐素娥收拾了，但她就是不想輕易給徐素娥任何權力，偏要讓她體會一切全得自己親手去掙是什麼感覺。

安排好徐素娥，薛宸親自在院子裡挑了八個丫鬟升作二等，各派四個去薛婉和薛雷的院子，兩個主內，貼身伺候；兩個主外，外室伺候，另外還有兩個粗使婆子。薛雷是男孩，所以院子裡另外多兩個小廝，因為今後每日都要去東府上家學，薛宸特意給他安排了一輛小馬車，專門接送。

至於住處，薛雷住在東跨院東南角的勤勉居，而薛婉住在東跨院西南角，與薛宸的青雀居離得不遠，因院子裡種了很多海棠，所以名字就叫海棠苑。薛婉從沒住過這麼好的地方，對這院子及薛宸派來伺候的丫鬟都滿意，心裡幾乎要覺得薛宸這個姊姊對她其實還不錯。

事實上，薛宸的確沒打算在這方面苛待這對姊弟，不管怎麼說，他們都是薛雲濤的孩子，也是薛家子孫，有權享受薛家的供給，裡面包括一人一座院子、六人伺候、出入車馬、衣食無憂。只要他們今後能安分守己，薛宸自問絕對可以對他們一視同仁。

第二天一早，薛宸穿戴整齊，親自去勤勉居喊了薛雷，與他一同用過早飯後，就帶著他去東府。

在車上，薛雷有些緊張，不住地咬嘴唇和搓手，如此市井做派讓薛宸看不過眼，卻沒說什麼，這些習慣自會有管教嬤嬤和先生教他，實在無須她親自開口。

東府門房見了薛宸的馬車，立刻從臺階上迎下來，協助車夫將馬車停好，然後等衾鳳和枕鴛將薛宸和薛雷扶下車，再上前給薛宸請安，儘管心裡好奇，但也只敢瞥了渾身僵硬的薛雷一眼。

有婆子過來領路，薛宸走在前頭，薛雷跟在後頭，薛宸目不斜視地走在清雅幽致的園子裡，低聲對身後的薛雷說道：「待會兒只是先拜見老夫人，不用緊張，規規矩矩地行完禮，我就帶你去水煙坊找先生。」

薛雷點點頭，沒敢說什麼。

拜見很順利，寧氏只是粗淺地叮囑幾句，便讓薛宸帶著薛雷去水煙坊找先生了。

寧氏向來拿得起、放得下，雖然從前動過為了薛雷這個孫子將他母親扶正的心思，但仔細考量覺得不可行之後，也沒有太多不捨，更何況，這個孫子的表現也太普通了，容貌氣質都不是很出色，最多只能用清秀來形容，長得有點像徐素娥，但那長相在男孩子身上，到底顯得陰柔了些，叫人看著不大喜歡。

還是女兒說得對，薛家的孫子必須是嫡出，兒子正值壯年，再生一個也還不晚，實在沒必要為了這樣的，平白擔了不好的名聲。

想通這一點，寧氏算是完全放開了，一個庶子而已，將來只要不行差踏錯，失了薛家顏面，資質普通些也沒什麼。

水煙坊是薛柯專門在東府裡開闢出來的院子，專供薛家嫡系旁支的子孫入學。在薛雷之前，東府嫡系是空缺的，如今來了個薛雷，雖然是大爺的庶子，可也受到了先生們的認可。

薛宸是女兒家，將來也不考科舉，因此不用日日前來唸書，只另外尋女先生教授《女誡》、《女則》之類。

她將薛雷送進水煙坊，看著先生認下他後才轉身離開，回青竹苑向寧氏覆命，準備出門去找韓鈺，正好遇見來請安的趙氏和薛繡，給趙氏問安後，就和薛繡一同去找韓鈺玩了。

韓鈺正在和薛氏做針線，入眼全是白底藍邊的繡品，見到薛繡和薛宸便放下手裡針線迎上去，還沒等薛宸她們向薛氏行禮，拉著兩人的手就絮絮叨叨地說：「哎呀，妳們總算來看我了，這幾天我的手指頭差點被戳爛，妳們要再不來，我的手指不定就保不住了。」

一番話說得可憐兮兮，薛氏想罵她，卻礙於有客人在場開不了口，只瞪了她一眼，然後請薛繡和薛宸進來坐。

丫鬟奉茶之後，薛宸指了指桌面上的東西問道：「這些是什麼？」白底藍邊的小衣服、小褲子，不像小孩子的款式，但這尺寸大人又穿不上。

薛氏笑了笑，道：「將軍四月裡要過三年，家裡做齋，這些都是給他的。原是可以讓繡娘做，但我想，還是咱們娘兒倆親自動手好些。」

薛宸立刻明白了薛氏的意思。她話中的將軍，就是韓鈺戰死沙場的父親。薛氏當年嫁給廷威將軍，兩年多前將軍戰死，朝廷給她頒了誥命，賜貞節夫人之名，讓她守著將軍府。

這些小衣服應該是做齋時要燒給將軍的，雖然有繡娘，可薛氏想自己動手做，也算是一片心意了。

薛宸頓時有些同情薛氏的遭遇，薛繡也是如此，嘆了口氣後，想轉移話題，便對薛氏問道：「將軍已經去世三年了嗎？」

薛氏回答。「過了這個清明就是三年。不過做三年齋不能過三個清明，所以是四月初做，到時候妳們也該來的，我再派車去接宸姐兒。宸姐兒，妳雖有孝在身，但將軍是妳的姑父，去之前先到妳母親牌位前說一聲，知道嗎？」

薛宸點點頭。「知道了。府裡如今多了兩個弟弟妹妹，不知那日要不要一起帶去？」

薛氏想了想，道：「這……我也不好說，回去問問妳爹，他若准許，我便將你們一同接來。」

這麼商定好後，薛宸與薛繡就把韓鈺從薛氏身邊給「撈」走，三個姑娘進旁邊的耳房說話去了。

然後，薛宸在東府吃過飯，等薛雷下學，才一同向老夫人告辭，回了燕子巷。

薛雷第一天上家學，老師給他留了功課，似乎挺繁重，讓他不敢耽擱，回來即去了自己的院子。

薛宸讓廚房給他準備晚飯送去，然後自己回了青雀居。

等她換過衣裳，胡書家的就來了，她是薛宸安排在徐素娥院子裡做事的人，相當機靈，當家的是府裡帳房。當初薛宸要看盧氏的帳目，就是胡書家的連夜給她整理出來的，那之後，胡書家的便正式成為薛宸的人了。

「小姐，今兒徐姨娘在院子裡繡了一天的花，中午二小姐來徐姨娘這裡吃飯，吃完還午睡了半個時辰，直到小姐回來前不久，才回海棠苑去。」

薛宸從內間出來，邊走邊整理衣袖，沒直接回應胡書家的說的話，而是隨口問了一句。

「懂禮數的管教嬤嬤找好了嗎？」

胡書家的十分伶俐，一聽就知道薛宸的意思，立刻屈身向前，麻利回道：「找好了。是我三表舅家的姊姊，讀過書，從前曾在王府跟著宮裡出來的嬤嬤學過正經禮儀，原本做得挺好，簽的也是工契，只是去年她當家的身子不好，就辭了工回去照顧他，這不，今年她當家的身子好些了，她又想出來做事了。人是相當懂事的，又跟宮裡的嬤嬤學過，請她來給二小姐做管教嬤嬤，再合適不過了。」

薛宸手裡始終在忙著自己的事，等胡書家的說完後，才抬起頭來，看了她一眼。「要是個懂事的才好。二小姐往年都在外頭，學了一身的市井做派，咱們薛家雖不是什麼王府般的尊貴人家，但小姐走出去，代表的也是一家形象，馬虎不得。讓她進來試兩天，我瞧瞧合不合適吧。」

胡書家的一聽小姐沒有馬上拒絕，喜笑顏開，領命之後退下了。

第十四章

薛婉早晨起來，就有丫鬟給她端上花蜜水，她喝了一口，下床讓人伺候她梳洗，然後有兩個丫鬟輪流送衣服給她看，這是她入府前薛宸命人裁好的新衣，一共三十六套，各種顏色款式應有盡有。

薛婉嬌氣十足地選了一套粉色緙絲繡牡丹花的襖裙，顏色鮮亮、款式新穎。丫鬟正要送上來，卻聽一旁伺候薛婉梳頭的丫鬟柏翠說道：「二小姐，不能穿這套。」

薛婉正對著鏡子搽胭脂，聽柏翠這麼說，也沒在意，隨口問道：「為什麼不能穿？」

柏翠停下動作，彎下腰在薛婉耳旁說道：「太太過世一年多，大小姐還在孝期內，二小姐不能穿得這樣豔麗，大小姐看見了會不高興的。」

薛婉聽了，一下就將手裡的胭脂砸在梳妝檯上，一把奪過柏翠手裡的梳子，也重重拍下，然後兩隻眼睛瞪得圓圓，瞪得柏翠不敢抬眼，侷促地站在那裡。

她真是好心提醒二小姐的，府裡太太過世一年，大小姐三年重孝，二小姐於情於禮都不該打扮得太過鮮豔才對。

薛婉見柏翠還是有些懼怕她的，心裡得意，輕蔑地撇了撇嘴。她如今也是小姐了，這些人都是伺候她的，哪敢和她頂撞？想著她初來乍到，若連個丫鬟都治不住，今後豈不是要被這些下人騎到頭上撒野？

她冷下神情，指了指門外，冷聲對柏翠道：「主子的事，哪裡輪到妳這個奴婢多嘴。去門外跪著，我不讓起來，妳就不許起來。」

柏翠暗叫自己倒楣，早知道就不多嘴，原本是想在二小姐前多點體面，可二小姐根本不領情，她倒枉做了好人，讓二小姐乾脆拿她來立威，成了那殺雞儆猴的雞。

柏翠心裡嘀咕，可也不敢真的頂撞薛婉，對薛婉屈膝行了禮，便乖乖地往門外走去。

薛婉看著柏翠順從的背影，突然又叫住她。

柏翠以為薛婉開恩，正要謝恩，卻聽薛婉對旁邊的鶯歌道：「把淨房裡的踩腳珠子拿來，讓她墊著那個跪。」

柏翠立刻面色慘白。踩腳珠子全是竹子做的，跪在上頭的時候長了，腿只怕就廢了，當場跪下求饒，給薛婉磕頭。「二小姐饒了我吧，奴婢多嘴，奴婢下回再也不敢多說了！」

鶯歌也有些猶豫，想等柏翠求饒完，看薛婉會不會收回成命。

誰知道薛婉根本不聽柏翠的話，一拍桌子，對鶯歌瞪眼道：「還不快去！妳也想跟著她一起跪嗎？」

鶯歌哪裡敢耽擱，去了淨房取踩腳用的珠子板，送到柏翠手上，看她苦著臉跪到門外，那膝蓋跪在珠子上，她看著都覺得疼。

可二小姐是個無心的，小小年紀，整治人的手段卻很毒辣，她不敢給柏翠求饒，生怕把自己搭進去。

最後，薛婉還是換上了那套豔麗衣裳，對著鏡子轉了好幾圈，覺得自己漂亮得像個小仙女，然後走出院子，去西跨院找她娘一起用早飯，順便告訴她，自己今日有多威風。

她一踏進徐素娥的院子與她打了照面，徐素娥就迎上來，不等她開口，便訓道：「妳怎麼穿成這樣？快回去換了。」

薛婉看著自家娘親，不明所以地低頭瞧了瞧自己。「娘，我穿這個不好看嗎？我覺得挺好看的。」

徐素娥深吸一口氣，將薛婉推出門。「好看也不能穿。妳身邊伺候的人怎麼回事，這種衣服也拿來給妳穿，要是給妳爹看見，那還得了？」

薛婉不懂她為何這麼緊張，跟她拌嘴。「看見又怎麼樣？」轉念一想，狡黠道：「這些衣服都是薛宸送來的，要是爹罵我，我就說是薛宸讓我穿的。」

徐素娥簡直想掐死這個什麼都不懂的女兒。「大小姐是讓人給妳準備四季各色常服，這鮮亮衣服是她逼著妳穿的嗎？妳就沒個腦子?!我再說一遍，趕緊回去換件素色的。」

不等薛婉說話，徐素娥就把人推了出去。

薛婉吃了個閉門羹，有點委屈，自己連早飯都沒吃就過來給娘請安，誰知道娘卻不領情。

她走在往海棠苑的迴廊上，有個穿著藍衣的丫鬟迎面過來，規規矩矩地給薛婉行了禮，說道：「二小姐，這是大小姐請來的管教嬤嬤，姓樊，今後她跟您一起住在海棠苑裡，您有什麼不懂的，都可以問她。」

薛婉蹙眉，知道這個藍衣丫鬟是薛宸身邊的，叫衾鳳，看見她便覺得看見了薛宸，抬眼瞧瞧她身後那看起來一絲不苟的婦人，沒說什麼，點了點頭。

於是衾鳳再對她行禮，道：「人已經給二小姐送來了，奴婢這就回去跟大小姐覆命。」

薛婉看著她離開的背影，直到轉過角，看不見人了，才將樊嬤嬤上下打量一番，不做評論，繼續抬腳往前走，嘴裡說著。「跟上吧。我回去換衣服，換好了還來我娘這裡吃早飯。」

樊嬤嬤一步一步跟在薛婉身後，身姿幾乎看不出搖晃，面上表情也十分恭謹，用不高不低、不卑不亢的聲音對薛婉道：「二小姐說錯了，您應該稱徐氏為姨娘。您的娘親是太太，一年前已經去世了。」

薛婉停下腳步，難以置信地轉頭看樊嬤嬤，語氣凶巴巴地說：「妳敢咒我娘死？信不信我讓爹打妳板子，抽得妳滿地找牙？」

樊嬤嬤處變不驚，依舊一副雲淡風輕的樣子，語氣聽不出絲毫起伏，規規矩矩地道：「二小姐又錯了。您的母親是已故的太太，西跨院中住的只是生您的姨娘，她是妾侍，二小姐身分尊貴，如何能時常來姨娘這裡，這不合規矩。」

薛婉蹙眉叫道：「我說話妳聽不懂是不是？信不信我現在叫人打妳！」

樊嬤嬤依舊穩如泰山，薛婉原本就比她矮很多，樊嬤嬤這種不動聲色的樣子給了她不少壓迫感，竟然抬手便要抽樊嬤嬤耳刮子，被樊嬤嬤抬手給擋開了。

「二小姐錯上加錯，我是大小姐請入府的，可不是妳的奴婢，大小姐命我來教二小姐規矩，二小姐想學也得學，不學也得學，總不能出著二小姐拿外頭姨娘教的做派來做薛家的正牌小姐。二小姐先前對我動了手，這就是大錯，我身為管教嬤嬤，自然有管教小姐的權力，剛才那回，權當是二小姐不懂，下回若再這樣莽撞，就別怪我打二小姐的手板子了。」

薛婉難以置信地看著樊嬤嬤，從她泰山般淡定自若的神情中看出來，她說的不是假話，她再動手，這個女人一定會說到做到，出手教訓她。

想起薛宸那張平靜又美麗的臉，沒想到她竟用這種方法來折辱自己，可她初來乍到，府裡的事懂得沒有薛宸多，若現在為了這個管教嬤嬤去跟薛宸鬧起來一定占不了什麼便宜，說不定還要吃虧。

好漢不吃眼前虧，薛婉決定先忍一忍，等到今後她和她娘在府裡站穩了腳，到時候再收拾那個沒娘的薛宸。

這麼一番深思熟慮之後，薛婉才憤憤地對樊嬤嬤一跺腳，轉身帶著丫鬟往海棠苑走去。

幾日後，胡書家的來稟報海棠苑的近況，將這段日子薛婉與樊嬤嬤如何鬥法的事全說了出來，說得活靈活現，好像自己也親自參與一般，衾鳳和枕鴛都聽得入神。

末了，薛宸卻只是點點頭，淡淡地說了聲。「知道了。」
胡書家的退下後，薛宸也沒說什麼，自去了繡房。
薛婉和薛雷已經進府，成了薛家子孫，那麼薛宸作為嫡長女，就有義務教導他們。這教導的意思，並不是要為難他們，是希望他們真的能多懂一些規矩。就算是庶子庶女，今後也是要走出薛家在眾人面前亮相，若是一副市井做派，那丟的便是薛家的臉面。
不管樊嬤嬤嚴不嚴厲，在教導規矩這方面還是可以的，薛婉肯學，將來對她只有好處。
薛宸只是做了嫡長女該做的事，管教嬤嬤請了，薛婉能學多少，今後會變成什麼樣子，就不是她能控制的了。
四月初，廷威將軍府開門做齋，薛宸早早請示了薛雲濤，問他要不要將薛婉和薛雷一同帶去。薛雲濤不想太委屈庶子庶女，讓別人以為他們見不得人，所以就同意了。
做齋當日，韓家派來一輛馬車，早早就將薛宸和薛婉接入將軍府；薛雷是男孩子，直接由薛雲濤帶去。
薛宸到了之後，沒想到趙氏今日也來幫忙招呼客人，薛繡自然隨行，而薛柔也來了。
韓鈺向來口無遮攔，把其他人安頓好，就拉著薛繡和薛宸入內，指了指外頭，對薛繡問道：「妳娘怎麼會把薛柔和薛蓮也帶來？」
薛宸帶弟妹來是應該的，可薛繡本來就和韓鈺差了一層關係，薛柔和薛蓮更是差得遠了。

薛繡無奈地搖搖頭，沒有正面回答韓鈺的話，倒是薛宸好心地替韓鈺解惑。

「柔姊姊今年十三了。」

十三歲雖然說親還太早，但著急的人家可以開始物色了。薛柔是庶女，西府並不想多留她幾年，所以趙氏才會把薛柔帶來。

廷威將軍雖不是一等官職，但他為國盡忠，浩氣長存，三年做齋，自然有敬佩他的官員攜子前來。

韓鈺聽了薛宸的話後，恍然大悟，點頭道：「哦，原來是這麼回事。」然後又看看坐在外室、正與薛柔說話的薛婉，對薛宸問道：「妳家那個庶妹怎麼樣？我聽說她娘不是個安分的，野心大著呢。」

薛宸不置可否地微微一笑。「一個姨娘罷了。」

韓鈺還想再問，卻被薛繡阻止了。「哎呀，我說妳這個小姑娘，怎麼跟三姑六婆似的，問起問題來還沒個完了？」

這話成功地轉移了韓鈺的注意，盯著薛繡道：「說我是三姑六婆，好啊，那我倒要問問繡姊姊，妳今年也十三了，趙家伯母可曾想替妳定下什麼人家呀？」

薛繡佯裝要上來敲打韓鈺，韓鈺躲到薛宸身後，探出腦袋對薛繡吐了吐舌。

薛繡打不到她，只好出言反抗。「好個牙尖嘴利的，看我待會兒去告訴妳娘知道。」

韓鈺立刻認輸。「哎呀，千萬不要！好姊姊，我錯了還不行嗎？」

正鬧的時候，外頭有人來傳話，說是東府老夫人親自來了，已經入正門，往後堂去了。

薛宸、薛繡一聽老夫人來了，對視一眼，收起笑意，端端莊莊地走出來，喊了薛柔、薛婉、薛蓮，還有兩個韓鈺的堂姊妹，一同去後堂。

進去時，老夫人已坐在上首黃花梨的椅子上，與韓家老夫人手牽手說著話。韓老夫人眼眶濕潤，一看就知道是想起了年紀輕輕便戰死的兒子，寧氏在旁安慰著，薛氏也紅了眼眶，伏在一旁暗自垂淚。

幾個姑娘進門之後，滿室的哀戚才稍稍被沖淡。

薛氏按去眼角的淚水，對薛宸招了招手，道：「今日姑母招呼不周，宸姐兒千萬別往心裡去啊。」

薛宸抽出自己乾淨的帕子，給薛氏擦了擦面頰上的淚痕。「姑母說這話就是還把宸姐兒當孩子，我都十二了。您才是，別再哭了，姑父泉下有知，也一定不希望您時常哭泣。」

薛氏聽了這番真摯的話，只覺鼻頭再次酸楚起來，連忙在薛宸手上拍了拍，然後低下頭拭淚。

薛宸見她這樣，也覺得心裡很不好受，雖然她真的不記得這位姑父長什麼樣子，但為國捐軀、戰死沙場的行為，足以讓他樹立起光輝形象。若是將軍不戰死，姑母的日子過得該是最好的，可如今，卻只能頂著將軍夫人的虛銜，獨自度日。

此時，外頭走入一個精神十足的男孩，大約十六、七歲，穿著藍綢斜織紋直裰，生得濃眉大眼、壯碩孔武、皮膚黝黑，走起路來虎虎生風。

他來到薛氏和韓家老夫人王氏面前，單膝跪下請安。「書彥拜見外祖母、拜見舅母。」

王氏瞧見是他，趕緊抬手，慈祥道：「是兆哥兒啊，快起來。你母親可來了？」

廳中眾人看著這個男孩，他是王氏的外孫，又是薛氏的外甥，這身分，稍微想想就明白了。

韓家嫡長女嫁給衛國公府二老爺婁勤，衛國公府是大老爺婁戰襲爵，娶的是綏陽長公主。剛才王氏叫他「兆哥兒」，理應就是二老爺婁勤的嫡子婁兆雲了。

對於王氏的問話，婁兆雲不愧為大家公子，回答得很是有度。「回稟外祖母，母親今日與長公主被皇后娘娘召入宮中問事，父親在衙所脫不開身，要我先來給外祖母與舅母傳個話，說他們中午時便能趕到。」

衛國公府、漠北婁家可是簡在帝心的，三天兩頭宮裡就會傳喚女眷入宮，這是常事。

王氏點點頭，只聽婁兆雲又繼續道：「不過，大堂兄今日倒是隨我來了，正在堂前給舅舅點香行拜，一會兒就過來。」

婁兆雲的這句話讓薛氏一驚，站起來道：「書彥說的大堂兄，可是那位……」

見薛氏不解，婁兆雲不敢隱瞞，解惑道：「是，正是慶雲堂兄，舅母從前應該見過他的。」

薛氏心頭閃過疑問。婁慶雲怎麼會來？

這位與婁兆雲的身分可是天差地別，婁兆雲出身衛國公府二房，雖是嫡子，卻身無功名，可這位公子生下來就是世子。那時，如今的衛國公婁戰還未襲爵，皇上就把婁慶雲的世子名分給定了下來，原因無他，只因他的母親是綏陽長公主，他身上有著一半的皇族血脈，是宗室子弟。再加上這孩子自己有本事，小小年紀就做出了好些大事來，今年不過十九歲，卻已是從三品正職官員。這位公子可說是婁家的掌中寶，這輩子少不了一品國公的位分，地位超然，可想而知。

薛氏覺得意外時，聽到這件事的薛宸也覺得有些奇怪。

婁慶雲這個名字她是知道的，母親是長公主、父親是衛國公、嫡親舅舅是皇上，出身顯赫，本身也出息，任大理寺卿三年，審案無數，背地裡替皇上解決了不少難題。元初三年，出了一起江南鹽政貪墨案，朝中半數官員涉及，甚至有一品的在內，大理寺定下了不少人的罪，皇上龍顏大怒，而婁慶雲也借著這件事，擢升為大理寺卿。

只是，成了大理寺卿的婁慶雲，卻像坐在刀尖之上，讓他成為眾矢之的，不過兩年工夫就死在一場精心謀劃的刺殺中。

薛宸還記得，那是在冬天，大雪紛飛，天地間凝聚著肅殺之氣。婁慶雲死了之後，屍身被送回京城，三千禁軍開道，以志士殉國之禮待之，頭七之日舉國守靈，萬家不許點燈。停靈七七四十九日，從衛國公府出殯，隊伍一直排到十里之外的南陽門，公府儀仗八百、白幡數千，幾乎蓋滿城內所有街道。聖上下旨，舉國哀悼，家家除喜治喪，與皇子薨同，百姓三日不得言笑，三月不得食葷，衛國公府五服以內，不管老少，為其守制一年；嫡親子弟，以三年例。

那時薛宸已經嫁入長安侯府快兩年，是最為困苦的一段日子，捉襟見肘。婁慶雲的死從某些方面來說，似乎解了她的燃眉之急，因為聖旨一下，所有世家貴族府內禁止歌舞奏樂、飲酒食肉、穿金戴銀，這對當時的薛宸來說，當真是鬆了一口氣，在這短暫的喘息中，使她有了一點點本錢，抓住一次倒賣糧食的機會賺得金銀翻身，才讓她在長安侯府的生活稍稍安定下來。

因此，這樣一個活在傳說中的人今日到韓家來，怎能不讓薛宸感到難以置信？

果然，不過片刻工夫，從外頭走入一名男子，長身玉立、丰姿如儀，穿著一身半舊石青色湖綢素面直裰，腰繫寬帶，並無配飾，通身素淨，卻彷彿天生有種威儀，氣韻淵厚，如海如山。最難得的是五官也極為出色，竟像是從畫上走下的謫仙般，仙氣十足，一雙鳳目斜飛入鬢，亮若星辰，說不出的風流。鼻梁挺直，人中端正，一張嘴生得極好，薄半分顯薄情、厚半分顯愚鈍，再沒有比這更好看的唇型了。

而從這張好看嘴裡說出來的話也十分好聽，他彷彿天生懂得怎樣說話能牽動人心，一開口，就吸引所有人的注意。

婁慶雲並沒有屈膝，而是對王氏和寧氏行了晚輩禮，抱拳一揖到底，又對薛氏致意，說道：「兩位老夫人安好、舅母安好，既明無狀，跟著書彥一同前來拜祭舅舅，還望舅母別嫌棄。」

他這是客氣再客氣的說法，婁兆雲是二房堂弟，他才是薛氏的正經外甥。而婁慶雲身為從三品官，又是衛國公府世子，這身分能稱呼薛氏為舅母，真是非常給面子的事了。

薛氏立刻走過去，親自扶起他，客氣地說：「慶哥兒是請都請不來的貴人，哪會嫌棄。快來坐下，兆哥兒也坐，我讓人給你們上茶。」

婁慶雲卻是一擺手。「舅母客氣，原是來請個安的，怎麼還敢叨擾茶水。」

薛氏莞爾一笑。「這孩子，一杯茶水哪裡就叨擾了？快坐下。」

婁兆雲也從旁說道：「大堂兄，你就坐吧，都是一家人，不用這樣客氣。」

婁兆雲是十足的婁家人性格，大大咧咧、不拘小節；而婁慶雲的性格似乎要偏皇族封氏一些，端正持重、沈穩大器。

婁慶雲不動聲色地彎了彎唇，便在王氏下首的位置坐了。薛氏讓丫鬟奉茶，又親自給婁慶雲端上，婁慶雲站起身接過，低頭道謝後，才端正地坐下，揭開茶蓋，撇葉喝了一小口，放在一旁。

薛氏心中對這個位高權重的少年極有好感，記得他今年該是十九，並不曾聽聞有納妾娶妻之事，想來還是獨身。

薛氏與一旁的趙氏對了一眼，便對坐在後面的韓鈺等人招手。「鈺兒，書彥表兄與既明表兄來了，還不出來見禮？繡姐兒、宸姐兒也一起來吧，都是家裡的親戚，就不見外了。」

薛繡和薛宸聽了，薛繡羞得低下頭，薛宸卻是抿唇笑了笑，剛才薛氏和趙氏的對視，她們可是看在眼裡的，哪裡還不明白？趙氏這是在相女婿呢！

的確，婁慶雲這樣的女婿，可不是所有貴夫人翹首企盼的嘛！出身好、家世好，自身又有才幹，最難得的是一表人才，家裡有適合的姑娘，誰不想多與這樣的人交往呢？

而薛宸也知道自己是陪客，畢竟薛氏總不能只喊薛繡過去，而撇下她這個正牌姪女兒吧，所以，薛宸給自己的定位就是陪太子讀書，相較於薛繡的尷尬，她還是很自在的。

韓鈺走到婁慶雲和婁兆雲面前，大大方方給二人行了禮，爽快地喊道：「兩位表哥好。」

婁慶雲與婁兆雲起身回禮，婁兆雲是韓鈺的正牌表哥，咧嘴一笑，道：「多日不見，表妹都成大姑娘了。」

韓鈺也一笑，回道：「嘻嘻，多日不見，表哥也成大男子了。」

隨著韓鈺的一聲「大男子」，廳中的氣氛一下子好了很多。

薛氏對這個女兒實在無語，搖著頭嘆口氣，然後才指著薛繡和薛宸道：「這個是繡姐兒，那個是宸姐兒，都是家裡的妹妹。如今你們大了，若是現在不見見，將來在街上遇到，未必能認得出來。」

薛繡和薛宸雙雙上前，給兩個便宜「表哥」行禮，薛繡臉頰紅撲撲的，看都不敢看他們一眼。薛宸倒是膽子大，抬頭看了看，畢竟她不是真少女，沒那麼多羞澀，就是好奇得很，畢竟前面站的可是漠北婁家的寶貝疙瘩、傳說中乘龍快婿的最佳人選，上一世可沒這麼好的運氣能當面看到他。

誰知道不抬頭還好，一抬頭，便正對上一雙饒有興致的目光，那目光帶著探尋和促狹，等薛宸想再看個分明時，他又調轉了目光，讓薛宸以為自己眼花看錯了。

事實上，應該就是她看錯了吧，婁慶雲怎麼會那樣看她呢？垂頭看了自己未長全的五短身材一眼，薛宸更加不明白了。

行禮之後，薛繡和薛宸退了回去，雖說是表親，可畢竟隔了好幾層，薛氏也只能讓他們見個面，不能光明正大地說出什麼來。而婁慶雲和婁兆雲都是大家公子，哪裡會孟浪多言，規矩地回過禮後，便坐下了。

接下來廳裡說的就是一些安慰和哀戚的話。薛氏領著韓鈺去前廳謝客，薛繡和薛宸則帶著其他姊妹出了廳堂，去西次間的雅室。

薛婉和薛柔她們一起去院子裡看花，薛繡拉著薛宸去了內間，難得粗魯地嘆了口氣。

薛宸見她這樣，拉著她坐在一張螺鈿交椅上，然後代替丫鬟給薛繡倒了杯茶，親自送到她面前。

薛繡沒好氣地笑了起來，接過茶杯，也拉著薛宸坐下。「唉，我娘和韓夫人實在太沒分寸了。今天這樣的場合，把咱們兩個拉去給人見禮，真是顧不上咱們的名聲了。」

薛宸笑了笑。「好啦，別氣了。姑母不是說了嗎？都是家裡的表親，不妨事，不會有人瞎說的。」

薛繡向來是知書達禮、大家閨秀的文雅做派，不過趙氏這回的行為似乎讓她很惱火。「我不是怕人家亂說，壞了名聲，是氣我娘沒有自知之明。咱們這樣的家世，還敢去攀那樣的高枝，說出去，不是笑掉人家大牙嗎？婁家是什麼地方，婁慶雲和婁兆雲又是什麼人，他們如何能看得上咱們這樣家世的女孩呀?!」

薛宸倒是沒想到這個，畢竟她上一世看得分明，薛柯和薛林之前有爭執，那是各自覺得不公平所造成的。後來薛柯有了出息，再加上薛柯這房人丁單薄，年紀越大，越覺得應該要聯合薛姓子弟，加之薛林又前來示好，薛柯左右權衡，決定和薛林冰釋前嫌。之後，薛家共同進退，薛雲濤官途順利，一路上至二品，而薛繡的父親、西府大老爺薛雲清也能做到四品的位置，所以在她看來，自己和薛繡的出身並不是特別低。

她不禁勾唇一笑，如粉桃開花般妍麗，讓薛繡眼前為之一亮。「咱們的出身也不算差吧。」

其實薛宸覺得趙氏真是白替薛繡操心了，上一世薛繡嫁的可是尚書令家的嫡長子。

薛繡嘆了口氣，用一種「妳還是孩子，什麼都不懂」的目光看著薛宸。「就算身分不差，但婁家公子也絕非良配。那樣的出身、那樣的門庭，聽說十九歲了還沒有娶正妻，指不定是挑花了眼，正等著什麼高門嫡女呢！這個年紀了，肯定有幾房妾侍，說不定通房、姨娘一大堆，到時主母進門，別的事都不用做，收拾這些人就夠忙的了。」

薛宸被薛繡的話逗得笑起來，薛繡也覺得自己說的好像很對，兩個丫頭就這樣湊在一起說了很多婁慶雲的壞話，也算是自得其樂了。

婁慶雲在席間喝茶，喪宴中是沒有酒肉的，所以賓客間只能以茶代酒。正喝著，他竟莫名其妙打了好幾個噴嚏，納悶至極。

婁兆雲湊過來問他。「大堂兄，沒事吧？」

婁慶雲捏了捏鼻子，搖頭道：「沒事，打兩個噴嚏罷了。」但目光卻往身後看了看，這麼好的天氣，也不見風，該不會是有人在說他壞話？

想起先前看見的那張明豔小臉，原來那個凶悍小姑娘竟生得那般好看……婁慶雲意識到自己在想什麼之後，立刻乾咳兩聲，才斂下了心神。

第十五章

薛宸和薛婉在西次間簡單用了飯，薛婉一邊擦手、一邊看著漱完口的薛宸，接過丫鬟遞來的茶水，問道：「姊姊，那兩個妻家公子是什麼人呀？」

薛宸抬眼看她，隨口答道：「是衛國公府的公子。妳問這個幹什麼？」

薛婉眼珠子一轉，然後對薛宸笑了笑。

經過樊嬤嬤這幾天的悉心教導，薛婉如今已稍微懂得府裡的規矩。從前她以為只要入了府，她就是正經小姐，可以變得和薛宸一樣重要，但現在她明白了嫡女和庶女的差別。所以娘親才一直不肯入府做妾，因為一旦定下這個名分，她就是一輩子的妾，連帶她和雷哥兒都成了庶子庶女。

嫡女和庶女的差別有多大，就像剛才韓鈺她娘親喊人過去介紹時，只會喊薛繡和薛宸，薛柔、薛蓮和她這幾個庶女就只能在旁看著。

薛婉心裡當然不服，卻沒有辦法，暗自記下這些，想等以後慢慢清算。

「哦，沒什麼，早晨我見姑母特意喊妳和繡姊姊過去，卻是先介紹繡姊姊。姑母好偏心，明明妳才是她的嫡親姪女，為何要先介紹繡姊姊？」

薛婉的話，讓薛宸抬頭看了她一眼，然後才把茶杯遞還給伺候的丫鬟，起身去了內間。

薛婉趕緊放下杯子，立刻跟上。

入內後，薛宸動手點了一根長壽香，斜插在香碟上，脆生生的聲音響起。「這些話不是妳該說的，被旁人聽去不好，下回不可再說。」

薛宸知道薛婉這些話是說給她聽的，想稍微挑撥她和薛繡、薛氏的關係。比起前幾天，她的脾氣似乎收斂了不少，像是有長進的，或許是徐素娥暗地裡教了她什麼。

說完這番話後，薛宸不動聲色地斂下目光，從書架上取了一本書，坐到一旁安靜看書去了。

薛婉看著薛宸這樣，氣得一跺腳，往旁邊的座位重重坐下，不和薛宸說話。等薛繡她們用完席面回來，才和薛柔等人一塊兒玩耍去了。

晚上回府，薛婉竟然還賭氣不和薛宸坐一輛車，硬是擠上薛雲濤和薛雷的馬車。

韓府做齋結束後，就是清明，薛宸在東府住了三、四日，跟在老夫人後頭學習如何祭祖做事。

第五日回來，幾個外房伺候的管事媳婦全去了青雀居，規規矩矩地坐在抱廈裡，等著被衾鳳傳進去給薛宸回話。

胡書家的是第三個進去的，薛宸斜斜靠在羅漢床上，胳膊下墊著大大藍底白芍大迎枕，已經淨了面、鬆散了髮髻，稚氣未脫的漂亮臉蛋上滿是沈穩。

胡書家的按照規矩稟報海棠苑的情況。「二小姐每日辰時起，由樊嬤嬤教授規矩，起先二小姐還很抗拒，不過這段時日已經好很多了。樊嬤嬤說二小姐規矩學得不錯，出門該是不會出錯才對。」

薛宸隨意翻看著手裡的書冊，聽了之後點點頭，又問道：「徐姨娘最近怎麼樣？爹爹常去她那裡過夜嗎？」

胡書家的立刻回稟。「是，老爺只要在府中過夜，幾乎都是在徐姨娘的院子裡。徐姨娘似乎很安分，沒事從不出院子，倒是田姨娘時常派人出來打探主院的情況，無非就是問問老爺在不在府裡的話。」

徐素娥向來是個沈得住氣的人，所以，她現在的種種乖巧，薛宸並不感到奇怪。她突然想起一個問題，對胡書家的問道：「對了，姨娘們的避子湯呢？前兒我在東府時，聽婆子問老夫人，那咱們府裡是個什麼章程？太太從前在的時候，是怎麼規定的？」

胡書家的不覺得小姐詢問這事有什麼不妥，畢竟太太去了，這後院就是大小姐當家。原本大家以為大小姐是個小姑娘，什麼都不懂，可就是這個小姑娘一出手便把桐嬤嬤和兩個庫房先生給處置了，當時的慘況，現在下人們說起來還冷汗涔涔的。

從那之後，所有人就知道，府中這位大小姐可不是好相與的，腦袋瓜子聰明，手段高得很。大家也不傻，自然看得分明，今後這府裡到底該聽誰的，只要沒有新的主母進門，後院可不就是大小姐一人獨大嘛，從此以後，再也沒人敢存了糊弄大小姐的心。

因此，薛宸突然問起這麼尷尬的事，胡書家的也沒想過要避諱，直言道：「回小姐，從前太太在時，似乎就已經廢了避子湯。那時府裡只有田姨娘一個妾侍，太太嫁過來，倒是按著東府的規矩，給她喝過一陣子，直到生下大小姐後，太太就作主給田姨娘斷了避子湯。」

饒是如此，田姨娘到今天依舊沒能懷上一子半女，反倒是徐素娥一個沒入府的外室，生了一子一女，從這方面來看，似乎就連盧氏都沒有徐素娥的福氣。

這些事，薛宸只是隨口問問，胡書家的說得明白，她也聽懂了。因為盧氏自覺子嗣單薄，便私下斷了田姨娘的避子湯，希望不管是庶子還是庶女，能多個女人給薛雲濤開枝散葉，可惜她沒想到，田姨娘和她一樣，子嗣緣淺，這麼些年愣是一個都沒懷上。

點了點頭，薛宸讓胡書家的退下去。

可胡書家的走到了門邊，卻又折返回來，對薛宸說道：「對了，小姐，還有件事兒。就是……前天吧，有個自稱是徐姨娘哥哥的男人來過咱們府裡，門房去問徐姨娘，徐姨娘沒見他，直接讓人給了他一個荷包，然後那個男人就走了，連門都沒進來。」

薛宸看著書冊的眼睛突然抬了起來，看著穿灰鼠皮子比甲的胡書家的，眉峰不著痕跡地蹙起。「徐姨娘的哥哥？叫什麼可問了？」

胡書家的想了想，回道：「好像叫徐天驕，但不知道是不是真名。」

薛宸沒說話，而是若有所思地對胡書家的揮了揮手，胡書家的才退了出去。

徐天驕正是徐素娥的哥哥，上一世，薛宸的名節差點就毀在這個男人手上。

徐天驕財迷心竅，為了可觀的贖金動手綁架了薛宸，要不是他綁架她出城時遇上大理寺緝拿要犯，封了城門，她在馬車上醒過來後，藉著城門口嘈雜的人聲偷偷從馬車後頭跑了，說不定就給這人帶去了郊外，後果不堪設想。沒想到這一世他還敢上門來……他來做什麼？

前世薛宸派人查過徐家，因為身邊人手有限，所以查到的消息不過是一點點，只知道徐素娥的父親曾經是罪臣，後來因為新皇登基，大赦天下，被釋放回來，一家人住在四喜胡同裡。

後來徐素娥掌管薛家，聽說還給她的兩個弟弟捐了功名，不知派去哪個小地方做九品知縣。而徐天驕後來停妻另娶了員外的千金，不說飛黃騰達，卻也是活得滋潤。

薛宸從羅漢床上起來，穿著一身淡青底白芍纏枝紋的交領襦裙，下榻後，枕鴛替她罩上一件白紗做成的褙子。

「去把嚴洛東叫來，我有事吩咐他做。」

自從嚴洛東父女投靠她之後，薛宸沒和他見外，府裡護院做什麼，他就做什麼，只不過比其他護院多給他兩份開銷。府裡裁衣服、發放吃食，也沒一樣少了他和他女兒的，甚至還讓府裡的繡娘去教他女兒繡花和女工。

對於一個落魄江湖的俠士來說，這樣待遇著實不低，雖然嚴洛東曾說過不計報酬給薛宸白幹，但薛宸卻沒在這方面剋扣他，因此有些什麼事，她也會吩咐他去做。

調查徐家這回事，一來不能大張旗鼓，二來沒有任何線索依據，三來她知道徐家有多潑皮無賴。想著嚴洛東武功高強，若是遇上什麼事，最起碼自保不成問題。

嚴洛東本在院子外頭站崗，聽聞小姐有話吩咐，就進了院子，在院中等候。

薛宸沒有出去見他，而是寫了一張字條，讓衾鳳送出去給嚴洛東，字條上只寫了八個字——調查徐家，遇事自保。

然後叫衾鳳傳了一句話，說有不懂的，就去門房問最近上門找徐姨娘的人長什麼樣子。

嚴洛東二話不說，領命去了。

薛宸吩咐完，又讓衾鳳去門房問那人的長相，聽門房的形容，那天來找徐素娥的確實是徐天驕本人，因為徐天驕的右臉頰上生了一顆極大的痦子，據說是生下來就有，不可能隱藏，是極為容易辨認的特點。

嚴洛東領命去調查後，薛宸以為他怎麼著也得查個十天半個月才能有消息，沒想到，他只去了大半天，不到申時就回來覆命，其速度讓薛宸不禁為之驚訝。原以為他是敷衍了事，可薛宸在聽了嚴洛東事無鉅細的稟報之後，徹底傻住了。

他這哪裡是護院啊，大理寺的探子也不過如此吧。

嚴洛東回來時，薛宸午睡起床，據衾鳳說，他已經在院子裡等一會兒了。

薛宸驚訝嚴洛東的速度，懷著不信任的疑惑，讓衾鳳把人喊進外室。

薛宸從內室出去，嚴洛東轉過身，對她行了個標準的禮，薛宸讓他無須這般，然後自然地坐在上首的交椅上，接過枕鴛遞來的蜜茶。

她原本是抱著姑且一聽的態度，沒怎麼放在心上，直到嚴洛東開口。

「小姐讓我查的徐家，如今住在四喜胡同，從春熙巷從頭數第八家，房子是租來的，一年十兩銀子，房東就住在隔壁街。徐家如今有十口人，徐父、徐母，外加兩個徐父的姨娘，還有三個兒子、大兒媳婦和兩個孫子。

「徐父叫徐燁，曾做過青河縣令師爺，後來考了科舉，乃同進士出身，後來勉強成為庶起士，在刑部觀政，與如今的刑部侍郎乃是同榜。徐燁曾協理貴妃案，因措詞得罪了貴妃，被貶官流放兗州，後來新帝登基，大赦天下，才得以返回京城。徐母姓金，正是府中徐姨娘之生母，金氏在徐燁被流放後，依舊守著老宅，直到生活實在難以為繼，才將老宅賣掉，帶著三個兒子搬到四喜胡同。據那胡同的房東說，這宅子便是徐姨娘替他們租下的。

「徐姨娘有一個哥哥、兩個弟弟，哥哥已經成親，娶的是他們住在鄉下老宅時，同村的劉姓姑娘，婚後劉氏給他生了兩個兒子，現都在青書胡同的私塾上學，所需費用也全是徐姨娘墊付。徐姨娘的哥哥名叫徐天驕，無業，好賭、好酒、好色，對劉氏動輒打罵，有錢便去賭，賭贏就去花樓，賭輸了回家接著要錢，徐姨娘曾多番接濟他，卻未有所好轉。兩個弟弟，一個叫徐天佑，今年十七，學問一般，卻成日在街上鬥雞走狗，和地痞流氓沒什麼兩樣；一個叫徐天明，十六歲，年前中了秀才，正在家準備考鄉試，看著還有些前途。」

嚴洛東的一連串交代讓薛宸端著茶杯卻忘記喝水，眼睛直直瞪著嚴洛東不苟言笑又其貌不揚的臉，那連一點停頓都沒有的彙報方式，到底是怎麼練出來的？

薛宸硬是花了好長時間思考，才稍微捋順了徐家的境況，放下杯子，正襟危坐起來，對嚴洛東徹底改觀，鄭重問道：「你不是徐家派來的人吧？」

雖然不可能，但薛宸還是傻傻地問一句。除了徐家人，誰能夠在這麼短的時間內，把徐家上下摸個通透呢？

嚴洛東沒說話，似乎高傲得不想回答薛宸這個傻問題。

薛宸服了，想了想，又問。「那你查出前幾天徐天驕上門找徐姨娘的理由了嗎？」

說了人家的家事半天，還沒轉到正題上，也是想再考驗考驗嚴洛東，所以就問了。

嚴洛東稍稍猶豫後，對薛宸說：「就在十天前，徐天驕贏了一筆銀子，按例去翠花樓尋歡作樂，誰知道在樓中遇到和他搶姑娘的人，兩人為了姑娘大打出手，徐天驕不敵，只好留下銀子跑了。接下來的幾天又去賭，卻沒有一次贏的，欠下了賭債，在劉氏和二老那裡找不到錢，只好來找徐姨娘了。」

薛宸瞇眼看著嚴洛東，突然對這個男人的身分很感興趣，眨巴著眼睛問道：「你以前到底是幹什麼的？」

嚴洛東眼觀鼻、鼻觀心，面不改色。「小人從前就是個幫閒，沒做什麼。」

薛宸聽了，良久後才說道：「你覺得我傻是不是？」

一個幫閒有這本事？縱然薛宸真是個十二歲的孩子，她也不會相信，何況她還不是。

不過，看嚴洛東的樣子，薛宸能猜出他之前做的事情，十有八九是不光彩的，所以現在不想提起。薛宸沒有逼迫他一定要說的道理，他既然不想說，那她就尊重他，不再問了。

薛宸讓他先下去休息，有很多事情，她要過腦子想一想，然後才能作出正確的判斷。

徐家如今是真沒落了，上一世薛宸只知道徐素娥是罪臣之女，可沒想到，她爹竟然早就被赦免回來，一家人住在四喜胡同裡，房子是租的，不是買的，連徐天驕的兩個兒子上學，墊付學費的都是徐素娥，這說明了，徐家根本沒有翻身的能力，完全是靠著徐素娥過日子。

上一世徐素娥進門之後，就提出替薛宸掌管盧氏的嫁妝，那個時候，薛宸實在不懂這裡頭的彎彎繞繞，平白讓出了這麼一把可以救人、可以傷人的利器，讓徐素娥掌握到手中，用來砍向自己。

而徐天驕之所以會綁架她，似乎正是徐素娥還沒掌控盧氏嫁妝時，徐家缺錢，徐素娥拿不出來，於是想著利用綁架她來撈錢，沒想到卻被她逃走，計謀沒有得逞。

薛宸想到這裡，只覺透骨的冰寒席捲而來，上一世她只認為徐素娥吞了盧氏的嫁妝，處處打壓她，可是沒想到，他們竟然這樣惡毒。她是個姑娘，若真被徐家人綁出城，不論性命保不保得住，名節都是保不住了的。女人沒了名節，這輩子就算完了。

打從一開始，徐素娥就不僅是想得到盧氏的嫁妝，而是想徹底毀了她！唯有把她這個嫡長女徹底毀了，薛婉才能真正成為薛雲濤唯一的女兒。

薛宸深吸一口氣，為人心的惡毒想嘔。上一世，徐家靠著徐素娥一步步立起來，徐父因為薛雲濤的關係官復原職，徐天驕過得富貴瀟灑，徐天明和徐天佑全捐了官，自此平步青雲，徐家徹底翻身。

這場仗，徐素娥打得實在漂亮，讓她毫無招架之力，小小年紀就要為生計所困擾。好不容易熬到出嫁，徐素娥給她的嫁妝卻少得簡直要用可憐來形容；好不容易用手段嫁進長安侯府，面臨的問題卻是一個比一個尖銳。

上一世的苦已經受夠了，這一世，薛宸倒想看看，徐素娥沒了主母的身分，沒了盧氏的嫁妝作依傍，憑她一個身無長物的妾侍，能翻出多大的風浪來。她還要看看，徐家那群不學無術的東西，能不能再耀武揚威。

同年六月，薛雲濤終於受到恩師舉薦，再入仕時，直接從翰林院調去了秘書丞，官職不降反升。

薛雲濤心情不錯，在府裡設了桌小宴，徐姨娘立在他身側，穿一身白色絲光底撒花襦裙，天生麗質不施粉黛，頭上釵環也很樸素，溫順恬靜地替他斟酒布菜。田姨娘精心打扮了一番，可站在徐姨娘那樣的美人身旁，依舊被比得不成樣，再加上插不上手伺候老爺，又不能坐下來讓徐姨娘服侍，只好在旁幽怨地看著，薛雲濤似乎也更願意接受徐姨娘的照料。

好不容易，薛雲濤從徐姨娘白皙柔嫩的皓腕上轉過目光，接下她遞來的一杯酒水，杯子遞過來的角度，正好讓薛雲濤的指尖擦過徐姨娘的手心，心中一動，與她目光纏綿片刻，然後才轉頭對一旁的薛宸問道：「府裡最近沒什麼事吧？」自從盧氏去世後，薛宸收拾了府中一番，如今諸事皆順理成章地由薛宸接管著。

薛宸抬眼看他們，淡然地搖搖頭。「府裡諸事平順，父親放心。」

薛雲濤點點頭，喝下酒水。「辛苦妳了。若是忙不過來，就讓兩個姨娘幫幫妳，可別把自己累壞了。」

薛宸看看面不改色的徐姨娘，然後才微笑說道：「府裡一切都是沿襲娘親留下的規矩，管起來並不費力，兩位姨娘只要把爹爹伺候好了，其他倒沒什麼需要她們幫忙的。」

薛雲濤給薛宸挾了一筷子菜。「爹就是提醒妳，要有忙不過來的，讓她們幫幫也沒什麼。」

一家之主既然這樣說了，薛宸還有什麼好說的？甜甜一笑。「是。」答應是一回事，可有沒有忙不過來的時候，又是另外一回事。

然後薛雲濤看向了薛雷，經過這段日子的滋補，薛雷臉上有了些肉，看上去壯實多了。他收起笑容，用不同於女兒的態度，嚴肅地問薛雷。「最近先生都教了些什麼？在東府裡可待得慣、吃得慣嗎？」

薛雷不自覺地先看了徐素娥一眼，然後又看薛宸，才放下筷子站起來，像個古板的小學究一樣，對薛雲濤作揖回道：「回父親，先生近來教的是四書。東府裡都是長姊替我安排，一切都好。」

薛雲濤這才點頭，說道：「有什麼事就跟你長姊說，你們嫡母不在了，長姊如母，你們須敬她、愛她，凡事詢問著長姊，總不會錯的。」

薛雷似乎有些怕薛雲濤，並不敢大聲說話，低著頭應了一聲。「是。」

薛雲濤又問了薛婉一些話。這些日子學習規矩，薛婉倒是比從前端莊了不少，回答得十分順從，似乎有人特別教過她應該如何與薛雲濤說話才能讓他開心。一派天真無邪、活潑可愛，就是薛雲濤對女兒的基本要求，這一點，薛婉的確做到了。

薛宸不動聲色地看了與有榮焉、站在薛雲濤身旁的徐素娥一眼，見她容姿姝麗，言談舉止更是優雅至極，說話分寸拿捏到位，她與薛婉一唱一和，將薛雲濤哄得十分開懷，竟然還喝多了，不顧場面，直接摟著徐姨娘就去了她的院子裡。氣得一旁田姨娘直跺腳，想拉住薛雲濤一訴衷腸，可薛雲濤正醉著，滿心滿眼都是徐素娥，哪裡容得下田姨娘？揮手就把她推得跌倒在地，然後由徐素娥扶著，腳步虛浮地走了。

薛婉和薛雷也上前來跟薛宸行禮，退了下去。

薛宸走過去將田姨娘扶起來，田姨娘覺得有些沒臉，低著頭撣衣服，不敢去看薛宸的表情，生怕在她臉上看到譏笑和嘲諷。

田姨娘生得不是特別美貌，但卻能被薛雲濤自那麼多丫鬟中挑選出來做通房，可見身上還是有讓薛雲濤中意的地方。只不過，這些年她少了徐素娥的手段，就知道胡攪蠻纏，讓薛雲濤一天天厭煩她，如果再不加以補救，那忘卻她也快成為眼前的事了。

「我要是妳，就好好想想老爺當年到底喜歡妳什麼，這麼多年的情分，妳跟著老爺比老爺與太太的日子都長，怎麼就敵不過旁人呢？」

薛宸說完這話之後，便轉身離開了。

田姨娘震驚地看著薛宸離去的背影，頓時有種被雷劈了的感覺……大小姐剛才是在指導和鼓勵她怎麼勾引男人？

被一個十二歲的小姑娘指導這些事，田姨娘並不覺得有多得意，正要轉身，卻突然會過意來。是啊，老爺當年喜歡她什麼呢？

徐素娥風情萬種地坐在薛雲濤身上，長髮披肩，只穿著貼身小衣，讓她的好身材一覽無遺，纖纖素手上塗抹著乳白色花蜜，誘惑地在薛雲濤身上撫過，手指有一下、沒一下地輕按著薛雲濤的敏感處，恰到好處的推拿讓薛雲濤舒服得閉上了眼睛，舒出一口氣來。

所謂的軟玉溫香、解意酣暢，就是這個意思了，從前他提過很多次，讓徐氏進門做妾，但徐氏堅持不肯，早知道這麼逼一逼她就會同意，早就逼她了，如今倒是少享樂了幾年。

「老爺，覺得怎麼樣？」

薛雲濤趴在枕頭上，悶聲說道：「好，舒服！」

徐素娥將身子微微俯下，讓自己貼上薛雲濤的後背，然後用魅惑的聲音在薛雲濤耳旁說：「老爺，之前跟您提過我兄弟的事，您還記得嗎？」

呢。

「嗯，什麼事來著？」薛雲濤巴不得在這種溫柔鄉裡死去，哪裡還願意用腦子去想事情

「就是讓我兄弟去薛家鋪子裡幫忙的事。您之前說考慮考慮，可到今天都沒給我回應，我兄弟上門來尋，我卻什麼也沒法兒跟他說。」

薛雲濤沈默了一會兒，然後才道：「哎呀，這種事妳去問宸姐兒，讓她找管家問問，妳兄弟肯定是要做管事的，也要看哪裡有合適的缺不是。」

「不做管事，我兄弟幾斤幾兩，您還不知道嘛。他哪裡能做管事？隨便尋個清閒些的幫工做做就夠了。他如今和我的父母住在四喜胡同裡，我父母年邁，需要照顧，最好尋個那附近的鋪子，打打閒雜，得空了還能照顧照顧父母。」

薛雲濤翻過身，讓徐素娥坐在他的腹部，感受著越發叫人心癢的接觸。「四喜胡同那裡的店鋪，全是秀平的嫁妝，如今都掌在宸姐兒手中，妳這貿貿然地要讓妳兄弟去那裡，不是還得告訴宸姐兒知道嘛。」

徐素娥伏上薛雲濤的身子。「我兄弟又不是要做管事，隨便做個閒工就成，哪裡還要勞煩大小姐安排，不就是老爺一句話的事嘛。」

至此，薛雲濤妥協，應承了徐素娥，讓徐天驕在四喜胡同外的乾貨鋪子裡做個副管事，第二天就讓人去辦好了。

第十六章

薛宸從東府回來，就見衾鳳迎上來，對她說道：「小姐，有兩個管事讓平嬤嬤遞了消息進來，說是老爺在四喜胡同的乾貨鋪子裡安排了人，那人自稱是府裡徐姨娘的哥哥。管事們沒主意，讓平嬤嬤遞話來問問小姐是不是有這事。」

薛宸將肩上披風解開，讓枕鴛拿去掛起來，抬眼看衾鳳，蹙眉說道：「老爺讓他去做什麼？」

衾鳳回答。「說是去做副管事。可那鋪子裡原本就有副管事，如今徐姨娘的哥哥去了，又是老爺親自吩咐的，那原來的副管事自然要給他騰出位置來。」

薛宸一邊走，衾鳳一邊稟報，很快就到了青雀居。經過抱廈，入了主屋，薛宸一直沈默，衾鳳等不到薛宸的回答，不禁又問道：「小姐，這事您看怎麼辦？原來的副管事還在等小姐回話，說小姐要換了他，他就回鄉種田去了。」

薛宸站在門檻前，停住腳步，對衾鳳說道：「讓他繼續留下吧。」

衾鳳有些抓不準薛宸的意思。「小姐說的留下，是讓他把副管事的位置讓出來，去做其他的？還是……」

薛宸果斷回答。「讓他繼續做他的副管事，不受任何影響，店鋪照常經營。」

「那徐姨娘的哥哥怎麼辦？一個鋪子裡有兩個副管事嗎？」

薛宸轉身抬眼對上衾鳳，聲音沈著又穩重。「兩個就兩個，徐天驕是老爺親自開口加進去的人，自然要給老爺面子，就讓他做副管事好了，不過是個名罷了，有什麼打緊？讓原來的管事和副管事無須理會，做好自己該做的就成了。」

衾鳳目瞪口呆。小姐霸氣！一句話就把這橫插一槓的事情給擺平了，徐天驕要做副管事，那就讓他做，只不過是個名字，手裡卻沒有半分權力。

「那工錢呢？也照副管事的工錢給他嗎？」衾鳳覺得該趁這個機會，好好地學一學。

薛宸冷哼一聲。「鋪子裡的工錢發放，都是按照標準來的，做多少事，拿多少錢，讓管事自己拿捏，徐天驕做了多少事，就給他多少工錢。讓他們自負盈虧，自己拿主意。」

噗，真是夠絕！投閒置散不給他事做也就算了，還提出要按做的事多少發工錢，這不明擺著啥也不給的意思嘛！

過了幾天，徐素娥來找薛宸告假，說是家中母親病了，要回去探望。

薛宸沒理由不同意，就許了。府裡給她備了些禮，套好馬車，送她回家。

四喜胡同的徐家門外，徐素娥還沒進去，就聽見院子裡雞飛狗跳，還有母親嚎叫的聲音，推門而入，看到徐天驕正在和劉氏推攘，見徐素娥進來，兩人才停手。

徐素娥冷著一張臉，徐家人不敢再鬧，讓她進了堂屋。

「你怎麼回事？不是給你找了差事做嗎，還成天鬧騰什麼？我那裡不是開善堂的，三天兩頭給你錢揮霍。我說了，今後你能過就過，不能過就去死！」

徐天驕也是個暴脾氣，不過對著這個妹子不敢太大聲，沒好氣地說：「什麼差事？少在那裡糊弄我。」

徐素娥看著他，冷道：「怎麼？鋪子的人沒讓你進去嗎？」

徐天驕冷哼一聲。「進去？進去有個屁用！什麼都不讓我管，別說拿兩個錢去喝酒了，這麼多天，老子連錢擺在哪裡都不知道，一個個把我當賊似的防著。」

說到這裡，徐天驕走到徐素娥面前，道：「妹子，不是我說啊，他們這哪裡是不給我臉，分明就是不給妳臉啊！明知道我是妳哥哥卻還這麼對我。惹急了老子，一把火燒了鋪子，我看他能把我怎麼著！」

徐素娥一聽就知道這裡頭有薛宸的事，沒想到那小丫頭的手還挺長，不僅把持府裡，連外頭的事情都管上了，留著還真是個禍害。

徐天驕見徐素娥不說話，又上前說道：「妳上回給我的錢都花了，還有沒有？再給點。」

徐素娥瞪向徐天驕，怒斥。「給什麼給，你當我是開善堂的？上回才給你一百兩，這才幾天，你就花了，還敢跟我要？沒有！」

「沒有？」徐天驕的聲音突然高了起來，他最煩的就是這些人明明有錢，卻偏偏不給他花。一腳踢了旁邊的野菜籃子，野菜散了一地，對徐素娥道：「妳別跟我開玩笑了，妳如今是什麼身分？薛家的姨太太！薛家是什麼人家？妳把薛雲濤伺候好了，怎麼可能沒錢？」

徐素娥反手就給了徐天驕一個巴掌，冷冷說道：「有錢也不給你！」

徐天驕沒想到今天會挨打，摀著火辣辣的臉，看著神情冰冷的徐素娥，心裡有些犯怵，卻還是硬著頭皮說：「妳、妳、妳現在翅膀硬了，也不想想，當初是誰把妳從教坊司裡撈出來的，要不是我，妳到今天還在那裡受罪呢！現在倒來跟我裝高貴了，妳算個什麼東西？」

徐素娥的手再次揚了起來，不過這回卻是沒落下去。

徐母在旁看著，嘆了口氣。「好了好了，吵什麼呀！素娥難得回來，你就不能消停點？」

徐素娥放下手，徐母又道：「素娥妳也是的，明知道妳哥哥是個什麼脾氣，還和他說這些做什麼。把妳喊回來，就是為了和妳商量接下來該怎麼辦。妳哥哥的差事是個空把式，人家根本不把他當回事，要不妳回去再和老爺商量商量，讓他和鋪子裡說說，要管事多發點工錢給妳哥哥，怎麼樣？」

徐母從前也是官宦出身，不過長年的村婦生活已經徹底把她同化，說起話來市井味道十足。

徐素娥冷靜下來，沈吟片刻後，說道：「再找老爺也沒用了，沒的讓他厭煩。這事還得從那個大小姐身上下手，四喜胡同的鋪子是她娘留下的嫁妝，就是老爺也沒辦法完全插手。

我若是嫡母就罷了，尋個由頭接管過來不是什麼難事，可如今壞在我是妾侍，在府裡的地位連管事嬤嬤都不如，再想明著從那大小姐手裡拿出東西來，怕是不成了。」

徐母一聽也是憂愁，徐天驕聽她這麼說，問道：「怎麼，那丫頭手裡有很多銀子嗎？」

徐素娥輕蔑一笑。「她娘是大興盧家的嫡女。盧家知道嗎？大興首富，你說她娘有沒有錢？」

徐天驕不說話了，轉著眼睛，不知在動什麼心思。

徐素娥見他這樣，不禁說道：「你在打什麼主意？別給我輕舉妄動，壞了我的事，我饒不了你！」

徐天驕把心一橫，道：「什麼輕舉妄動的，我瞧著妳對那丫頭暫時也沒辦法，不如讓我來做一票，一不做二不休，綁了那丫頭，叫薛家拿錢來換人，弄個幾萬兩銀子花花。」

這回徐素娥倒是沒有否定徐天驕的提議，她不是衝著幾萬兩銀子，而是想著，如果薛宸被綁架了，那她的名節肯定毀了，薛家可以捧一個失了嫡母的大小姐，卻絕對不會捧一個失了名節的大小姐，到時候若婉姐兒能上位，那她的好日子興許還有轉機。

她沈聲問道：「你有把握嗎？她是官家小姐，若出了事，扯上官府，可不是好玩的。」

徐天驕一拍胸脯。「妳放心吧，我去請龍頭山那些人出馬，一幫土匪做的事，哪裡就和咱們有關係了？」

徐素娥盯著他看了一會兒，從袖裡丟出一包銀子給他，沈聲說道：「這事若辦不成，你就是死了，我也不會救你。」

徐天驕掂量了手裡的銀子，笑開了花。「一個小丫頭都擺不平，我也沒臉活著了。」說完轉身往外走去，邊走邊打開錢袋子，掏出一錠銀子放嘴裡咬了咬。

薛宸在水榭上寫字，嚴洛東來求見。之前薛宸派他去盯著徐家，如今似乎盯到了些什麼，趕緊回來稟報。

衾鳳領著嚴洛東進來，站在屏風外頭，將剛打探回來的消息事無鉅細地回稟起來。

薛宸在屏風內聽了，倒是沒了第一次的驚訝，半晌沒有說話，然後才緩緩走出屏風，手裡拿著一塊乾淨帕子，擦拭指上不小心染上的墨跡。

徐素娥回去搬救兵，這是薛宸早猜到的事情，她把徐天驕投閒置散，為的就是讓他狗急跳牆來纏徐素娥，然後徐素娥必定會去出主意。他們果然沒有讓她失望，出的正是和上一世一模一樣的主意——綁架她要贖金，想壞她名節。

嚴洛東見薛宸良久都沒什麼反應，以為她是被這消息給嚇壞了，畢竟是個十二歲的女孩，哪裡見識過這種陰暗？可抬頭看了她一眼，卻發現這位小姐臉上哪有絲毫懼意，反而勾著嘴角，那雙美如星辰的黑眸此刻正直直地盯著前方。

嚴洛東不禁道：「小姐，咱們既然已經知道這件事，就斷不會讓他們得逞，這些日子，小姐還是不要出門的好。」

從前刀口舔血過日子，像這樣的事，嚴洛東見識了不少，有事先知道的，有事先不知道的，但不管知道不知道，只要事情發生，一般情況下，人質都會被殺，因此才會談綁架而色變。他既然來了薛家做護院，就絕不容許這樣的事發生。

薛宸收回目光，對嚴洛東笑了笑。「六月十四是太太的陰生，我要去白馬寺替她做一場法事，必須出門。」

嚴洛東還想說什麼，卻被薛宸打斷，漂亮如寶石的眸子盯著嚴洛東看了一會兒後，對他招了招手讓他附耳過來，在他耳邊說了幾句話。

嚴洛東這才點了點頭，領命下去。

盧氏的陰生在三年做齋之前不能在府裡過，需要去祭靈的寺廟。六月初，薛宸就讓府裡準備好東西，然後去主院向薛雲濤稟報。

去的時候，薛雲濤正在書房，薛宸入內，看見徐姨娘穿著一身淺藍色帶雙環紋的齊胸襦裙，外頭罩著薄如蟬翼的外衣，雖然年過三十，但她保養得宜，看起來不過二十出頭的樣子，始終打扮得像個少女般。雖然她這樣在薛宸眼中是裝嫩噁心，不過薛雲濤似乎就是喜歡，自從將她納入府，只要他從衙所回來，一般都是招徐姨娘進主院陪伴，這幾日更是讓她直接住在主院裡。

對於父親房裡的事，薛宸畢竟不是主母，不能管得太寬，而她歷經一世，明白男人對於這種事情是天生熱衷，即使明令禁止，他們還是會偷著嘗試，所以，薛宸並沒有在這件事上表現出強勢，聽之任之，只要薛雲濤別做得太過分就成了。

她將六月十四要去白馬寺的事情告訴薛雲濤，問他要不要一起去。

薛雲濤放下手裡的筆，看了徐素娥一眼，然後說道：「那天衙所裡正好有事，大理寺積壓的案子似乎有了決策，皇上召內閣敘事，秘書監忙著記錄，只怕走不開啊。」一副為難的模樣。

薛宸看在眼中，沒有說什麼，而是恭順地點點頭。「父親自然要以公事為重，那日我替父親在母親靈前說一說便是了。」

薛雲濤聽薛宸提起盧氏，心情似乎有些沈重，呼出一口氣。「這樣吧，那天妳先去，我若忙完了，就儘量早些回來去白馬寺找妳。妳母親第二個陰生，總要給她上炷香的。」

薛宸斂下眉目，點點頭。「是。若沒什麼事，我便告退了。」

薛雲濤沒有說話，似乎陷入了對盧氏的回憶中，對薛宸揮了揮手。

徐素娥便主動迎上說道：「我送大小姐出去。」

薛宸對她笑了笑，兩人一前一後跨出了書房的門檻。

「夜深露重，大小姐小心。」徐素娥站在院門口，對薛宸說道。

薛宸讓枕鴛替她穿上輕薄披風，雖說是初夏，可晝夜的冷熱還是相差很大。她低頭理了理披風的邊，對笑得溫婉如玉的徐姨娘說：「謝姨娘提醒，我會小心的。也請姨娘照顧好父親。」

「是，小姐請放心。」

語畢，衾鳳提著一盞琉璃燈，走在薛宸前面開路，回到了青雀居。

六月十四那天，薛宸很早就起來，管家將準備好的祭品放入一只只食盒中。食盒是黑色網底，蓋子上用米漿沾著一張白紙，繩索都是藍白相交的，讓人一看便知這是喪事專用。

薛宸帶著衾鳳和枕鴛坐上馬車，府裡管家也一同前往，前後共八名護衛隨行。原本薛宸是想讓薛婉和薛雷一同去的，怎料昨晚薛婉突然染了風寒，薛雷昨日被先生留在東府上夜學，薛宸不想勉強他們，乾脆許了他們不必前往，獨自去了白馬寺。

薛家的車隊從燕子巷出發，因為是早晨，除了做早點開店鋪的略早些，街道上還很安靜，因此車隊走過中央道時是暢通無阻的。

白馬寺位於京城東郊，雖不需出城，但路程遙遠，車隊由清晨出發，一直走到上午方抵達白馬寺。

白馬寺有專門接待遠來施主的禪房。前幾天，薛宸派人與寺中主持約定日子，今早來時，寺中已單獨準備好一間禪房，專做盧氏的法事。中午，薛宸留在白馬寺用了齋飯，衾鳳和枕鴛將後院禪房清掃一遍，正要請薛宸入內午睡，嚴洛東卻突然求見。

他在薛宸耳邊說了幾句話，薛宸點點頭表示自己知道了，然後嚴洛東又如來時一般，神出鬼沒地離開了。

枕鴛手裡端著一杯茶，卻沒能送到嚴洛東手上，不禁對準備上榻的薛宸說：「小姐，那個嚴護衛到底是什麼來頭？總覺得他來無影去無蹤，怪怕人的。」

衾鳳給薛宸脫鞋，伺候她上了榻，然後才道：「嚴護衛那麼好的身手，妳之前沒看到過嗎？別大驚小怪的。」

枕鴛嘟嘴對衾鳳哼了哼，見薛宸嘴角帶著笑，以為薛宸也在笑她，嬌嗔地一跺腳，端著茶杯就走了出去。

衾鳳和薛宸對視一笑，薛宸便枕著自家帶出來的靠枕，稍稍假寐片刻。

一場法事下來，足足用了四個時辰，薛宸從早上守到下午，法事結束後，她又捐了一百兩香油錢，記作盧氏的功德，然後讓管家召集眾人回去。

離白馬寺山腳不遠的一處斜坡後，趴著兩個不住探望的人。

徐天驕對旁邊的人說：「待會兒就從這裡動手，方圓一里以內都沒有人，務必要把馬車裡的小姑娘給我弄出來。事成之後，少不了你們的好處。」

跟徐天驕說話的是一個留落腮鬍的漢子，他旁邊還站著一個穿短衫的女人，只聽他對徐天驕問道：「你確定來的只是商戶，不是什麼厲害的吧，劫個商戶人家的小姑娘就能有錢？」

徐天驕拍著胸脯道：「孫當家的放心，來的就是個小姑娘，那姑娘平日裡大門不出、二門不邁，連院門都沒怎麼出過，能厲害到哪裡去？」

漢子旁邊的女人到底多了個心眼，問道：「她到底是什麼來頭？你最好跟咱們說清楚，京城有幾個有錢的商戶人家，說出來我們好心裡有個底。別到頭來拿你五百兩銀子，卻把咱們兄弟的命給搭上。」

徐天驕立刻覥著笑迎上去。「嫂子放心，那姑娘……是大興盧家的姑娘。盧家你們總聽過吧，大興的首富，那指縫裡漏出點金銀，夠窮苦人家吃上一輩子了。」

那女子似乎真的在思考著，嘴裡默唸。「大興……盧家？」

旁邊的魁梧男子不放心，問道：「怎麼樣？有這戶人家沒有？」

女子點頭。「有倒是有，只是……大興盧家怎麼跑京城來了？你要的那姑娘是盧家什麼人？」

徐天驕眼珠子一轉，果斷道：「是盧家的孫女兒。她姑姑早年嫁到京城，這姑娘是來省親的，可是個千載難逢的好機會啊。」

他知道，如果說出薛家，這些土匪一定會畏懼那是官家而不敢動手，若只說是商家女兒就好辦得多。只要他們把人給截住，等到了他手裡，要做什麼還不是他說了算嘛。

正說著話，探子來稟報，說盯梢的車隊已經轉入這條道，馬上就要到計劃動手的地方了，一行人連忙噤聲，將身子縮下來，隱藏在斜坡後頭。

在斜坡後，還有一座小山，山上鬱鬱蔥蔥的樹林，遮擋了陽光和視線。

一名男子穿著絳紫色暗紋深衣，手持一柄銅質千里眼，站在高崗上向前探望，通身不見任何飾物，簡樸中透著穩重，竟是婁慶雲。

只見他挺直而立，周圍皆是重甲在身的護衛，分布在樹林中。他們今日是來緝拿一個殺人不眨眼的要犯，除了大理寺的人，還有北鎮撫司的錦衣衛一同出行，眼看任務要開始，卻偏偏見到下方有盜匪出沒。

旁邊的范文超驚叫一聲。「我瞧著那些是土匪，正要打劫過路的人，咱們管還是不管？」

婁慶雲又拿起千里眼看了看，車隊由遠至近，緩緩駛來，藍底白綢的馬車說明這家有人過世，或者坐車之人有孝在身。車壁上，一個大大的薛字在婁慶雲手中的千里眼顯現出來，讓他眉峰微蹙。

薛家如今還有孝在身、出入皆乘藍底白綢車的人，似乎只有那麼一個。

他抬頭看了看白馬寺的方向，知道那丫頭定是去燒香，卻沒想到路上會有劫匪伏擊。

「怎麼樣？下面似乎就要動手了，咱們是……」

范文超雖然不知道馬車裡是哪個倒楣蛋，但他們是官差，遇見這種事情哪能姑息？可為了這個要犯，大理寺連同北鎮撫司已經足足部署了三天三夜，就等這臨門一腳，如果為了下面的事功虧一簣，實在太可惜了些。

婁慶雲一直用千里眼關注著下面，半晌才對范文超回道：「再等等吧。咱們這裡不能動，那犯人狡猾得很，好不容易讓他與人約在這裡見面，等著將他一舉成擒，耽誤不得的。」

說完這些，婁慶雲將千里眼收了起來，轉身往部署中心走去。

范文超緊隨其後，小聲道：「可咱們也不能見死不救吧。」

婁慶雲猛地停腳，范文超差點撞到他背後，見婁慶雲的臉色不是很好，便識趣地將嘴巴閉起來，不再說話。

倒不是婁慶雲真鐵了心腸見死不救，而是剛才他在千里眼中看見了一些東西，想起那丫頭素來古靈精怪，身邊又有嚴洛東這種高手保護，就算她真在車裡，一時半會兒也出不了事。更何況，他可以肯定，那丫頭根本……不在車裡，也不知她又在搞什麼花樣。

他的嘴角不禁微微揚起，將手裡的千里眼別在後腰上，尋了塊隱蔽之處，等候要犯到來，甕中捉鱉。

當薛宸的車隊靠近，進入他們的包圍圈，斜坡後面的龍頭山大當家就發號施令，所有藏匿在後的土匪一股腦兒全衝了出去，將薛家的車隊團團包圍。

薛家眾僕嚇得大驚失色，逃跑無門，只好抱頭蹲下來。

土匪們沒想到這些人連反抗都不反抗，就這麼抱頭投降了，士氣大振，哄笑著一把扯開最前頭的馬車簾子，說道：「讓老子來瞧瞧，這是哪家的小姑娘，長得水靈不水靈啊？」

周圍土匪又是一陣哄笑，簾子掀開，可裡頭的哪裡是什麼小姑娘，竟是個瑟瑟發抖的花甲老頭兒。

大當家猛地色變，知道不妙，還沒來得及發號施令，就見道路兩頭殺出兩隊二十人的護衛，每個人手裡拿著刀，凶神惡煞地向他們衝過來。

「上當了！全都給我撤回去！」

可惜，由嚴洛東帶領的薛家護衛早將他們圍了個水泄不通。想跑？對不起，已經晚了！

道路中央開始了打鬥，徐天驕一直躲在斜坡後頭，見形勢不妙，趕忙屁滾尿流地從坡上滾下去，灰頭土臉想要逃走，可還沒逃兩步，就被人追上了。他不敢抬頭看是誰，只是左右竄動，想從縫隙間溜走，奈何擋著他的人是個練家子，哪會給他逃跑的機會？

於是，徐天驕惡向膽邊生，從靴子裡拔出一把匕首，不管三七二十一，凶惡地刺向擋住他的人。誰知還沒接觸到對方，手腕就被人控制住，一個扭動，感覺手不是自己的了，哎喲哎喲叫喚起來。

嚴洛東一腳踢在他的屁股上，讓他面門朝下，直接摔了個狗吃屎。然後在徐天驕還沒完全反應過來前，一把拎住他的衣領，將他提溜起來，交給一個護衛，五花大綁丟上馬車。

第十七章

東郊的翠屏坡以南有座小田莊，叫做桃源莊，主要種植桃樹，初夏時綠意盎然，滴翠枝頭垂掛下一顆顆青裡透紅、散發誘人芳香的桃子。

薛宸站在田莊裡最高的二層小樓上，從窗戶看向外面，這片沈甸甸的果實讓她心情很好。

這座田莊也是盧氏的財產，是她嫁人後用私產購置的。盧氏喜歡桃花、喜歡吃桃子，於是命莊裡全種桃樹。薛宸只記得自己彷彿是小時候來過一回，年代雖然已經很久遠，但留下的印象實在太好，那時應該是三、四月裡，滿院桃花粉裡透紅，美得彷彿仙境。

後來，盧氏去世，徐素娥接管她的一切，包括這座田莊，薛宸就再也沒機會來了。

這一世，娘親留下的東西，全都牢牢地捏在自己手裡，這種感覺實在再踏實不過了。

衾鳳進來回稟。「小姐，嚴護衛他們回來了。」

薛宸轉過頭，將手裡的一根嫩枝椏轉了轉，往外走去，對衾鳳道：「讓莊頭帶人去摘些桃子，待會兒咱們帶回家。」

衾鳳點頭。「是，奴婢這就去辦。嚴護衛他們在東院裡等著。」

「知道了。」

薛宸走下木樓梯，便直接往東院去。衾鳳去找莊頭，枕鴛則跟在薛宸身後。

要說今日之事，兩個丫鬟都沒能弄明白，她們不知道小姐和嚴護衛說了什麼，從白馬寺出來後，竟然不是上她們來時坐的馬車，而是嚴護衛另外安排的小車，直接把她們送到桃源莊。然後剛才又看見嚴護衛和府裡的十幾個護衛押送著一個五花大綁的人，從後門走進來。

薛宸到了東院，見院子裡護衛林立，嚴洛東似乎有天生的領導能力，他是以薛宸青雀居護衛身分進府的，可不過短短兩個月，就完全控制了府裡所有護衛，人人以他馬首是瞻。

見到薛宸進來，不等嚴洛東開口，府裡侍衛就對薛宸行禮，整齊喊道：「大小姐好。」

薛宸擺擺手，讓大家起來，卻看也不看跪在中央被五花大綁還蒙了眼睛的兩男一女。

等薛宸在上首的太師椅坐好後，嚴洛東才上前回稟。「小姐，這個就是敢攔路打劫咱們車隊的匪首，請問要怎麼處置？」

薛宸看了指甲半晌，然後目光上挑，落在最旁邊那個不住發抖的人身上，只見他不住搖頭，嘴唇嚇得發白；另一邊的一男一女倒是硬氣，雖然被押著跪在地上，卻依然挺直背脊。

室內的安靜讓徐天驕幾乎嚇破了膽，知道自己這是栽了，如今還被人生擒過來，要是被薛家知道，那徐家就真的完了！

等了好半晌，薛宸才終於開口說話。「既然是匪首，那還跟他客氣什麼？打吧。」

徐天驕沒想到這丫頭上來就讓人動手打他，而動手之人分明絲毫不留情，一棍一棍打在他身上，讓他連聲哀嚎，整個廳內只聽見他的嚎叫。「不要打、不要打！我、我有話說！」

嚴洛東看看薛宸，然後打個手勢，讓動手的護衛停下動作。

只見薛宸歪在藍白色的纏枝紋靠墊上，好整以暇地說：「還有個要說話的。」

徐天驕感覺打在身上的棍子停了下來，以為薛宸願意給他機會，趕緊跪直身子，正要開口說話，可嘴巴一張，就給人打了兩個大嘴巴子，讓他徹底懵了，只聽嚴洛東冷峻的聲音說道：「哪裡有你說話的分?!你們來說！」

旁邊的護衛踢了另外兩個人一腳，男的跪直身子，呼出一口氣，道：「我們是龍頭山的，收人錢財替人消災，這人給我們五百兩，說讓我們綁架個人。這回咱們算是栽了，得罪小姐，要殺要剮，咱認了！」

「倒是個硬氣的。」

薛宸冷哼一聲，上一世，她也接觸過龍頭山的土匪，那是她嫁人之後，有回從東北運了好些皮子來，就是途經龍頭山附近被截的，他們還殺了她的一個掌櫃和五、六個押貨的人。後來她去報官，官家一聽是龍頭山的，只走了個過場，最後什麼也沒幹。沒想到天道輪迴，這一世，他們竟然栽她手裡了。

「既然他們開口說了，要殺要剮隨咱們……那就殺了吧，埋在咱們院子裡的樹下，說不定來年花開得更漂亮些呢。」

嚴洛東看了薛宸一眼，肅立道：「是，無非都是些匪類，殺了也算是為民除害。」

說著就聽見一旁傳出一聲聲的拔刀聲，徐天驕當場嚇得軟趴在地上，不住地磕頭。

「不、不、不要殺我！我不是匪，我是民！你們、你們不能殺我，薛小姐，我……我是、我是妳舅舅啊！我是妳舅舅啊！」

徐天驕口不擇言，說了這麼一句，剛說完，便被嚴洛東踹翻在地。

薛宸冰冷的聲音傳來。「我舅舅？我舅舅在大興，他姓盧，你算我哪門子舅舅？」

徐天驕在地上掙扎。「我、我是妳府上徐姨娘的哥哥，妳回去問問妳家姨娘就知道了。我是她哥哥，她嫁給妳爹，那妳就是我外甥女兒啊！哈哈，我真是妳舅舅！」

薛宸一抬手，一個護衛就再上前給了徐天驕一頓好打，揍得他鼻青臉腫、鼻血橫流。

薛宸冷聲道：「狗嘴裡吐不出象牙！你說你是徐姨娘的哥哥，你就是了？徐姨娘是我爹的妾侍，平日裡對我多番恭敬，你是她哥哥，卻勾結土匪來打劫我，怎麼，這裡頭還有徐姨娘的事？」

徐天驕有點猶豫要不要把徐素娥扯進來，可這小姐肯定不是個善類，哪裡有閨閣小姐的柔弱樣子，行事這般狠辣，身邊還全是凶神惡煞、武功高強的護衛，那打在他身上的力氣可一點都不像是警告，如今她肯定是把他們帶到了僻靜之處，就算殺了他們，也必定沒人知曉的地方。

想到這裡，徐天驕慌了。

薛宸繼續逼迫。「我猜猜，你勾結土匪打劫我的事，是徐姨娘讓你幹的？」

徐天驕還在猶豫，突然身上又是幾下裂骨的疼。他是個酒囊飯袋，沒出息也沒吃過苦，當場就大叫起來。「是、是！是她讓我幹的！小姐大人大量不要殺我，我、我下輩子給妳做牛做馬，求求妳不要殺我！」

「混帳東西！」

徐天驕的話音剛落，就聽一聲暴喝自門外傳來，廳中所有人看了過去。薛宸看見來人後，眉頭便不動聲色地蹙起來。

只見薛雲濤憤然走入，而跟著他一起進門的，還有素雅清純得像朵小白花般的徐素娥。

薛宸美麗的雙眸微微瞇起，知道今天的事要壞，卻是不動聲色迎了上去。「父親，您來得正好。您也聽到了，這位是徐姨娘的哥哥，就在剛才，他勾結了這幫匪徒想要綁架我，被我的護衛擒了過來，一問之下，他竟說出是徐姨娘指使他這麼做。這件事，您怎麼看？」

薛雲濤還沒說話，身後的徐素娥就對薛宸跪下，聲音婉約。「大小姐，是妾身對不住您，妾身有這樣一個不成器的哥哥，實在是家門不幸。今日早晨妾身命人送參湯回去給老母補身，聽老母說起哥哥今日要做的混帳事，我知道後，不敢耽擱，直接去了老爺衙所求見，老爺這才隨我一同趕來。幸好大小姐吉人天相、福澤深厚，若真被這狼心狗肺之人傷著，我、我就只能以死明志了。」

薛宸看著徐素娥，冷哼一聲，然後看向薛雲濤，不言不語地等他開聲說話。

薛雲濤坐到上首的位置，冷冷道：「這世間竟有你這等吃裡扒外的狗東西，簡直混帳至極！自己欠下一身賭債，沒錢償還，竟把腦筋動到薛家來！還敢胡亂攀咬，若不是素娥早些告訴我，要被你冤枉了去，這天下還沒個王法了！」

薛宸閉上眼睛，深吸一口氣，抬眼對上徐素娥那雙泫然欲泣的眼睛。只有她看得到，那濛濛的水霧之後，隱藏的是怎樣的狠毒心計。

薛雲濤已經相信這件事和徐素娥無關，也是徐素娥精明，徐天驕多時不回，猜到出事了，搶先一步找到薛雲濤，「揭露」徐天驕的惡行。

徐天驕被蒙著眼睛，不知道該看向哪裡，此時腦子裡已經完全懵了，不知道自己應該說什麼、不應該說什麼，可聽薛雲濤的話語，分明是把所有的罪都推到他身上來了。

他正要說話，就聽徐素娥接著道：「哥哥，你怎會如此糊塗，做出這種喪盡天良的事情來？你我兄妹一場，到頭來，你卻要這樣陷我於不義，你可知你的那番話會徹底毀了我、毀了徐家！你怎會如此糊塗，到了這種時候，還要胡亂攀咬我！」

徐天驕腦中猛地一激靈，徐素娥說得對，她如今養著徐家，若是她垮了，徐家一定會跟著垮。他先把罪認下來，只要徐素娥還在薛家，就不怕她不救他，畢竟是兄妹啊！

他低下頭，沒再說什麼。於此，便等同於認罪了。

薛宸冷笑，一雙美眸中盛滿了失望，眉峰微微蹙起，斂下眸子，長長的睫毛在她的臥蠶投下陰影，美得那麼驚人。目光一動，瞥向跪在地上的徐素娥，居高臨下地睨視著她，勾唇說道：「徐姨娘的話真是發人深省，妳這麼提醒他，不就是要他擔了這事，之後再去救他的意思嗎？」

徐素娥臉上一片悽苦。「出了這種事，大小姐誤會我也是應該，但我敢對天發誓，若我曾對小姐動過不軌之心，就讓我天打雷劈、不得好死。這件事真的與我無關，請小姐相信我好不好？」

薛宸沒說話，薛雲濤臉上卻早已露出相信的意思，只聽徐素娥又說：「我家道中落，承蒙老爺不嫌棄，讓我過上好日子，我怎麼還會不知足，讓娘家哥哥做出這種傷天害理的事情來？老爺對我這樣好，小姐又處處維護我，若這件事被老爺發現了，對我又有什麼好處呢？」

薛雲濤已經從椅子上站起來，準備上前攙扶徐姨娘一把，卻被薛宸擋在中間，冷冷說道：「妳說妳與這件事情無關，別說那些冠冕堂皇的話，真要我信妳，那妳就做出讓我相信的事來，當著我的面，處置了妳哥哥。別說什麼打一頓、送官法辦的話，我是不會接受的。提醒妳一下，妳哥哥犯的是什麼罪，若被他得逞，我們薛家損失的只是金銀嗎？他毀掉的是我的一生。我的一生差點被毀，妳覺得應該怎麼處置？」

徐素娥哀怨的臉抬了起來，淚眼汪汪地看著薛宸，想對她身後的薛雲濤遞去求助目光，卻被薛宸攔在中間。她知道，今天若在處置徐天驕上有任何遲疑與不捨，肯定沒辦法徹底把自己置身事外，到時要是被徐天驕扯出其他事情，那她這輩子就算是真的完了。

她眼中騰起一股狠意，從地上緩緩站起，對著薛宸的美眸，咬牙道：「這件事是我哥哥做得不對，若我求情，小姐定會懷疑我的真心，既然如此，那我便做出處置——當場打死！

小姐覺得怎麼樣？」

薛宸勾起唇，絲毫不為這四個字犯怵，冷冷道：「好，就照妳說的辦！」

「胡鬧！」

薛雲濤聽她們的話，忍不住站出來，對薛宸說：「夠了！這件事我自有主張，打一頓，送官法辦，按搶匪處置，行了吧？」

「不行！」薛宸一口否定，指著跪地的徐天驕和徐素娥。「爹，您就算要寵這個姨娘，也該分清楚事情輕重。這姨娘指使親哥哥綁走您的女兒，我是您的嫡長女、是薛家的嫡長孫女，我若名節受損或死了，您覺得這個家裡誰的受益最大？是不是她的女兒薛婉？我昨日特意跟您說起今日要來白馬寺，若是沒人通風報信，徐天驕有天大的本事能知道我的去向？

「再說另一件，原本我想讓庶弟庶妹今日來白馬寺，就算他們沒見過娘親，但終究稱娘親為嫡母，我是好意。可她這兩個孩子一個感染風寒、一個被先生留堂東府，要不是姨娘的主張，天下哪有這麼巧的事？

「我的人從出事開始，就趕去城內找您來莊裡替我主持公道，可徐姨娘一個深宅婦人，若非早早派人盯著，憑什麼能及時去您那裡？她來府中這麼久，從沒私自出過門，為何偏偏今日私自回去給她母親送湯藥，還正巧聽她母親說了徐天驕的事。您覺得她母親是什麼人，不明白兒子做的這些事要被人知道了就是個死嗎？她母親告訴她這件事，就是要她兒子死，您想想這可能嗎？」

徐素娥聽了，立刻伏趴到薛雲濤跟前，委屈喊冤。「老爺，這件事是我的錯，我不該縱容兄長做出這等傷天害理之事。我的母親身體不好，您是知道的，前些日子我時常送湯藥過去，每隔五日一回，今日正好是五日之期，但大小姐不在府內，我便私自出門給母親送湯藥。我母親是耿直之人，將這事告訴我，我們都是有良知的，哪會在知道我哥哥打算做混帳事之後還無動於衷呢？我自然要去找老爺的，半點不曾耽擱，在路上還差點撞到一輛馬車，手臂蹭破了皮。

「我說這些，並不是要老爺同情我，只是想讓老爺知道，我對大小姐尊敬愛護不輸自己的孩兒，我也是做母親的人，將心比心，哪裡會對一個孩子下毒手？至於大小姐說婉姐兒和雷哥兒今日不便之事，確實是巧了。我與他們不住在一起，婉姐兒如何得了風寒，我並不知；雷哥兒昨天根本沒回府，更不會有我們串通之說。還請老爺明鑑、請大小姐明鑑呀！」

薛雲濤低頭看了看徐素娥挽起袖子的手肘，上頭確實有幾道已經結痂的血痕，手心也擦破了皮，確實是走得太急而摔倒的樣子。

「爹，若您要偏袒徐姨娘，我也顧不得什麼顏面，乾脆把徐天驕帶回東府，交給老夫人調查處置好了。」

薛宸說完，徐姨娘臉色大變，脫口喊道：「不可以！」聲音有些大，讓薛雲濤意外地看向她。

徐姨娘慌忙低下頭，這才恢復了冷靜，緩聲說道：「這件事再怎麼說都是家醜，徐天驕是妾身的哥哥，這一點妾身無論如何不能否認。老夫人年事已高，咱們怎好用這樣的事情去打擾。」

薛宸冷笑一聲，周身散發出絕不妥協的氣勢，沈聲道：「不想送到老夫人跟前，那姨娘就該給個交代。現在是妳的哥哥勾結土匪企圖綁架薛家嫡長女，他既然敢做，便要承擔這份後果！姨娘斟酌著處置吧，若輕了或包庇了，那咱們最終還得去老夫人那裡，讓老夫人將這件事的前因後果調查個水落石出、明明白白才好。」

薛雲濤覺得薛宸這些話稍微重了點，也不願將家裡的事情鬧到東府去，正要再說情，卻見薛宸猛地回頭瞪了他一眼，眸子裡的殺伐決斷讓他心頭一緊，到了嗓子眼的話，全嚥了回去。

不知什麼時候，女兒竟變得這樣厲害！雖然心中不喜，但也明白他實在不宜再在這件事上出面，畢竟犯事的是他愛妾的哥哥，且道理明顯是偏著女兒那邊。若女兒主動說出不追究了那還好辦，隨便將人處置一番就夠了，可如今女兒明擺著不想息事寧人，要嚴懲，他若偏袒得太厲害，傳出去總是不好聽，乾脆兩手一攤，讓她們自己處置好了。

徐素娥見薛雲濤向薛宸妥協，只覺心灰意冷，再看向薛宸時，眸子裡似乎帶著刀般，恨不得把眼前這姑娘劈成兩半，指甲掐進掌心的肉裡。

薛宸來到她正前方，居高臨下地看著跪地不起的徐素娥，面無表情地道：「姨娘想好了嗎？若是姨娘不會處置，那咱們就去老夫人面前吧。看看最後老夫人能調查出個什麼前因後果來。」

徐素娥仰頭看著薛宸，她玩弄心計半輩子，從沒有想過自己有一天會被個小姑娘的氣勢逼得說不出話來。

薛宸這招實在太狠了，她明知自己不敢和她去老夫人跟前說道理。她是什麼出身，只有自己知道，若真在老夫人那裡被扒了皮，這麼多年的努力就白費了，還可能被打回原形。

轉頭看看蒙住雙眼、堵上了嘴，被人五花大綁、安靜跪在那裡等她搭救的哥哥，徐素娥心一橫，從地上站起來，與薛宸打了個照面後，被薛宸眼中的冰冷刺痛了眼角。

她轉過身，走到徐天驕面前，用所有人聽得到的聲音朗聲說道：「徐天驕自作孽，冒犯了大小姐，是他該死。他雖是我兄長，亦不能赦其罪！給我打——打死為止！」

薛雲濤自然也帶了一些人來，聽到徐姨娘的吩咐，對主子們說的話明瞭在心，這是大小姐逼著姨娘動手處置她兄弟，而姨娘也是個心狠的，竟能對自己的兄弟下得了手。見沒人出來阻止，也不敢耽擱，四個人分了四根棍子，到不住掙扎的徐天驕身旁，嚴洛東一聲令下，棍子如雨點般打在徐天驕身上。

伴隨一棍棍血肉的撞擊，還夾雜著徐天驕發自喉嚨的嚎叫，畫面血腥，慘不忍睹，就是薛雲濤也不敢直視。可反觀薛宸和徐素娥，兩個人竟就站在三步臺階上，冷冷看著徐天驕一聲高過一聲慘嚎。

一聲類似殺豬的尖叫後，綁住徐天驕嘴巴的布條鬆到了下巴，只見他大張著滿是血跡的嘴，口齒不清地說：「徐素娥……妳好狠的心！我是妳哥哥，當初若不是我救妳……」

不等徐天驕說完這句，徐素娥厲聲喊道：「把他的嘴堵上！休讓小姐和老爺聽到那等污言穢語！狠狠——打死！」

徐素娥一聲令下，徐天驕的嘴又被堵了起來，亂棍之下，很快就消停了。

薛宸站在臺階上，冷冷望著一切，轉頭看站在她身旁的徐素娥，見她雙唇緊抿，雙手握在一起捏得死緊，指甲幾乎要掐進肉裡，神情說不出的狠戾，似乎那個被打的不是她的親哥哥，只是個沒有任何關係的人。她這樣的反應，讓薛宸十分好奇，徐天驕嘴裡藏了什麼秘密，讓她寧願背負殺兄的名聲也不敢把徐天驕送到東府去。

「徐姨娘真是女中豪傑，大義滅親得這樣爽快。」薛宸目不斜視地盯著幾乎沒了動靜的徐天驕，冷笑說道。

徐素娥的臉上再也掛不出虛假的笑容，眼睛被倒在血泊中的徐天驕刺痛，整個身子為了忍住顫抖用盡了力氣，咬牙切齒地對薛宸回道：「這下大小姐該滿意了吧。」

薛宸勾唇冷笑，如一朵開在血色忘川河邊的曼陀羅，美得驚人，卻透著妖冶之氣。試問有哪個十二歲的小姑娘在看見眼前這樣血腥的場景後，依舊能泰然自若，彷彿出來郊遊一般？

單這一點，就讓徐素娥覺得渾身發冷、頭皮發麻。

行刑的人停下動作，蹲下身去探徐天驕的鼻息，然後過來向薛宸覆命。「大小姐，人已經死了。要不要去通報官府？」

薛宸扭頭，一眨不眨地盯著徐素娥。「自然是要的，和官府說清楚，死的是府裡姨娘的哥哥，在四喜胡同的乾貨鋪子做副管事，卻對主家起了歹心，試圖綁架勒索，被主家發現，由府上姨娘親自下令打死。姨娘大義滅親，就說我說的，請官府頒個文書下來，我要給姨娘建座烈女祠。」

聽令之人有些納悶，直言道：「小姐，烈女祠是鄉裡弄的，府衙不辦這個。」

徐素娥臉色鐵青，薛宸卻是一臉笑意，道：「是嗎？那是我記錯了，這一點不用說了，你去官府報完案就回來。姨娘的賞，還是等老爺親自給她吧。」

徐素娥看著眼前嘴裡說著句句誅心之言的女孩，再也受不了，直挺挺地往後倒下。

第十八章

徐天驕的屍體從田莊裡運出去，直接讓人抬進府衙，按犯上僕婢之罪，經府衙審理後，將屍體交由親屬認領發喪。

徐素娥暈倒後，薛雲濤就領著她回去了。薛宸看他這樣子，便說還要在莊子裡住兩日。薛雲濤對她一點辦法也沒有，如今她又逼得徐氏殺了自己的哥哥，兩人回去，免不了又是一陣子針尖對麥芒，到時候衝突越來越大，她現在不回去也好，讓兩個人稍微冷靜冷靜。

薛雲濤離開後，薛宸就帶著枕鴛，親自和莊頭一起去了桃園，看著眼前綠油油的一片，沈悶的心情大好起來，戴了薄紗手套，饒有興致地爬上短梯摘桃子。

衾鳳扶著梯子，枕鴛將籃子舉過頭頂，薛宸每摘一顆就放到籃子裡。

衾鳳對梯子上的薛宸問道：「小姐，咱們真要在這莊子上住幾天嗎？」

薛宸撥開眼前的一根枝椏，聲音輕快，相較於剛才的壓抑冷漠，完全像是換了個人似的。「是啊。這裡的桃子都熟了，咱們在莊上多住兩日，吃個夠再回去。」

衾鳳和枕鴛對視一眼，枕鴛舉著籃子，小嘴嘟得老高。「小姐，您的心可真大。這莊子上才剛……剛死過人，您也不怕。」

薛宸這才知道兩個小丫頭在想什麼，將兩顆桃子拋入籃裡，又伸手摘了一顆已經有些軟的桃子，便提著裙襬，小心走下梯子，由著衾鳳給她撣了撣衣裙上的絨毛和葉子，對枕鴛道：「他活的時候我都不怕他，死了更沒什麼可怕的。再說，屍體不是運走了嗎？」

枕鴛還想說什麼，衾鳳適時打斷了。「小姐說得對。今日要不是小姐高瞻遠矚，咱們若著了他們的道，那後果就真的不堪設想了。那人實在太壞了，他該死！」

薛宸下來了，枕鴛便不必把籃子頂在頭上，用胳膊將籃子挾在腰間，說道——

「我不是同情那壞人，只是覺得……有些嚇人罷了。」

薛宸聽見她的話，笑了笑，並沒有責怪她，畢竟今日這種情況，如果是上一世十二歲時，她估計也和枕鴛一樣，嚇得不知該怎麼辦才好。

拿著那顆自己摘下來的軟桃子，薛宸興致大起地去水缸旁邊，舀了一盆水放在地上，仔仔細細將桃子洗乾淨，然後用帕子包裹著擦拭桃子表面的水漬，與在府裡的矜持不同，竟然邊走邊咬起了桃子。迎面遇見做活的婆子們，還主動對她們微笑，賺足了莊裡人的好感。

衾鳳和枕鴛實在心服口服，她們小姐是神，先前在東院殺伐決斷，把徐姨娘逼得厥過去的狠勁猶然在目，可現在又跟個孩子似的，天真得叫人忍不住憐愛。

薛宸吃完桃子，差不多就把莊子前後逛完了，回到主院，正要上二樓休息，卻見嚴洛東走來，向她請示。「小姐，那兩個土匪該如何處置？」

薛宸看著嚴洛東，有些不懂他為什麼特意來問她這個問題，斂目一想，問道：「嚴護衛覺得不該把他們一同送官嗎？」

嚴洛東抬眼看薛宸，猶豫一下，才緩緩搖了搖頭。「那兩個都是江湖人，長年盤踞龍頭山上，一般不惹官家，就算對普通百姓，也很少殘害性命，只是求財而已。他們這回是聽從徐天驕所言，以為車裡是大興盧家的孫女，劫道是為了劫財。這麼說不是要小姐放他們一馬，只是想，像他們這樣的人，能給方便總比給教訓要來得好。把他們送去官府也沒什麼不過幾步路的事，可這梁子結下來，咱們府裡就難再太平了。」

薛宸立刻聽懂了嚴洛東的話，毫不猶豫地點點頭。「這就是江湖中人說的，與人方便，即是與自己方便的意思了。」

「是，小姐聰慧過人，正是這個意思。今日留一線，他日好相見，做人總不能做得太絕。」

嚴洛東年過四十，確實有資格教育薛宸這樣的小毛丫頭，薛宸也很願意聽他的話，遂同意將那兩個土匪放回去。

夜幕降臨，天際的紅雲漸漸黑了下來，不過片刻工夫，竟然聚集成片烏雲，隨即雷聲大作、狂風暴雨起來。

雨大得驚人，還夾雜著電閃雷鳴，傾盆般嘩啦啦倒下來，打在屋簷庭院裡，發出噼哩啪啦倒豆子般的聲音。

薛宸打開西窗，因為屋簷夠寬，所以開著窗戶也不會濺入雨點，伏在窗前看著外頭的景象，有些憂心園裡的桃樹，隱約還能看見人頭攢動著，大夥兒正張開油布，替桃樹抵擋暴風雨呢。

衾鳳披著蓑衣穿過細密的雨簾衝進來，跑上小樓，看見薛宸就對她道：「小姐，莊頭讓我來問問您，有人前來避雨投宿，咱們接待還是不接待？」

薛宸轉過身來。「什麼人？怎會到咱們莊子裡投宿？去跟莊頭說，避雨倒是可以，投宿就算了，今日莊裡有女眷，不方便。」

說著話，讓枕鴛把西窗關起來，屋裡瞬間明亮安靜許多，沒有風吹入，燭火也不搖晃了。接過枕鴛遞來的熱茶，薛宸一邊坐下、一邊隨口對衾鳳道。

衾鳳的臉上似乎有些為難。「小姐，只怕來的人沒那麼好打發。莊頭說，他們共有七、八個人，雖然穿著蓑衣，可一個個全騎在馬背上，蓑衣下面穿的不是尋常衣服，看樣子像是衙門裡的人，帶著刀，馬鞍上隱約能看見大理寺的字樣，衣服上還有血。這些人都是不好惹的，莊頭實在沒主意，才讓我來問小姐。」

薛宸的目光這才抬了起來，將茶杯捧在手裡，納悶地說：「衙門裡的人？大理寺？」這荒郊野外的，怎麼會有大理寺的人？薛宸心中疑惑不已，便吩咐道：「枕鴛，妳去把嚴護衛喊來，問問他這事該怎麼辦。衾鳳去回莊頭，讓那些人進來，好生伺候著，熱湯熱水管夠，別得罪了才好。至於投宿，等問過嚴護衛再說。」

兩個丫頭火速領命去了。薛宸卻是怎麼都靜不下心來。

若是辦案經過，為什麼別的地方不去，偏偏到她的莊子裡避雨投宿？是真的投宿還是別有所圖？薛宸一萬個不放心。

嚴洛東很快被喊過來，讓薛宸少安勿躁，一切等他看過再說。有他這句話，薛宸覺得放心多了，仔細思量起來。

這莊子裡，前後有三、四十個護衛，按理說，就算那些官差有所圖，她也是不怕的，可現在不知道這些人到底圖什麼，才是最難辦的。

沒一會兒，枕鴛又回來了，這回帶來一個讓薛宸為之驚訝的消息。

「小姐，嚴護衛正在和那些人說話，可那些人的頭領說，他、他是您的表哥，要見見您……」

「……」

薛宸無語了，枕鴛也很無語，這年頭大理寺的官差投宿，還要這樣攀關係？

等等，表哥？薛宸腦中靈光一閃，莫非是……

「小姐，您見還是不見？」

枕鴛等不到薛宸的回答，出聲問道，莊頭和嚴護衛還在等著她回話。

薛宸想了想，果斷搖頭。「不見。妳去跟那個頭領說，現在已經晚了，女眷實在不方便見客。至於他說是我表哥……但，我似乎沒有大理寺的官差表哥，就說他們找錯人了。」

枕鴛點點頭，然後又問道：「那他們投宿的事？」

「是避雨還是投宿，一會兒再看吧。若雨一直下，他們留下無妨，要是雨小了，還是讓他們走吧，留著不方便。」

薛宸說完這話後，枕鴛就明白地點頭出去了。

薛宸走到西窗邊，看著漸漸轉小的雨勢，心裡才稍微踏實一點。她還不至於以為婁慶雲是特地來見她的，肯定是在附近辦事，遇到大雨來避一避，聽說這莊子是薛家的，薛家小姐也在莊內，才提出那番邀請，只是禮貌上的詢問。不管怎麼說，他是大理寺的人，無論官員或是官眷，一般都不大願意和這些人扯上關係。婁慶雲來的目的，薛宸心中已經明瞭，不會再多想。

果然，薛宸的話帶到後，外面的雨勢也漸漸小了，沒多久，枕鴛又披著蓑衣來報。「那些人已經走了，給莊頭留下了一錠二十兩的紋銀，莊頭讓我拿來交給小姐。」

薛宸從西窗隱約看見那些人在桃園外小路上離去的身影，黑漆漆的，刀鞘與馬鞍在月光下泛出森冷銀光，一行馬隊奔騰而去。

她看了枕鴛手上的銀子一眼，道：「讓莊頭收下吧，今後再有這種人上門，好菜好飯伺候，別得罪了就成。」

「是。」枕鴛臉上似乎還是有話說的樣子，薛宸挑眉詢問，她才笑嘻嘻地湊過來道：「小姐，您真該去見見那位首領，他、他生得……生得可俊了。高高的個子，氣度不凡，像是畫裡走出來的神仙，我從沒見過這麼俊的男人。」

聽著枕鴛的話，薛宸腦中想起那天看見婁慶雲的模樣，確實是天下少有的俊美，尤其那雙眼睛，似乎能看透一切似的，叫人不敢在他面前多言，有種天生上位者的壓迫感。

一道閃電伴驚雷劃過天際，將薛宸的思緒拉了回來。枕鴛去了一會兒，就和衾鳳回來她身邊伺候，與枕鴛說的大致相同，連穩重一點的衾鳳都對那些人讚不絕口。

「他們是大理寺的官差，在這附近辦案，有兩個人受了傷，又遇上大雨，周圍只有咱們這戶莊子，沒地方避雨才來叨擾。莊頭給他們上了熱茶熱飯，那首領問了莊子的主人是誰之後，才對莊頭說要見您的，看樣子應該是真認識小姐。小姐為何不見呢？他既然說是表哥，那就沒什麼避諱的了。」衾鳳一邊給薛宸鋪床，一邊嘰嘰咕咕地說。

薛宸坐在燈下看書，聽衾鳳這麼說，不禁搖頭笑了。「他不過順嘴這麼一說，是出於人情上的考量，他是韓鈺的隔房表哥，我與韓鈺尚且是表親，更別說是韓鈺的隔房表親了。今日之事只是湊巧，妳們別一個一個的惦記著了。」

衾鳳和枕鴛對視一眼，有默契地笑了出來，似乎對今天見了這麼多外客很是高興。在她們看來，薛宸還是個什麼都不懂的小孩，可她們倆卻已經十四、五歲了，若非在府裡做事，就是尋常人家嫁女兒的年紀，見到美男子，動動春心是正常的。

薛宸沒說什麼，只當沒看到、沒聽到，橫豎也不妨礙什麼，就由著她們作美夢去了。

在莊子裡享受了好幾日平靜生活，薛宸帶著兩車新鮮桃子回了燕子巷，親自給東府老夫人送去四筐，順便請安。又讓人給韓家送去四筐，西府那裡也沒忘記，送了四筐。然後，當天下午韓鈺和薛繡就遞拜帖來玩了。

薛宸領著她們在青雀居的園子裡喝花蜜，就聽韓鈺一個人在那裡嘰嘰喳喳地說話。

「我說妳怎麼這麼些天沒去東府呢，每回我去，妳都不在，原來是到莊子裡躲清閒去了。妳竟還有座桃園，也不知道帶咱們去見識見識，我娘倒是有個莊子，在西郊，不過種的全是糧食，可沒有妳這桃園雅趣。」

薛宸給她戳了一塊削好的桃肉，這才回道：「妳若喜歡，下回咱們再去就是了。不過現在去只能看見綠油油的，咱們三、四月裡去，桃花盛開，那景致才叫好呢。」

韓鈺嘿嘿一笑。「好啊，正等著妳說這話呢，到時候可別忘了喊我，我最喜歡看桃花了。」

「不會忘記妳的，還是咱們三個，我可提前約妳們了，到時可千萬別說不得空啊。」薛宸和韓鈺、薛繡一起時，感覺才是最放鬆的。

上一世她疲於應付徐素娥，根本沒工夫結交身邊的朋友，一輩子孤孤單單，單打獨鬥，從沒有過友情。這一世她攥緊了根本，心智也成熟很多，得出不少空閒，能和她們交往交往。韓鈺的性子活潑，說話大大咧咧，從不藏掖什麼；薛繡雖然端莊，但不是古板之輩，不時能說出叫人捧腹的評論來。

「對了，妳知道嗎？大夫人開始給繡姐兒物色人家了，我原以為大夫人只是想把柔姐兒嫁出去，沒想到她也不多留繡姐兒幾年，這麼早就打聽上了。」

韓鈺說話向來直，在薛宸和薛繡面前更是如此，絲毫沒有一點女兒家的矜持，聽得薛繡只想捣臉裝不認識她，好不容易緩過神來，就伸手去掐韓鈺。「有妳這麼說話的嗎？都是什麼跟什麼呀！宸姐兒要是誤會了，瞧我掐破妳的皮。」

兩人說著便笑鬧起來，薛宸聽了也覺得好玩，追問道：「韓鈺，妳說話別只說一半呀！還沒告訴我，大夫人給繡姐兒物色的是什麼人家。」

薛繡卻是不依，臉紅害羞，嬌嗔地跺腳。「哎呀，宸姐兒也笑話我。哪裡有什麼人家，這丫頭聽見姑母說了那麼一句，就拿著雞毛當令箭，在這裡取笑我。她是故意的，妳可千萬別信。」

韓鈺卻是不依，一個靈巧的轉身躲到了薛宸身後，說道：「我可不是瞎說的。宸姐兒，大夫人給繡姐兒物色了好幾家呢。有洗馬家的張公子、著作郎家的李公子，還有司農監的王公子。我說啊，這裡頭就數司農監的王公子好，要是今後繡姐兒和他成了親，咱們兩家的糧食蔬菜可都有著落了。」

薛繡急得過來抓韓鈺。「我掐死妳個胡說八道的小蹄子，真是嘴上沒個把門的，我等著看妳娘親給妳物色人家時，妳是個什麼樣子！」

韓鈺探頭吐了吐舌。「我才不會物色人家呢。嘻嘻，繡姐兒這是害羞了。」

薛宸被她倆夾在中間，三人笑鬧了好一會兒，才喘著氣停下來。薛繡趕忙喊了丫鬟上來替她弄好髮髻，然後才端端正正地坐下，不管什麼時候，總是要維持大小姐的氣質。

薛宸給她遞了一杯蜜茶。「玩笑歸玩笑，繡姐兒可有中意的嗎？」

她記得上一世薛繡嫁的是尚書令家的嫡子，這一世總不會變才是。

薛繡的臉上露出一抹奇怪的神情，韓鈺見狀，知道有內情，湊過去問道：「繡姐兒還真有中意的了？是哪個？」

薛繡推了推韓鈺，然後才猶豫地咬咬下唇，說道：「什麼中意不中意的。人家那樣高的門第，如何會看上我呀？」

韓鈺和薛宸對視一眼，還真有啊！

韓鈺的神情也端正起來了，她雖然愛笑鬧，但還是能分清楚場合的，在人家願意開玩笑的時候，她可勁兒開；人家不願意、說正經話的時候，她也能收住，好好聽人說話。

她輕聲問道：「哪樣高的門第？妳不會是瞧上我表哥婁兆雲了吧？」

薛繡瞪她，韓鈺又猜。「不是他，難道是大表哥婁慶雲？妳放棄吧，那是什麼身分，可過了啊！」

薛繡沒好氣地瞪她一眼。「妳說什麼呀，誰瞧上婁家公子了？我……我說的是元公子，尚書令大人家的。」

薛宸眼前一亮，盯著薛繡看了好一會兒，才在韓鈺搗嘴震驚時說道：「妳怎麼認識元公子的？」這就叫姻緣天定嗎？

薛繡也不隱瞞，乾脆將心事都說給兩個姊妹聽。「清明過後，我和母親去燒香，母親愛聽禪，我不愛聽，就去後院玩耍，誰知道卻遇上了瘋癩子，我嚇得不行，是元公子路過趕跑的。我在山門口看見他坐上元家的車，才知道他是元家的公子。」

韓鈺看看薛宸，薛宸蹙眉問道：「寺廟後院，如何會有什麼瘋癩子出沒？」

「聽裡面的僧人說，那也是廟裡的和尚，只不過得了一場大病，神智不清了，那天看管他的小沙彌被方丈臨時喊了去，那瘋癩子就跑出來，正好被我遇上。」

薛繡的臉頰紅撲撲的，她本來生得就美，如今臉紅嬌羞的樣子更是叫人難以移開目光。

「那你們還真是有緣。他呢？他怎麼說的？」

韓鈺心性豁達，在這方面沒什麼經驗，聽薛繡中意，那自然也是贊成的了。

薛繡啐了她一口。「呸，他能怎麼說呀！他都不知道我是誰，只是一時義舉罷了。不過……」

薛宸聽薛繡話裡有話，眯著眼笑起來。「怎麼，我們薛大小姐還有後招？」

她說完，就被薛繡的美目瞪了一眼。「宸姐兒，妳怎麼也跟韓鈺似的粗俗起來了。什麼後招，說得怪難聽的，我、我不過想去謝謝他罷了，知恩圖報是最基本的品德不是嗎？」

雖然薛繡看起來十足是個大家閨秀，但骨子裡的做派絕不古板，甚至還很主動，不像韓鈺，嘴上說得很厲害，可真要她做，就沒什麼力道了。薛繡和她正好相反，對自己喜歡的東西和人，都願意去努力一把。

於是她說道：「大後天，芙蓉園裡有個花會，我打聽到元家公子可能也會去，咱們要不……也去看看？」

韓鈺和薛宸目瞪口呆地對視，這就是話本子裡說的——私會情郎啊！

第十九章

范文超走入竹苑，和情報所的趙林瑞打了個照面。「欸，有什麼事，大人怎麼把你給喊來了？」

范文超和趙林瑞是很好的朋友，范文超問他問題，又不是什麼不能說的，就回道：「大人讓我去調查事情，我查完了，前來覆命。」

「調查事情？什麼事？我怎麼不知道？」范文超是情報所的頭兒，婁老大要聽情報居然不找他，偏偏找趙林瑞，這事可得好好問問。

趙林瑞也不隱瞞，把婁慶雲讓他調查的事全告訴了范文超，聽得范文超心裡納悶極了。

進了屋裡，看見婁慶雲從書架後頭走出，手裡拿著書卷，身上穿的是大理寺少卿的銀黑色官服，無論氣度還是容顏，真能稱為上品中的上品，有種無可挑剔的俊美。

強自按下對婁慶雲外貌的羨慕和嫉妒，范文超給自己倒了杯茶，然後才問道：「我說你沒事讓趙林瑞去查薛家小姐幹什麼呀，不會是看上人家了吧？那姑娘才多大。你想要女人的話跟你娘說一聲，她就能把你的滄瀾苑全塞滿了，你信不信？」

滄瀾苑是婁慶雲在衛國公府的住所，就是因為煩他娘天天念叨這事，所以才從府裡搬出來，住到大理寺的後堂竹苑。

婁慶雲抬頭看他一眼，范文超頓覺周圍裝飾都為之失色，只聽婁慶雲說道：「這姑娘有趣得很，我查查怎麼了？」

連聲音都好聽得人神共憤，范文超覺得自己弱小的心靈再次受到了嚴重傷害。聽了婁慶雲的回答，他更是想翻白眼，人家有趣就要查，什麼理由？

「那你都查到什麼了？」范文超可沒忘記，那天晚上他們去避雨，這位興致勃勃地跟莊頭套近乎，說認識薛家大小姐，還說是她表哥……人家小姐壓根兒沒理他，別說出來了，留宿的話都沒說出口，害他們得一路冒著雷雨，策馬回了城。

婁慶雲合上書卷，嘴唇微微上翹成特別好看的弧度，聲音像羽毛似的輕柔傳出。「就查到……很有趣啊。」

這麼一個有頭腦、有手段、有膽色的小毛丫頭，真是再有趣不過了，小時候就這麼凶悍，要是大了還得了？

范文超白了他一眼，恨不能撲上去咬他。「元卿在芙蓉園訂了桌，約咱們聚聚，我想著你後天不是休沐嘛，咱們也好久沒見，就答應他了。」

婁慶雲抬眼看他，倒是沒拒絕。「成啊，過段日子他要殿試了，到時候成了狀元，咱們想再約他就難了。」

范文超來了興致。「說得對，這回好好宰他一頓。這小子賊精，上次跟他去聽曲，他要打賞，偏又不給錢，最後還是我給的。這回說什麼也絕不能便宜他。」

說完這些，范文超就坐到書案後頭，盤算那日怎麼讓元卿「就範」了。

六月的芙蓉園是猶如仙境的地方，奼紫嫣紅的花開得正美，各種奇花異草爭奇鬥豔，叫人看了眼花撩亂。

薛宸一早就被韓鈺拖出了門。韓鈺今日穿著一身鵝黃色交領襦裙，梳著雙元寶髻，髻上插著三、四片小小的銀扇片，走起路來，扇片一晃一晃的，就像頭上停著展翅的蝴蝶般，靈動得很。

薛宸則穿得十分素淨，原本她還在孝中，不該去那熱鬧之地，但薛繡那般誠懇的邀請，不去實在太不夠意思，只好提早去了東府向老夫人寧氏稟報。老夫人倒是很開明，不僅沒有阻止她，反而還鼓勵她多出門。

得到了長輩的許可，薛宸也只敢穿一身白素，單螺髻上沒有任何髮飾，只有一圈用白茉莉編成的花插，身上亦不曾佩帶任何飾品，讓人一看就知道這姑娘身上有孝，到時只要避開人群，也不算太踰矩。

兩個姑娘坐著一輛馬車，沒帶丫鬟，另外有七、八個護衛跟隨在車後，倒也安全。

馬車行經中央大道至轉角，有一塊很大的空地，停滿了來自各家的馬車。今日是芙蓉園一月一次的開園之日，場面熱鬧，各家小姐從車上下來，有些認識的就湊成一堆，有打招呼的、也有並肩前行的，還有像薛宸她們這樣，約好了見面的。

薛繡今日穿著嫩粉底仙荷輕紗的捶肩裙，肩上搭名貴的流光絲披肩，頸項上戴著一串指甲蓋大小的珍珠項鍊，梳著俏麗的飛仙髻，點綴藍寶石鑲金花環，看著貴氣又典雅，與薛宸和韓鈺的衣飾相比，薛繡今日的裝扮可真是下了苦功，不僅將她少女的氣質襯托出來，還多了娉婷婉約、端莊大器的韻味。

韓鈺一下車就看到了薛繡，然後對她評頭論足一番，薛繡佯作抬手要打人，卻被韓鈺一句「淑女」給制住了，改用眼睛瞪她。

三人手挽手，一起走入園子。逛了一小圈後，薛繡就拉著韓鈺和薛宸往旁邊的小門走去。

韓鈺問道：「咱們去哪兒呀？花圃在那頭呢！從這裡往前再走一段，就是吃飯的景翠園了。」

薛繡將兩人拉到一株桂花樹下，左右看了看，才對兩人交底。「我知道往前走是景翠園，咱們就是去那裡的。我娘的丫鬟和元夫人的丫鬟是姊妹，從她那裡得知，今日元公子在景翠園中宴請好友，咱們一會兒也去吃飯，我請客。」

韓鈺哪裡會說不好，連連點頭，薛宸卻道：「吃飯就算了，我還戴著孝呢，哪能去酒樓。要不先陪妳去看看，到了吃飯時，妳和韓鈺去吃，我回馬車上等妳們。」

薛繡想想，看了看薛宸頭上的小白花圈，不好勉強她，就點點頭。「那好吧，咱們先去看看再說。」

三人先後走上通往景翠園的小徑，因為這裡是園中的酒樓，現在又不是吃飯的時辰，因此路上行人並不多，三人很快就到了景翠園外的湖邊。這也是個雅趣十足的地方，景翠園建在湖中央，由一條蜿蜒細緻的九曲迴廊通往，門開八扇，由湖面各個方向都能進去。

因為不確定元公子在什麼地方宴客，薛宸她們先沿著湖邊尋了一圈，皇天不負苦心人，竟讓薛繡在一處花蔭裡發現了那個人。

只見元公子臨水而立，雙手撐在欄杆上遙望著湖面，身上穿著湖綠楓葉紋道袍，長髮以一根線條流暢的木簪固定，看起來仙風道骨，頗有點遺世獨立的味道。

雖看不清他的容貌，但整體氣質已經相當不錯了，不知為何，薛宸腦中莫名想起婁慶雲那張彷彿日月般天生耀眼的英俊臉龐，這世間可還有匹敵之人？

她又回想元卿其人，尚書令家嫡長子，今年秋闈殿試，他會成為探花郎，之後人稱元探花。不得不說，薛繡的眼光還是相當不錯的。

韓鈺向來是雷聲大、雨點小，平時大大咧咧，可真到這時候，卻又像個小古板一樣，拉著薛繡的披肩，小聲道：「哎呀，女子偷看男子像什麼樣子？看一眼得了，咱們還是回去吧。」

薛繡一把扯過自己的披肩，橫了她一眼，戳了戳她的額頭。「沒出息，宸姐兒有孝在身沒辦法，妳的孝才剛脫掉，總沒有退縮的理由吧。既然看見人了，待會兒怎麼著也得進去一回，才不枉咱們費這麼大的心。」

韓鈺還想再說什麼，卻看見薛繡將食指比在唇間，說了個「噓」字，目光看去，原本還立於欄杆前的元卿突然動了，向內迎去，似乎是他邀請的朋友到了。

薛宸探頭望了一眼，表情瞬間呆住。竟然是婁慶雲！

她剛才還把他拿出來和元卿比較一番，沒想到一回頭竟然就看見他，這、這真是見鬼了！

饒是驚訝，薛宸也不得不承認，自己剛才的想法是正確的，這世間根本沒有比婁慶雲還要好看的男子。只見他穿著一身墨色雲紋團花緙絲錦緞常服，腰間隨意佩著一塊溫潤無瑕的白玉，腰繫盤龍扣、腳踩七寶靴，眉目如畫、氣質風雅，舉手投足皆有一股天生的貴氣。

韓鈺看見了婁慶雲，奇道：「咦，那不是婁家大表兄嗎？他竟然是元公子的好友。」

薛繡也覺得驚奇，恨不得直接飛到她的元公子面前一訴衷腸，而她向來又勇於行動，腦子裡怎麼想的，便直接去做，拉著韓鈺就往不遠處的九曲迴廊走去。

薛宸陪她們走到入口，然後拍了拍韓鈺，道：「我看待會兒妳裝作繡姐兒的丫鬟好了，省得人家問妳出自何門。」

韓鈺雖然大大咧咧，又出身將軍府，可是看得出來，薛氏的規矩還是很大的，韓家女兒可以在家裡胡鬧，但出去就必須像個世族嫡女一樣端莊毓秀，所以韓鈺才猶豫著要不要進去，進去之後，萬一有人問她的出處，她實在沒勇氣說出廷威將軍府來。薛宸提議讓她做丫鬟，倒是解了她的燃眉之急，一下覺得肩上的負擔輕鬆許多，便真像個小丫鬟似的，跟在薛繡身後伏低做小起來。

薛繡哭笑不得，對薛宸擺了擺手。「妳回去時別亂走，我們一會兒就去找妳。」

薛宸點頭。「嗯，不急，我車裡有書有茶有糕點，就算妳們在裡面玩上半天，我也沒事的。」

薛繡拍了拍薛宸的手背。「好姊妹，下回我也陪妳去做壞事。」

「……」這位小姐也知道自己現在做的不是什麼好事呀？

薛宸一路觀著景色走回馬車旁。之前下車時她就想好了，若中午薛繡她們要在園子裡吃飯，她就自己回來，因此早將車停在一處比較僻靜的樹蔭下，這樣既陰涼又安靜。

因為沒帶丫鬟，進了馬車之後她只好自己動手，將擋光的車簾掛到一邊，然後放下薄薄的紗簾，讓車裡的光線充足，然後坐到軟榻上，靠著大迎枕，從車壁櫃子裡拿出兩本書來看。上輩子的生活給她最大的磨練就是耐寂寞，她與宋安堂的關係不好，初婚時便弄壞了身子，之後兩人幾乎沒有肌膚之親，夫妻感情淡薄得很，那個時候薛宸就學會了自己安排生活，而基本條件，就是能夠獨處。

關於這一點，薛宸自問做得還是很好的。

調整好舒服的姿勢，她翻開書，垂頭看了起來。

忽然，她感覺車窗旁有人影一閃而過，當她湊過去看時，車簾已經被人掀開，一個高大身影像鬼魅般竄上了車。

薛宸嚇得想大叫，上車之人彷彿發現了她的意圖，動作迅捷地俯身摀住薛宸的嘴，俊逸嘴角彎起一抹好看的痞笑。「表妹，別喊，是我呀。」

婁慶雲剛與元卿碰面，就感覺對岸花蔭叢中有人，關注片刻後，看見三個女孩兒從裡頭鑽出來，最後鑽出的那個穿著一身素白，比枝上的花朵都要清麗純美，不施粉黛，身上毫無贅飾，卻不覺普通。她梳了寶塔狀的髮髻，插著潔白的茉莉花，頭上的花跟她的人一樣漂亮。

那朵小花沒和另外兩個姑娘一起走上迴廊，想起她還在為母守制，見不得酒肉，便明白她是要先離開。

於是，婁慶雲鬼使神差地調轉了腳步，往外走去。

范文超拉住他。「喂喂，你去哪裡？」

他轉頭勾唇笑了笑。「看見一個朋友，待會兒就過來。」

說完，不等范文超和元卿反應過來，婁慶雲走了出去，經過另一條水廊上了岸。

跟著那一路逛逛停停的身影一直走到芙蓉園外，見她上了馬車，有兩個護衛站在馬車後方不遠處。他轉到內道，一閃而過，然後掀開車簾，飛快鑽進去，不想卻嚇壞了她，張嘴要喊，遂立刻上前摀住她的小嘴，痞笑著說：「表妹，別喊，是我呀！」

那瞬間，婁慶雲真想給自己一記巴掌，這種類似登徒子的語調，有一天竟會從他的嘴裡說出來。

薛宸瞪大了雙眼，兩顆眼珠黑得像是琉璃珠子，漂亮得不像話，彷彿會勾人般，叫人挪不開眼。

婁慶雲對她笑了笑，輕聲道：「妳別叫，我放開妳，好不好？」

這是什麼哄騙孩子的語調啊，不過，卻成功地讓薛宸點了點頭，婁慶雲按照約定鬆開手，看見小丫頭的兩頰竟然被他的手給按紅了，不禁為自己的粗魯後悔起來。

確定薛宸不會大喊大叫後，婁慶雲把身子退後一些，坐在靠近車門的凳子上。「妳別怕，我只是來看看妳，沒有惡意的。」

「……」

薛宸沒有說話，被婁慶雲這句話給嚇到了，忍不住在心中腹誹——

你來看我就是最大的惡意好不好？

婁慶雲坐在凳子上，勉強挺直了背脊，見薛宸依舊用防備的眼神看著自己，不禁有些難為情，摸了摸挺直的鼻梁，斟酌一番後，才又說道：「我……就想來問問妳，怎麼上回夜裡不出來相見？」

薛宸抿起嘴唇，雖然竭力讓自己平靜下來，卻始終不得其法，手心不自覺冒出汗。自從她做長安侯夫人的第五、六年開始，就沒再被任何人和事嚇到，或者說，沒有任何人和事能讓她感到惴惴不安。可是在面對婁慶雲時，她卻好像無法那麼輕易地控制住自己的情緒。

整個車廂因為他的存在而變得狹窄昏暗，車廂裡瀰漫著她髮間的茉莉花香味，清香中帶著一股蜜糖般的甜膩，擾亂人的神智。

良久之後，薛宸才想起來回答他的問題。「婁大公子也知道是夜裡。那天莊子裡只有我一個人，沒有長輩在場，不敢隨意會見外客……」

婁慶雲沒聽清楚這小丫頭說什麼，先笑了起來，對薛宸露出一口好看整潔的大白牙，看得薛宸又是一陣納悶，低下了頭。

只聽婁慶雲在車廂那頭說道：「看不出來妳小小年紀，還挺守規矩的。」

薛宸不知他這話是褒是貶，於是低著頭不說話，就見婁慶雲突然將自己的身子伏在車窗前的小案上，將他的臉露在光線下，容顏俊美無儔，高挺鼻梁上，那雙似乎能看透一切人心的眼睛正盯著她瞧。

不知是心虛還是怎麼的，薛宸的頭一直沒敢抬起，直到婁慶雲饒有興趣地對她問道：「對了，那天你們莊子裡是不是鬧出了人命？」

「……」

薛宸心裡沒來由地鬆了一口氣，怪道突然來糾纏她，原來是想問案子。

沒了先前那些亂七八糟的猜測，薛宸的心情不那麼複雜了，抬起頭迎視他的目光，冷靜說道：「是。府裡姨娘的哥哥吃裡扒外，勾結匪徒想綁架我勒索薛家，被我發現後當場抓住，交由姨娘親自發落，的確把人打死了，已經報了官府知曉。」

婁慶雲盯著眼前這姑娘的眼神越來越感興趣了，笑著道：「妳這丫頭小小年紀，膽子也忒大了些。」頓了頓，接著又說道：「腦子夠活，心也夠狠的啊。」

這下薛宸又有點懵了，他這到底是誇她還是在貶她？

她猜測著問道：「難道大公子不覺得這樣的人該死嗎？」

婁慶雲嘿嘿一笑，繼續對薛宸顯示他的牙齒有多白。「他當然該死了。妳都敢上報官府了，不就說明他死得應該嗎？」

薛宸無語，她重活一世，加起來幾十歲的人了，竟然被人當面問得啞口無言，不知道說什麼好。

外頭傳來一陣聲響，婁慶雲偷偷掀開薄紗車簾往外看了看，然後轉過頭對薛宸說：「丫頭，今天就到這裡。有人來了，我先走了。」

不等薛宸反應，他轉身到車門邊，還沒掀開車簾，卻又突然回過身，說道：「對了，下回……記得出來見我。我走了。」

說完，就如來時那般，掀開車簾往外竄去，身手敏捷得讓薛宸為之驚嘆，良久之後，才想起來爬到窗口去看，可是車外一片寧靜，陽光透過細密的樹葉星星點點灑在地上，四周陰涼安靜，哪裡還有他的蹤跡。

薛宸簡直要懷疑，剛才的一切會不會是她作夢，可他的樣子深刻地印在她的腦海裡，揮之不去，又哪裡是夢中能看到的呢。

正納悶，聽車外又傳來幾聲腳步聲，韓鈺和薛繡匆匆爬上了車，薛繡驚魂未定地對薛宸說：「快走快走，他好像看見我了。」

「……」

薛宸瞧著薛繡她們一副被鬼追的樣子，心中實在覺得好笑，這麼膽小，有本事別去偷窺呀！

馬車自巷子裡絕塵而去，婁慶雲從樹影後走出，不由摸著下巴，好笑地搖了搖頭。

衛國公府位於朱雀街最東，衛國公婁戰早年戰功赫赫，以夫禮迎娶長公主綏陽，廢駙馬府、公主府，綏陽以長媳身分嫁入衛國公府，成為府中主母。

花廳中，如今正上演著一齣哭哭啼啼的戲碼，長公主綏陽正看著面前不住哭泣的婦人，眼眶紅紅、鼻頭酸酸，恨不能代替她受苦似的。

「公主，您說這事怪我嗎？三老爺非要從外頭納妾，我不是不許，只是外頭的女人怎麼會乾淨呢？我不過說了這麼一句，三老爺便與我為難，當著眾人給我沒臉，您說我這日子可怎麼過呀？」

衛國公府三夫人余氏哭得上氣不接下氣，表情相當誇張，像是死去活來的樣子，可偏偏告起狀來毫不嘴軟，話說得順溜極了。

綏陽公主今年三十五歲，但保養得十分好，生得更是貌美傾城，風韻比年輕時不減反增，一身富貴雍容，眼角連絲毫皺紋都看不見，此時正一臉同情地看著在她面前哭訴的余氏。

「自從我嫁給三老爺，哪一日不是勤勤懇懇地替他操持家務，他倒好，左一個妾、右一個妾的納進門，為了讓三老爺高興，我連自己的陪房都給他了，我可曾說一句話嗎？饒是我做得這樣好，三老爺依舊不滿足，暗地裡在外面和別的女子有了首尾，如今更要將她納入府裡。公主，您也是女人，國公爺在外面那樣厲害，尚且沒有隨便納妾回來，您是公主，但也是我的嫂子，您能懂我的難處嗎？」

聽了余氏的話，公主臉上現出了猶疑，見余氏越哭越厲害，不禁出聲安慰。「呃，弟妹快別哭了，哭多了傷身子。」轉頭對身旁的嬤嬤道：「嬤嬤快給三夫人遞條帕子，替我安慰兩句。」

嬤嬤受命去了，余氏接過帕子，輕輕按了按眼角。綏陽見她緩過神來，才對她問道：「那弟妹想要我做什麼呢？」

余氏面上一喜，只要公主問出這話來，那她所求的事就能成了，當即彎起嘴角，不客氣地說：「我、我想求公主給我個恩典，讓三老爺別納那個妾進門，他若要新妾，回頭我再從身邊選個人給他便是。請嫂子定要幫我這回。」

「……」

婁慶雲哼著小調進了院門，看起來心情很不錯，與三嬸娘余氏打了個照面。因婁慶雲是世子，余氏趕忙上前對他行禮，招呼道：「世子回來了。」

婁慶雲點頭，瞧余氏面露喜色，心中有了數，回了個面子上的禮，然後便與她擦身而過，往內院走去。

綏陽長公主聽說兒子回來了，親自迎出門，婁慶雲給她請過安後，綏陽便開開心心地挽著兒子的胳膊往裡面走。

婁慶雲指了指余氏離開的方向，問道：「母親，剛才我瞧見三嬸娘從這裡出去。她又怎麼了？」

綏陽長公主一共生了四個孩子，只有婁慶雲一個長子，其餘三個全是女兒，她對這個長子是發自內心的喜歡愛護，聽他問話，哪有不說的道理，當即把余氏前來說的那番話盡數告知了婁慶雲。

婁慶雲嘆息一聲，對她說：「母親，這事怎麼能這麼辦呢？如今三嬸娘得了您的口令，就能光明正大地去壓三叔，您這是把三叔置於何地呀？」

綏陽長公主見兒子生氣，趕忙補救，道：「哎呀，你是沒看到你三嬸娘哭得有多難過。她說得也對啊，你三叔左一個妾、右一個妾，連你三嬸娘的陪房都給了他，他猶不滿足，如今還要納個來歷不明的外來女子，這叫你三嬸娘如何忍得？」

綏陽長公主越說越覺得兒子臉色不好看，便再接再厲地道：「你三嬸娘說了，這回不讓你三叔納妾，回頭她再從身邊挑個身家乾淨的給你三叔，這不就成了嗎？」

這不就……成了嗎？

婁慶雲實在不知道該怎麼跟這個永遠天真的母親說話了，人人都說他的母親是綏陽長公主，唯一的嫡親弟弟還做了皇帝，這地位如何尊崇、身分如何高貴。可世人不知道的是，他這個母親，說好聽點叫天真無邪，說難聽點，就是缺心眼啊。爛好人一個，偏偏沒有任何自覺，總是給人當槍使不說，還時常以為自己做了好事。

不過這不能怪她，因為綏陽並不是在宮裡長大的，而是隨著她的外祖在江南鄉下長到七、八歲才被接進宮裡，封了長公主。她回宮以後，當時還只是皇妃的太后自覺愧對她，捨不得管教，才養成了她如今的性子，溫和得幾乎沒脾氣，誰在她面前哭一哭，她都能心軟，甚至不惜傾囊相助，也不管她這麼幫人家是對還是不對。也許，她根本就分不清什麼是對。

「娘，您怎麼能這樣呢？三叔想納的女人，和三嬸娘給他的女人能一樣嗎？您……您今後能不能別插手小叔子房裡的事了？」

「我……」

綏陽長公主瞧著兒子又生氣了，關鍵是她還不知道自己到底錯在哪裡，鼻頭一酸，委屈地低下頭，片刻工夫，眼裡就盛滿了淚珠。儘管有了些年紀，但這泫然欲泣的模樣，依舊讓她看起來很美。

眼看母親又要決堤，婁慶雲擺擺手，道：「得，您千萬別哭，就當兒子說錯了，我今後不說總成了吧。」他不想一回來就把母親惹哭了，當即認錯。

綏陽長公主看著兒子，也知道兒子難得回來，哭哭啼啼的不好，用帕子按了按眼角，然後讓人給兒子上茶。

婁慶雲低頭瞧著自己的手，一隻指甲搽得豔紅的手給他遞來一杯茶，他順著那隻手往上看去，指上戴著一只翠綠色鑲金戒指，手腕上是一對鎏金吉祥紋鐲子，穿著一身富貴遍地織金殷紅褙子，身段妖嬈，長得還不錯，就是妝濃，白臉紅唇黑眼睛，怎麼看怎麼恐怖。最恐怖的是，這個女人正殷勤地貼向他，聲音十分空靈，故作溫柔的語調，只一句就讓他頭皮發麻。

「世子請喝茶。」

婁慶雲硬著頭皮接下那杯茶，朝母親看了看，問道：「這是誰啊？」

綏陽長公主趕緊回道：「哦，這是你三伯母送給你的妾侍，身家清白，模樣生得也好，可會伺候人了。你要是喜歡，今兒就把她帶去你院裡吧。」

「……」

婁慶雲放下茶杯，有想奪門而出的衝動，偏偏那女子看不懂臉色，還一個勁兒要把自己的胸脯往他手臂上蹭。

婁慶雲一把推開她，再也忍不了，呼出一口氣，對母親說道：「她這麼會伺候人，母親留下就是。我衙門裡還有事，先回去了。」

綏陽長公主一聽兒子剛回來就要走，連忙追上去，委屈地說：「慶雲，你這是怎麼了？怎麼剛回來就要走呀！是不是不喜歡她？沒關係，你不喜歡，咱們就不要她，我屋裡還有其他漂亮的，都讓你選，好不好？」

婁慶雲的內心生出無力的感覺來，就在此時，衛國公婁戰從外頭走入。「這又怎麼了？」

婁戰今年五十歲，兩鬢雖已有了華髮，不過畢竟是行伍出身，走起路來虎虎生風，看著十分精神。婁慶雲的眉眼更偏長公主些，與剛毅的婁戰不甚相似。

綏陽長公主看見夫君進來，迎了上去，還沒說話眼淚就掉下來。「爺，您回來了。慶雲才剛回來就要走，您幫我留留他，這都多久沒回來了，哪能一回來就走呀！」這個長公主是真的沒脾氣，在家裡就真把自己當成賢良淑德的妻子，對衛國公也是一口一個爺的稱呼，從不耍公主脾氣。

婁戰低頭看著她哭泣的樣子，美則美矣，卻怎麼都叫人喜歡不起來，嘆了口氣，看了看婁慶雲，道：「你母親成日念叨著你，衙門裡的事先放放，今兒晚上就住府裡了。」說完又安慰綏陽長公主。「夫人操持一天家務，也累了，瞧妳臉上的妝都花了，快去梳洗梳洗，不然就不漂亮了。」

綏陽長公主破涕為笑，在丈夫懷裡扭捏了一把，卻還是乖乖隨嬤嬤去了內間。

婁慶雲瞧著這對膩歪的父母，一身的雞皮疙瘩。

見妻子入了內，婁戰才轉過頭看著婁慶雲，語重心長地說：「別總對你娘凶，她就這性子，改也改不了。」

婁慶雲嘆氣，不想和極度護妻的父親討論這個問題。

婁戰卻不想放棄這個教育兒子的機會，繼續道：「你娘縱然有做得不對的地方，可她說得沒錯，你房裡也該添人了。你爹在你這麼大的時候，在戰場上廝殺，沒條件娶妻，可你如今有條件卻不利用，就算不娶妻，納個妾也成啊，房裡總熱鬧點不是？你要是隨了你娘的意，她就不會成天盯著其他事。你要早點給她生個孫子出來，她就更加沒法做其他事了，對不對？」

婁慶雲冷冷瞥著自己老爹。「要是娶個像我娘這樣的，時刻得哄著寵著，我寧願打一輩子光棍！」

這雖然是氣話，但婁慶雲心裡多少也這麼想，他真的很難想像，娶個像他娘一樣的女人，日子得過得有多無趣。

聽兒子這麼說話，婁戰不樂意了，壓低聲音蹙眉教訓道：「怎麼說話的？你娘這樣的怎麼了？是，她有時候不懂事，可她溫柔解意、傾國傾城啊。女人有這兩樣優點，夠了！」

話是這麼說，但婁戰明顯感覺自己底氣不足。要是普通人的妻子，這種溫柔的性子也罷了，可偏偏生在他們這樣的人家，原以為娶個公主回來能鎮宅，可誰知道卻是紙糊的、水做的，沒辦法，只能哄著，然後再從內心由衷地發掘她的優點。只可惜這些優點，在一個長公主兼國公夫人身上，似乎並不是什麼必須的美德……

但這些話不能直接跟兒子講，婁戰只能在心裡嘀咕，嘴上還要硬氣十足撐場面。「我三十歲才娶她，那時她才十五、六歲，人比花嬌……我不寵她還能寵誰去？」

婁慶雲仰天翻了個白眼。「您愛怎麼寵便怎麼寵去，別跟我說這些。」

婁戰在戰場上養成暴脾氣，說話就揚起了手，卻是忍住了，重重哼了一聲。

「你別給我嫌棄這個、嫌棄那個，光說不練假把式，有能耐，你娶個厲害的回來呀！」

第二十章

月底各田莊和店鋪按慣例送來了帳本，薛宸根據之前計算的結果，決定開始將所有鋪子的規劃做些改變。

盧氏留下的鋪子分布在京城大街小巷，很顯然不是盧家祖上置下的產業，也許是為了讓盧氏嫁來京城臨時買下的，所以分布得有些零散。而大興和宛平這些地方的鋪子則大多聚集一處，比較成氣候。

其他地方的鋪子，薛宸暫時還沒有能力去管，畢竟她才十二歲，薛家不會讓她真的拋頭露面。她有心去大興見見盧家的人，舅舅接管了盧家，生意上的事如果能得到盧家幫助，那真的可以省點心。可惜她如今有孝在身，要守制三年方能遠行。

所以，薛宸並不著急，只想先把京城裡的鋪子管理好，其他地方則按照盧氏留下的流程，每半年交帳，她核對帳目，若是有問題，再單獨召見各管事。

這回，她先把京城的十二家鋪子掌櫃一併喊入府裡回事。十二家鋪子裡，有七家書畫鋪子，薛宸只打算留下一家，將七家之力合併到一家去。單這件事，就讓掌櫃們極為不滿，但在薛宸拿出其他兩間酒樓與客棧的收益與書畫鋪子相比時，他們就不說話了。

薛宸上一世是走運做成了一筆糧食買賣，才算有了做生意的本錢，可這一世，她手上本錢充足，不說這些鋪子和田產，只論銀票就有十多萬兩，因此資金算是十分充裕。而她擬定的計劃也很詳盡，讓久經商場的老掌櫃們無可挑剔。在領導這方面，薛宸有近二十年的經驗，隨時能夠在一件事裡起到領頭的作用，老掌櫃們一開始還對她有些懷疑，直到她說出那些規劃和展望，便足以堵住所有人的嘴。

所以，各家店鋪的新計劃有了，資金也足夠，所有人只要分工合作，將自己負責的那一塊做好就成。

不過短短兩個月，夏天才剛過去，京中盧氏留下的店鋪就發生了翻天覆地的巨變。七家書畫鋪子，只留下槐樹坊的總店，薛宸將左右的古董鋪子買了下來，七家書畫鋪子併成一家，規模大了三倍有餘；而其他的店鋪，薛宸也逐步著手擴張，分別想開兩間胭脂鋪、兩間成衣鋪、一間首飾鋪子及一間酒樓。

胭脂、衣裳、首飾，這三種鋪子，是薛宸最熟悉不過的，也是無論什麼時候都不會過時的產業。女人對於美的追求，亙古不變。

薛婉正在海棠苑裡發脾氣，原因是她先前讓鶯歌去帳房給她支一百兩銀子，但帳房卻不肯給，說是一定要得了大小姐的命令方能拿錢。薛婉不高興了，大叫道：「憑什麼要她的命令才能拿錢？她是小姐，我也是小姐，她的話就那麼靈，我的話就什麼也不是嗎？」

自從上回她當著所有丫鬟的面立威，懲治了柏翠後，海棠苑的丫鬟的確聽話了不少，不過，她們如今全都是一張臉，無論薛婉說什麼，都只當沒有聽見，不會再像柏翠那樣傻，上趕著要在二小姐前找臉面，卻惹了個大沒臉。二小姐性子不好也罷了，懲治人的手段實在太惡毒，柏翠在踩腳珠子上跪了大半日，膝蓋骨廢了大半，如今還躺在床上，今後能不能站起來都是問題。

也因此，海棠苑裡的丫鬟哪個敢再上前去找晦氣，給二小姐出主意？更別說她如今罵的還是管家的大小姐，根本沒人敢吭一聲。

鶯歌也在一旁低著頭不說話，薛婉原本想發一通脾氣，可房裡的人全都死氣沈沈，沒人搭理她。

薛婉一拍桌子，怒道：「怎麼，都是死人不成？我說話，妳們沒聽見嗎？」

就在她眼前的鶯歌連忙跪了下來。「奴婢聽見了，不知小姐要吩咐什麼事？」

薛婉上前給了鶯歌一巴掌。「就是妳辦事不力！我讓妳去拿錢，怎麼就拿不到？這事要讓衾鳳和枕鴛去辦，沒準大小姐要一百兩，她們能替她拿二百兩回來！就妳沒用！」

鶯歌委屈得很，摀著火辣辣的臉，說道：「二小姐，奴婢把您的話都帶到帳房去了，可是帳房不認奴婢也沒有辦法。二小姐這巴掌，實在好沒道理。」

自從柏翠受傷之後，海棠苑裡裡外外的事全由鶯歌一個人撐著，早就委屈得很。這回二小姐讓她空口去跟帳房要一百兩銀子，她有天大的本事能要過來？帳房給不給銀子，難道是看她一個丫鬟的面子不成？就算是衾鳳和枕鴛去替二小姐要，也未必就能要來吧。

薛婉正在氣頭上，見鶯歌還敢頂嘴，抬起腳對著她的臉就是一腳踹過去，痛得鶯歌摀著臉在地上滾了一圈，終於忍不住，跪在那裡大哭起來。

薛婉見她這樣，怕招來外院的人聽見，走過去擰她的胳膊。「妳嚎什麼嚎？生怕別人不知道我在教訓妳不成？妳是個什麼東西，就算別人知道了又怎麼樣？難不成還會因為一個下賤的奴婢來責怪我嗎？」

鶯歌哭得更厲害了，薛婉氣急，乾脆從頭上拔下簪子，狠狠刺在鶯歌背上，一邊刺，一邊罵道：「我叫妳不聽話、叫妳不聽話！」

隨著薛婉的戳刺，鶯歌痛得滿地打滾，海棠苑的其他奴婢圍過來看，見鶯歌實在可憐，全跪在地上求薛婉饒了她，有兩個大著膽子上前拉住薛婉，然後把鶯歌扶了起來。

薛婉不敢相信這幫奴婢竟然全反了她，將簪子往地上一扔，提著裙襬就往西跨院跑去，準備找徐姨娘告狀。

薛婉到西跨院的時候，正好撞上帶著丫鬟出門的田姨娘。田姨娘見是薛婉，倒沒忘規矩，隨便對她屈了膝算是行了禮，然後扭著腰肢，領著一個體面的丫鬟往主院走去。

薛婉生氣，覺得誰都跟她作對，氣鼓鼓地走入徐素娥的房間，見徐素娥正好站在門邊，怒目瞪著田姨娘先前走過的垂花拱門，看薛婉進來後，才轉身進了屋。

「娘，那個田姨娘看著真討厭，您什麼時候跟爹說說，讓爹把她送去莊子裡，我看著她就煩。」

徐素娥掃了薛婉一眼，對於這個女兒到現在還沒看清自己的身分很是無奈。最近也不知道是怎麼了，老爺竟然時常傳田姨娘去主院伺候，雖不至於冷落自己，卻也和從前有了很大的變化。從前只要老爺在家，基本上都是她在一旁伺候，可現在，白天老爺大多是宣田姨娘，晚上有時才會找她去，完了事也不留她歇著，讓人把她送回西跨院來。

「娘，您聽見我說的話了嗎？不僅是田姨娘，還有我院子裡的那些丫鬟，最好也全打發了，這回我要自己挑伺候的人，才不要薛宸給我安排！她安排的人既不聽話又不好使，什麼事都不會辦。」

薛婉倒豆子似的對徐素娥抱怨，徐素娥恨鐵不成鋼地白了她一眼，現在她是真沒心思替這孩子考慮，就連她自己的前途，都還不知道能不能保住呢。

她給薛婉倒了杯水，問道：「妳讓她們辦什麼事了？」

薛婉聽自家娘親過問，頓時來了精神，把自己如何讓鶯歌去帳房支銀子，而帳房又是如何不買帳的事情，跟徐素娥說了。

「娘，您說這些人不是明擺著欺負我嗎？我和薛宸都是薛家的小姐，憑什麼我要取銀子，還要得到薛宸的准許？」

薛婉說完，徐素娥抬手就給了她一巴掌，冷冷道：「我跟妳說了多少次，在這個府裡一定要謹慎行事，遇見薛宸，就給我避開她走。妳好好反省反省，這種話是妳應該說的嗎？妳和薛宸都是小姐不錯，可妳以為自己和她是一樣的了？趕緊給我回去！這些天妳爹有些不一樣，咱們都得夾著尾巴做人，妳別給我鬧出什麼事來。」

徐素娥的話讓薛婉徹底呆住了，雖然從前在外面她也時常被她教訓，可是自從回來薛家後，徐素娥還是第一次甩她巴掌，果然抬頭就看見滿臉陰森的徐素娥，頓時意識到事情可能不像她想的那麼簡單。

薛婉斂下眸子、摀著臉，不敢去惹盛怒中的徐素娥，苦著臉跨出門檻，嘟嘴離開了。

薛宸的院子裡最近養了一隻小鸚哥，正餵水呢，衾鳳就帶著個婆子進來。那婆子穿著墨綠色斜花紋比甲，生得粗壯，薛宸覺得有點面熟，像是她安排到徐素娥院子裡的人。

婆子來了之後，對薛宸回稟道：「大小姐，您命咱們看著徐姨娘，最近徐姨娘讓人出了兩趟府，沒向府庫支銀子，用的是她自己的錢，好像是去抓藥了。」

薛宸抬頭看著她。「抓藥？她生病了？」

「沒見她有什麼病，但對那藥寶貝著，一直藏在房裡。」

婆子的話讓薛宸停下了手裡的動作，垂眸思慮片刻後，便點點頭，對婆子揮手，婆子就行禮退下了。

薛宸喊來嚴洛東，讓他去城裡跑一趟，看看徐素娥到底在打什麼主意。

沒過多久，薛宸拿到了一份奇特的藥方，這是嚴洛東從城內一家老藥鋪裡抄回來的，用於夫妻房事，而徐素娥前不久才去配過這種藥。

徐素娥想做什麼，薛宸不是真的姑娘，一猜就猜中了，不過，嚴洛東怕她不懂，又借衾鳳的口，將這藥性說給薛宸聽了。後宅之中，用這種藥維繫夫妻感情很正常，徐素娥近來因為田姨娘的事情心中不安，以為薛雲濤對她興趣大減，便想用這種藥挽救，這是可以想到的手段。

可是，嚴洛東卻帶給薛宸一個很不一樣的消息，他之所以把藥方拿回來，還有個特殊的原因——這個藥方有問題。

「這藥據說是百年前一位有名的妒婦研製出來的，可以催情，但最大的功效卻是避子，和女子用的紅花是一個道理。這種藥是給男人避子的，女子吃多了紅花容易宮寒，同理，男子若服用這個，對身體也有傷害，很可能今後就……生不出孩子了。」

嚴洛東的話在薛宸耳旁迴盪，他的意思是說，若薛雲濤長期用那種藥助興，那麼他現在很可能已經傷了身體，今後再不能有孩子了？

這個問題引起了薛宸的重視，回想上一世，除了盧氏生下她，徐素娥生下薛婉和薛雷，自那之後的漫長歲月裡，薛雲濤的妻妾的確沒再有過孩子。

難道這跟徐素娥的藥方有關？如果是真的，這女人瘋了不成？為了不讓其他孩子來分薛雲濤對薛婉和薛雷的愛，竟然對自己的男人下這種狠手？

薛宸越想越覺得不對勁，如果徐素娥只是想讓薛雲濤絕嗣，上一世的她，有足夠能力用其他方法做到。可她為什麼要讓薛雲濤不能有孩子呢？

她想起徐天驕死前似乎要說出些什麼，卻被徐素娥阻攔。

薛宸轉過身來，問嚴洛東。「你能不能查到十多年前的事？」

嚴洛東看了薛宸一眼，斟酌後才說：「小姐儘管吩咐，我可以試著查一查。」

薛宸點頭，嬌俏的小臉上滿是凝重，吩咐道：「我想知道，徐素娥的父親被貶官流放之後，他們一家的生活狀況。還有，徐素娥當年做過什麼？」

嚴洛東仔細將薛宸的吩咐記在腦中，點頭回道：「是，我明白了，這就去查。因為年分太久，查起來會比較麻煩，可能需要一段時日。」

薛宸自然明白，並不是要求嚴洛東當場就給出答案，兩相討論完，嚴洛東才走出了青雀居。

他走之後，薛宸的心思始終無法平靜，有個可怕的想法正在她腦海中醞釀而出……

如果徐素娥給薛雲濤下這種藥，是想讓當年的盧氏再也不能為薛雲濤生出其他孩子，那麼在她下藥之後，她又怎麼保證薛雲濤一定能和她生下孩子呢？當年她只是個攀附薛雲濤的外室，若沒有孩子，她能拴住薛雲濤這麼多年？若她要孩子，可薛雲濤的身子早就被藥傷了……那麼問題來了，薛婉和薛雷……這兩個孩子是怎麼來的？

薛婉比她小一歲，薛雷則小了三歲，如果這段時日徐素娥沒有對薛雲濤下藥，那麼盧氏為什麼沒有懷上孩子？盧氏生她時，並沒有虧了身子，為什麼這四年裡一個孩子也沒生出來？還有田姨娘，她跟著薛雲濤的日子也不算短，可為什麼連她也沒能生出孩子呢？不可能是盧氏和田姨娘的身體不好，只有徐素娥一個人好啊。

故而現在最關鍵的是，要查出徐姨娘當年的遭遇。上回在田莊，其實她並不是真的一定要徐天驕的命，只是想逼徐姨娘，讓她同意帶徐天驕去東府對質。可徐素娥不僅多次反對，最後甚至為了怕徐天驕說出什麼來，乾脆一不做、二不休，下令殺了她的親生哥哥。

那是她的嫡親哥哥呀！是什麼理由讓她連血脈親情都顧不上了呢？定是個比嫡親哥哥還重要的秘密，如果被揭露出來，她可能就會面臨和徐天驕同樣的下場，所以讓她不得不做出那種選擇。

正陷入沈思，薛宸聽見青雀居外傳來一陣嘈雜的腳步聲，沒多久，就見衾鳳有些焦急地走進來，稟報道：「大小姐，您快去看看吧。二小姐把鶯歌戳得不成樣子，現在海棠苑裡的丫鬟婆子們都反了，抬著鶯歌來找您說理呢。」

薛宸趕緊隨衾鳳出去，枕鴛正在院子裡安撫人，就見鶯歌趴在一張小竹床上，背部血紅一片，緊咬著下唇，淚眼婆娑，鼻頭紅得厲害，不知是哭的還是被人打的。

「怎麼回事？」

薛宸冷靜的聲音傳出，讓原本有些喧鬧的院子瞬間安靜下來，海棠苑的眾人看見薛宸，就集體跪下了。薛宸看了看枕鴛，枕鴛明白地躬身退下，往院子外走去。

人群中，一個四十多歲、大眼睛、圓臉的婆子站出來說道：「求大小姐救救鶯歌吧！二小姐不把奴婢們當人看，瞧她把鶯歌戳的，這背都成篩子了。」

薛宸走下臺階，來到鶯歌身前站定，低頭看了看鶯歌背部的傷口，凝眉問道——

「這到底怎麼了？」

鶯歌閉口不談，只知道哭，先前那婆子繼續道：「回大小姐的話，今日二小姐讓鶯歌去帳房給她支一百兩銀子出來花用，帳房要二小姐拿出大小姐或老爺的手令才能支銀子，可這兩樣二小姐一樣都沒有給鶯歌，鶯歌自然拿不回銀兩，二小姐就生了鶯歌的氣，說她沒用，還說如果是大小姐身邊的衾鳳和枕鴛姑娘，大小姐要一百兩，她們能給大小姐拿來二百兩。

「鶯歌聽了這話不服，頂了一句嘴，二小姐便衝著鶯歌的面門踩了一腳，鶯歌被嚇到，哭了起來。二小姐怕被旁人知道，用簪子去戳鶯歌的背，就戳成這個樣子了。還請大小姐替鶯歌和咱們作主啊。」

那婆子說完，不等薛宸反應，海棠苑的其他人也跟著說道起來：「是啊，大小姐，求您替我們作主，就在不久前，柏翠的雙腿才給二小姐罰得差點斷了，如今還養著呢！今日鶯歌又受了這麼重的傷，求大小姐不要再把我們派去二小姐身邊伺候了。」

「是啊，求求大小姐了，您救救我們吧！奴婢們寧願做粗活，也不願再去伺候二小姐。」

一聲高過一聲的陳情，薛宸看著跪了滿地的人，嘆了口氣，才對她們揮揮手。「好了，都起來吧。這件事我知道了，妳們暫且先去回事處，我另外派人去海棠苑。」又轉頭看了衾鳳一眼，吩咐道：「去我的私庫給鶯歌和柏翠各取二十兩銀子，讓大夫幫她們好好治傷，治好之後，就來青雀居伺候。都別跪著了，我會讓回事處的管事替妳們重新分派去處。」

海棠苑眾人退下後，枕鴛也從外頭回來了。剛才薛宸是讓枕鴛出去打聽海棠苑今日發生的事情，儘管知道能讓這麼多人同時前來要她主持公道，事情定然錯不了，但小心起見，還是讓枕鴛再去調查一番。

這件事情在府裡鬧得沸沸揚揚，所以枕鴛沒有費多大力氣就打聽到事情原委，在薛宸耳旁輕聲說道：「小姐，她們說的應該都是實情。鶯歌今早的確什麼都沒帶，就幫二小姐到帳房取銀子，帳房只認您和老爺的手令，自然不會給她。回去之後，二小姐就發火了，對鶯歌一陣糟蹋後，去了西跨院。」

事情並不複雜，但薛婉也夠厲害的，這才幾天，就能把身邊伺候的人弄得人仰馬翻，一個個避她唯恐不及，拚著被處罰的風險也要來這裡告狀，可見薛婉平日裡有多麼不得人心。

再加上先前嚴洛東稟報的事情，薛宸覺得現在真的沒辦法對薛婉產生什麼姊妹情誼，便對衾鳳說道：「讓二小姐去佛堂裡抄五十遍佛經，懺悔她的罪過，沒抄完不准出來。」

這個處罰對於薛婉來說不能說重，也不能算輕，只是薛宸不想在一切還未明瞭之前做出其他多餘的反應，才會讓薛婉去抄經，讓海棠苑平靜幾日再說吧。

夜幕降臨，薛雲濤招了徐姨娘去主院侍寢。

徐姨娘對他一番挑逗之後，便當著薛雲濤的面，在房間的瑞獸香爐中點燃了增加情趣的香薬，薛雲濤對這個並不排斥，沒多久，就摟著徐姨娘臥回帳幔中。

徐姨娘輕聲細語、軟玉溫香，將薛雲濤勾得三魂失了七魄，恨不得死在她這溫柔鄉中，絲毫沒意識到任何的危險與不對勁。

「老爺，聽說大小姐罰了二小姐禁足抄經書，二小姐平日裡總說大小姐的好，對她更是沒有半分不敬，縱然有什麼地方冒犯了大小姐，可她才那麼點大，不懂規矩，讓管教嬤嬤教便是，何苦要抄經書呢？」

徐素娥十分懂得男人的心理，知道在什麼時候說話是最管用的。

只聽薛雲濤有些氣喘的聲音說道：「我明兒去問問怎麼回事，宸姐兒有時候確實嚴厲了些，我與她說說便是了。妳再等等，我就要好了。」

隨著這聲宣告，帳幔內又是一陣春意盎然，伴隨著一聲高過一聲的嬌吟，晃動的帳幔終於停了下來。

第二天一早，薛宸到主院與薛雲濤一同用早飯時，就看見徐素娥一身素雅清淡的裝束，無限嬌柔地立在薛雲濤身旁伺候；而昨日才被薛宸處罰禁足抄經書的薛婉，竟也堂而皇之地坐在薛雲濤身邊。看見薛宸進來，母女倆皆朝她瞥去，神情如出一轍的得意。

薛宸不動聲色，過去給薛雲濤請安，然後坐下。徐素娥幫她盛了一碗銀耳粥放到面前，又轉過身去給她拿銀勺子。

薛宸看了對她行過禮便兀自坐下喝粥的薛婉一眼，雲淡風輕地問道：「昨日我罰妳抄的經書，都抄好了嗎？」

薛婉沒想到薛宸在父親面前也這麼囂張，看看徐姨娘，又看了看薛雲濤，低下頭，輕聲細語地回道：「還沒有。父親喊我來吃早飯，待會兒吃完了，我回去繼續抄。」

薛雲濤抬頭看著正對他遞來詢問目光的薛宸，放下手裡的粥碗，對薛宸說：「婉姐兒的事，我都聽說了。雖然妳是長姊，有管教婉姐兒的權力，但有的時候也別太嚴厲了，她畢竟比妳小一些，稍微讓讓她，有助於妳的德行，給妹妹做好榜樣。」

薛宸看著薛雲濤，心情複雜，沈吟片刻後，放下手中的碗，開口道：「父親的意思是，我不該罰婉姐兒嗎？她私自讓丫鬟去帳房支取銀兩，丫鬟沒有取回便對丫鬟打罵，用頭上金簪把丫鬟的背戳得血肉模糊。如果這樣我都不能管教，那請問父親，我該怎麼對她？」

薛雲濤沒想到薛宸會一大早就這樣反駁他說的話，心中十分惱火，接過徐姨娘遞來的溫熱帕子，擦了臉和手後，才抬眼看著薛宸，面露不悅地說：「這件事，我不是說知道了嗎？婉姐兒初回薛家，一切用度自然是有變的，她去帳房支取銀兩，那就說明她的月例不夠，妳做長姊的沒有敏銳察覺，讓妹妹私下難過，也是妳身為長姊的失職。

「至於那個丫鬟，我看早點打發了也好，被主子教訓，竟然集結眾人反了主子到妳跟前告狀，這是一丁點都不把婉姐兒當成她們主子的意思，這樣吃裡扒外，還留著做什麼？」

說完這麼一番長篇大論，薛雲濤站了起來，徐姨娘立刻趨身上前替他整理衣袍。薛雲濤拍了拍她的手，兩人目光交錯，似乎還能回味出昨晚的恩愛交融、纏綿悱惻來。

薛雲濤跨出門檻時，回過頭對著薛宸的背影，淡淡說了一句。「宸姐兒身為嫡女，對父親說話無狀，不知友愛庶妹，我看妳這幾日也留在房中修身養性的好。」

薛宸的臉上依舊沒什麼表情，只淡淡回了一句。「是，女兒知道了。」

薛雲濤又看了這個女兒一眼，其實不是真的要罰她，而是覺得一大早自己說的話被反駁了，面子上實在過不去。這個女兒脾氣太倔，如果能像婉姐兒那般，遇事都來跟他這個父親求助問詢，說話不要那麼夾槍帶棒，他又何至於罰她？哪怕是上前來跟他說句軟話也好。偏偏這閨女和她娘一個脾性，倔強得很，從不肯在他面前服軟一句。

重重嘆了口氣，薛雲濤拂袖離去，徐姨娘看著薛宸，嘴角不由揚了起來，卻沒說什麼。不過薛婉可是忍不住，站起來就開口奚落起薛宸。「哎呀，如今可好了，有姊姊陪我一同禁足，爹爹待我可真好。姨娘您說是不是啊？」

徐姨娘這才莞爾一笑。「老爺待兩位小姐自然是相同的好。」

薛婉哪裡聽不出她家娘親話中的諷刺，剛才的對話，就是瞎子也看得出來，薛宸惹了父親不高興，父親幫自己收拾她了。

薛宸似乎不想和她們一般見識，安安靜靜吃完了一碗銀耳粥、兩只花卷後，才拿過一旁丫鬟準備好的溫熱帕子，擦了手和臉，然後便頭也不回地離開飯廳，回青雀居去。

徐素娥瞧著薛宸離去的背影，目光有些凝滯，總覺得這丫頭好像哪裡不對勁。按照她這性格，對於薛雲濤的處罰似乎不應該接受得這樣乾脆，可她不僅乾脆地接受了，而且還如此平靜。

第二十一章

婁慶雲一身銀黑官袍，髮髻皆束於紫玉冠中，自帶光環的他正站在書案後頭寫奏報。

趙林瑞站在下首向他稟報。「……事情就是這樣。薛家二小姐占了上風，大小姐被薛大人禁足在自己的院子，這些天都沒出過門。」

婁慶雲訝然地抬起目光，用類似啼笑皆非的表情看著趙林瑞，放下玉竹筆桿，雙手撐在桌沿上，確認道：「你是說，這件事之後，被禁足的不是薛二小姐，而是薛大小姐？」

趙林瑞點點頭，忠厚的臉上看不出喜怒，但眼睛裡卻盛著滿滿的迷茫。他是真不知道大人為什麼讓他盯著一個閨閣小姐不放，這、這多不合適啊！

婁慶雲自書案後走出，負手踱步兩、三回後，猛地轉身，好看如遠山的眉峰蹙了起來，聲音中泛著涼氣。「這薛雲濤也實在太過了。」

趙林瑞更加不懂，這跟人家薛大人有什麼直接關係嗎？讓他暗地裡監視薛大人的閨女，難道就不過分了？他忍不住腹誹起來，卻是怎麼都不敢把這些話說出口。

婁慶雲在心裡嘀咕，薛雲濤明擺著是偏著那個庶女，在幫她打壓宸丫頭，這個老不羞的，真是糊塗至極！想到那麼有趣的宸丫頭可能受了委屈，心裡就跟貓爪撓似的，怎麼都冷靜不下來，恨不得現在衝到薛家，替她罵一罵薛雲濤。這種感覺他再明白不過了，身邊的人糊塗不懂事，實在是最讓人頭疼的。

他猛地轉身看向趙林瑞，把他看得一下子繃緊了神經，隱約有種不好的預感……

接下來的幾日，薛雲濤將徐素娥留宿主院，兩人感情日漸濃厚，就連前些日子稍稍勾起薛雲濤一些舊情的田姨娘，這兩天都沒能踏入主院一步，整個府中似乎都感覺得出徐姨娘風頭正盛。

而薛宸自從被薛雲濤下了禁足令後，就真的沒再踏出青雀居的大門一步。

衾鳳和枕鴛從外頭回來，聽了府裡下人間說的閒話，都為自家小姐抱不平。

衾鳳端著一盤洗乾淨的葡萄走進來，放在薛宸的書案右下角，嘆息道：「唉，府裡的人都在說，老爺實在太寵徐姨娘了，二小姐和三少爺也正得寵，說不定今後徐姨娘能被扶正呢。」

薛宸正埋頭寫字，她在練小楷，有兩個字總寫不好，便反覆在一旁的紙上練習，似乎感覺不到衾鳳話中的抱怨，連頭都沒抬起來。

倒是正在掰花瓣的枕鴛跟著說了一句。「我也聽說了。最近二小姐在府裡更是得意得很，誰都不放在眼裡的樣子。小姐上回罰她抄經，可她連一遍都沒抄出來就敢在外面走動，實在是不把小姐放在眼裡。」

枕鴛說了這句，薛宸抬頭了，看了看她手裡的花瓣，道：「再搗些花汁來，我要磨墨。」這是她上輩子閒暇時研究出來的，秋季百花殺前摘下的花瓣最是凝香，用其汁液來研墨，不僅能凝聚墨色，也能讓顏色更為鮮亮。

衾鳳和枕鴛對視一眼，為自家小姐的心大無奈，卻也明白，小姐並不想繼續說這個話題，自然不敢再多嘴。

與枕鴛一同搗出花汁後，薛宸便拿起擱置在一旁的墨條，對她們揮了揮手。「我這裡沒事了，妳們下去休息吧，有事我喊妳們。」

「……」

把衾鳳和枕鴛打發出去後，薛宸才直起身子，將筆管放好，走到灰色壽山石硯臺前，將深朱色花汁倒進去，然後拿出一條松香墨，一圈一圈磨起墨來。

薛雲濤罰她禁足的事，一定會在府裡引起議論，這一點，薛宸早就想到了。她之所以沒有出門，並不全是因為薛雲濤的禁令，而是她的心情實在有些複雜。

薛雲濤如今越是寵愛徐姨娘，等到真相大白那天，就越是難以接受。而真相是什麼，薛宸雖然還沒得到確切的消息，但將事件前後整理一番，也能猜到個大概。

如果她的猜測成立，薛婉和薛雷應該不是薛雲濤的孩子，若他們不是，那就意味著薛雲濤今後再也沒辦法有孩子了。東府薛家只有薛雲濤這個嫡子，老夫人還等著他給薛家開枝散葉，母親的喪期過後，老夫人定會給薛雲濤物色續弦，可到時薛雲濤不能有孩子了，那這個續弦要了又有什麼意義呢？

她突然覺得有些對不起薛雲濤，上一世沒有她的摻和，薛雲濤過得還是很好的，有一個以為相愛的妻子，有一雙拿得出手的兒女，官運亨通、平步青雲。可就因為她重活了一世，那些曾經騙了薛雲濤一輩子的謊言驟然被她揭開，這是件多麼殘忍的事情。

因為這一點，薛宸略帶著懺悔的心態，才沒有出去，留在青雀居中。

對於徐素娥這個狠毒的女人，哪怕是將她收拾得連渣都不剩，薛宸也不會覺得對不起她。可是，要收拾徐素娥，便會無可避免地傷及薛雲濤，徐素娥做的事有多可惡，到時薛雲濤受到的傷害就有多大，薛家會不會因此而沒落，誰也說不準。

她幽幽嘆了口氣，在安靜的書房內迴盪開來，更添一種難言的寂寥。

突然，關閉的西窗外傳來一聲響動，薛宸放下墨條，走到窗前側耳聽了聽，並沒有什麼聲音，納悶地推開窗，更是什麼都沒有。正要把窗戶關起來，卻看見後院的草地上有個鮮豔的東西，定睛一看，竟然是風箏。

她抬頭往天際看了看，將半個身子探出窗櫺，見上頭又掉下一個東西，直覺地用雙手接住，一看，也是風箏，款式和落在院子裡的是同一種，全是鯉魚的樣子，大大的魚鱗被塗成五顏六色，看起來十分可愛。

薛宸沒想到在自家西窗前還能接到風箏，被這意外之喜逗得展顏一笑，將手裡的風箏翻過來看，背面畫著寒鴨戲水的圖案，一隻小鴨子游在水面上，兩隻鴨掌張開划水，碧波蕩漾的湖水下，還漂著幾葉唯妙唯肖的浮萍，看著極富雅趣。

不知是誰家的風箏一齊掉落在她的院子裡，看了看下面草地上那個，薛宸突然來了興致，提著風箏出門，下樓後，不顧衾鳳她們詢問，兀自去了後院草地撿起另外一只風箏，翻過背面一看，畫的是二魚搶食圖，一條橙黃帶金、一條銀黑間白，兩條魚的尾巴全都翹著，彷彿真的在搶食，那條銀黑間白魚兒的魚鰭往前伸去，像是要推攘橙黃帶金的小魚般。

薛宸感到有趣極了，一手拿著一只風箏，仰頭觀望，多希望天上再掉下一只來。

在離燕子巷不遠處的塔樓上，趙林瑞正悲催地擦著頭上的冷汗。今天這件事，是他進大理寺後幹過最難的任務了。

大人吩咐，把那兩只風箏神不知、鬼不覺地送入薛家後院，不能用箭射，只能倚靠高超的技術把風箏放進去，還指定位置，就是薛大小姐院子後面的那一小塊草地。這可比上陣殺敵、浴血奮戰還要難得多啊！也不知大人這是發了什麼神經……

薛宸將兩只風箏全撿回屋子裡，沒來由地，心情突然好了起來，坐在藤編的搖椅上，將風箏舉得高高，為自己今天的幸運感到高興。

這風箏背面的畫，顏色鮮活、筆觸銳利，用簡單線條勾勒出唯妙唯肖的形狀，在畫作的左下角蓋了私章，章上刻著「松竹」二字，古樸風雅，看得出畫風箏之人是個十足的閒逸居士，以松竹為號，傲然之氣躍於紙上。

不知這是哪位有心人繪製給心上人的，偏偏天公不作美，給吹到她的院子裡來，白白叫她撿了這個便宜，不知那繪畫之人，此時是否正捶胸頓足呢？

思及此，薛宸忍不住笑了出來。

衾鳳和枕鴛不解，遂問道：「小姐，您怎麼撿個風箏都這麼高興啊？您知道是誰的嗎？」

她家小姐今年才十二歲，出門的次數又不多，肯定不會招惹上什麼狂蜂浪蝶的。自從太太去世後，小姐一直表現得像個大姑娘似的，可是骨子裡，估計還是小孩子心性，喜歡這種鬧著玩的東西。

事實上，薛宸確實喜歡這些，上一世在盧氏去世以後她幾乎沒了童年，小小年紀便成日活在壓迫和不安之中，哪能像其他孩子那樣，在爹娘懷中撒嬌，胡天胡地地瞎玩。因此，就算她上一世做了長安侯夫人，在路上遇見賣風車的、抽陀螺的，都會停下轎子和車馬，看一會兒再走。

可悲的是，上一世她的身邊從來沒有一個能夠懂她的人，宋安堂不用說，他和薛雲濤其實是一樣的，心裡只有自己，從不會關注身邊人的感受。

她靠在搖椅上撫弄著風箏，就像是撫弄著一件多麼貴重的寶貝一樣。

枕鴛進來回稟，說嚴護衛求見。

薛宸心中一緊，抬頭望向院中，果然看見嚴洛東魁梧的身形和其貌不揚的臉，收斂起所有情緒，從搖椅上站起來，將風箏交給一旁伺候的衾鳳，然後對枕鴛道：「讓他進來書房。」

薛宸回了書房，便站到書案旁，繼續磨著剛才沒磨完的墨。

嚴洛東走進來，先對她抱拳行禮後才道：「小姐，您讓我查的事情，我已經查到了，就在這裡說嗎？」

薛宸看著在她研磨下緩緩溢出的黑墨，片刻遲疑後，微微點了點頭。「就在這裡。說吧。」

嚴洛東似乎也感覺到薛宸有些緊張的情緒，估摸著小姐這麼聰明，應該能猜到大概，讓他去查，只不過是為了確認，也不隱瞞，直言不諱道：「徐姨娘的父親徐燁被貶官流放後，徐家人就回到鄉下祖宅生活，只是家裡沒有頂梁柱，過得十分拮据，全靠借錢度日。後來徐天驕惹上了一起官司，賠上家裡所有積蓄不說，他得罪的那人收了錢猶不甘休，看徐素娥美貌，便起了侵奪之心，以罪臣女眷的身分將她送入教坊司中。因為是私下操作，所以知道的人並不多。

「徐素娥在教坊司待了一年多，遇上一個名叫劉永的獄吏，他把所有銀子全給了徐天驕，讓他把徐素娥從教坊司中救出來，原本想和徐素娥在外面好好過日子，以為徐素娥會感激他的贖身之恩，可沒想到，徐素娥出來之後就翻臉不認人，迅速找好了下一家，把劉永的恩情全部抹殺。

「而她找到的下一家，就是薛大人，那時他和您母親剛剛成親，生下了您。他與徐素娥是在一間茶坊中認識的，徐素娥在茶坊中做茶女，一來二去，沒幾天就纏上了薛大人，藉著一次醉酒，兩人正式在一起。八個多月後，徐素娥生下一個女嬰，應該就是婉小姐了。」

嚴洛東的話沒有絲毫潤飾，而是將這件事當作一件稀鬆平常的陳年舊事在說。其實他這樣，薛宸還感覺好些，若他敘述時夾雜了自己的情緒或判斷，她也許真的會忍不住嘆出氣來。

她蹙著眉問道：「那薛雷呢？他是怎麼回事？」

現在幾乎已經可以確定，徐素娥搭上薛雲濤之後就對他動了心思，她在教坊司面對的那些男人和薛雲濤這樣的翩翩公子相比，可說是雲泥之別。徐素娥不想錯過薛雲濤，於是兵行險招，早早與之有了肌膚之親，將腹中本該去掉的孩兒算在了他頭上。

薛雲濤出身良好，哪裡接觸過這樣的女人，更加想不到會有女人這樣大膽，把栽贓的活兒安到他的頭上，只以為徐素娥真的是官宦之後，家道中落，流落茶坊做了茶女。徐素娥那樣的樣貌，薛雲濤哪裡就能知道她竟有這樣的手段呢。

徐素娥知道薛雲濤有家室，而且正房夫人剛給他生了一個女兒，怕盧氏若是再給薛雲濤生下兒子就能收回他的心，乾脆一不做、二不休，對薛雲濤用了那種會讓男人生不出孩子的藥，讓他斷子絕孫。薛雲濤就是作夢也不會想到，自己招惹上的到底是個什麼樣的魔鬼。

薛雲濤的身體有了變化，他的妻子盧氏確實生不出孩子了，可是她呢？她這個外室身邊只有一個女兒傍身，實在沒什麼底氣，所以，她想再生一個出來鞏固自己在薛雲濤身邊的地位，於是就有了薛雷的存在……

嚴洛東盡職盡責地對薛宸說：「薛雷是在徐姨娘與薛大人在一起三年後才有的。那段日子，薛大人與太太的關係似乎還不錯，甚少去徐姨娘那裡，她藉著這段時間，與一名外地男子有了首尾。當時那人住在徐姨娘家隔壁，宅子是租的，他本身也有家室，每晚翻牆去與徐姨娘偷情。他在京城逗留了五個月，徐姨娘便有了身孕。」

最終，他還是沒忍住，大大地嘆了一口氣。「唉……」

已經猜到事實是一回事，聽別人親口說出來又是另外一回事。嚴洛東見薛宸不說話，以為她在想對策，於是上趕著說了一句。「小姐，劉永在兩年前病死了，但那個外地人，也就是從前住在貓兒胡同的租客，我打聽到他在保定開了間鋪子，前兩天我就是去了保定一趟，所以才耽擱了。我把那人給抓了回來，現在關在莊子裡。」

薛宸再次傻眼，看著嚴洛東，良久沒有說話，突然感覺自己生活的地方很不安全。這個世上，有嚴洛東這樣無孔不入的探子存在，哪裡還有什麼秘密可言，只要他想查，幾乎沒有他查不到的！

太可怕了。

薛雲濤派人傳話回來，說是秘書監事務太忙，今晚不回府了。

徐素娥早早便洗漱上了床，可還沒睡著，耳旁突然響起了熟悉的布穀聲，三聲長、兩聲短，最後再加扣四下窗櫺。

她猛地從床鋪上彈坐而起，驚慌失措地看看四周，有丫鬟聽見動靜，要進來給她點燈，卻被喝止住。

她匆匆下床，披了件外衣就走出去，借著月光看向空無一物的庭院。

這聲音不對啊。王生早就離開京城，這麼多年了，他偶爾會送些錢財給她，卻沒再出現過。這樣的布穀鳥叫聲，便是當年他們幽會時的暗號，別人不可能知道。

可是剛才她明明聽見了，確確實實聽在耳中，絕對不會聽錯的。

庭院中一個人都沒有，就算徐素娥心中存疑，也有些不敢確定了，或許真是巧合也說不定。她打發了丫鬟，回到屋裡。

可剛躺下，那聲音又傳了出來，依舊是三聲長、兩聲短，最後再扣四下窗櫺。

徐素娥彈起身，推開南窗，可那裡是一片湖泊，根本不可能有人。她披上衣服，再次到了院子裡，斥退丫鬟，自己循著先前的聲音往後面找去。

她住的院子後面就是湖泊，湖泊對岸是假山林，布穀鳥的叫聲始終在周圍迴盪。

徐素娥接近了假山叢，不禁冷冷喊道：「到底是誰？別裝神弄鬼的，快給我出來！」

右邊的假山石後傳來兩下腳步聲，一個男人走了出來，正是被縛住手的王生。

徐素娥見是他，心道不妙，也不理睬，轉身就想離開。

早已被嚇破膽的王生見好不容易等來了搭救他的希望，哪會放棄這個機會，在徐素娥後頭喊叫起來。「素兒，是我！我是王生呀！妳快來救救我，那人將我抓來藏在這裡，我根本不認識他。妳快幫我把繩索解開，帶我離開這裡吧！」

王生求生心切，他只有手被綁在身後，腳卻是自由的，不過他不敢走，因為走得不對，身後就會有石子打他，直到看見徐素娥，他才不顧一切地追了上去，不一會兒就追上她，攔在她面前。

「素兒，是我！妳看清楚呀！我們從前日夜在一起，那般快活，妳難道不認得我了嗎？快幫我解開繩子！」

徐素娥知道自己中了計，哪敢搭理他，低著頭就要離開，嘴裡還大聲道：「我不認識你！你給我走開！再這樣，我可要喊人了！」

王生見徐素娥這樣絕情，在這攸關生死的時候，竟然毫不念舊情，當即怒了，說道：「好個水性楊花的臭女人。要我的時候，比那青樓的婊子還要賤，如今做了人家的姨娘，倒是翻臉不認人了！」

徐素娥怕他再說出什麼來，大聲尖叫。「你給我閉嘴！我根本不認識你！是誰讓你來誣衊我？我跟你拚了！」

說完這話後，徐素娥突然來了力氣，一下就把王生給推翻在地，然後毫不猶豫地跨過他便要離開。

可王生哪肯放她走，爬起來又纏上去。「好個徐素娥，枉我這麼些年一直惦記著你們母子，時常派人送些金銀給妳，後來知道妳給人做妾，我也沒說什麼，如今妳倒是跟我撇清了。我的命抓在妳手上，妳卻連看都不看我一眼，當真是戲子無情、婊子無義，算我王生這麼多年瞎了眼！」

徐素娥不敢回頭，只想趕緊回到自己的院子去。

她不想去猜王生是誰弄進府裡來的，不管是誰，只要她和他搭上話就徹底完了。她腦子一片混亂，想離開這片該死的假山林，可就在要出去的時候，卻看見入口處走進兩個人來，領頭的是臉色鐵青的薛雲濤，其後是面無表情的薛宸。

徐素娥臉色慘白的迎了上去，指著薛宸道：「老爺，大小姐好毒的心，竟然想用這種法子冤枉我。我根本不認識那個男人，您可千萬要相信我呀。」

其實，今天下午，薛宸已找到薛雲濤，把一切都告訴他了，只是因為他心存疑慮，不敢相信這件事，這才同意讓薛宸作出這場戲來。原來，這麼多年，他都被眼前這個女人給騙了，不僅女兒不是他的種，連他引以為傲的兒子、打算好好培養的兒子，也不是他的。

從前他不是沒有疑惑，兩個孩子都比其他孩子要早些生出來，可他只以為那是每個孩子的情況不同，因此根本沒有想過這兩個都不是自己的孩子。

思及此，薛雲濤再也忍不住，一巴掌甩在徐素娥臉上，怒道：「妳個賤人！騙得我好慘！」

徐素娥被打得跌倒在地，想再去抱薛雲濤的腿，卻被薛宸冷冷地叫人阻止了。

「把徐姨娘抓起來，送到東府給老夫人處置。」

然後，生怕徐素娥在府中大喊大叫，就將她和王生的嘴都堵了起來，一路靜悄悄地拖去了東府。

因為燕子巷的主母已經去世，薛雲濤並未續弦，沒有主母當家，而薛宸只是未出閣的小姐，管理中饋猶可，但要處置父親房裡的姨娘，似乎還不那麼名正言順。所以，只能將徐姨娘交到東府老夫人手裡。

東府裡早得了消息，青竹苑的花廳中亮著燈火，等薛雲濤他們到來。

徐素娥與王生被堵著嘴、捆綁著送到了老夫人面前。徐素娥衣衫不整，但這混亂的時候，也沒人去計較這個了。

老夫人穿戴整齊，等所有人都到齊，才對臉色鐵青的薛雲濤問道：「這到底是怎麼回事？查清楚了嗎？」

薛宸看了一同前來的嚴洛東一眼，嚴洛東上前揭開王生嘴裡的布條，在他後背拍了一記。「老夫人問你話，你如實說了，明日我便放你回去。」

王生早已嚇得魂不附體，知道自己惹上了不該惹的人家，看看旁邊的徐素娥，見她正用一雙美目瞪著自己，有些心虛，明白今日若在這裡承認了他和徐素娥的關係，徐素娥肯定就待不下去了。

只是他如今自身難保，如果不說出實情，很有可能連這個府都出不了，他在保定是有家室的，一家子老小等著他養活，若在這裡折了，實在沒什麼意思。更何況，先前徐素娥對他的態度他早看在眼裡，這個女人根本是水性楊花，到處欺騙男人，如今騙到太歲頭上，要遭報應了。此時隱瞞，對他可說是毫無好處。

王生定了定神，心裡有了決定，用還算詳盡的話語，把他和徐素娥什麼時候遇見、什麼時候勾搭上、怎麼勾搭，事無鉅細地說了出來。

老夫人聽了之後，坐都坐不住了，捏著瑪瑙佛珠，整條手臂氣得發抖，手裡的珠子碰撞，發出清脆聲響，在靜謐的花廳內顯得尤為刺耳。

「家門不幸啊！如何會將這麼個不守婦道的迎入門，還帶著野種！你糊塗哇！」

薛雲濤一直跪在地上，面色死灰不說話。

老夫人摀著心口坐下，身旁的嬤嬤給她順了順氣，她才睜開了眼，拍著羅漢床上的茶几，怒不可遏道：「把她鬆開。我倒要問問，她跟我們薛家到底有什麼仇，為何要做出這樣敗壞門風的事來！」

徐素娥嘴裡的布條被揭了去，脫離了箝制，她二話不說，立刻跪著爬到薛雲濤身旁，哭得毫無形象可言，不住地對薛雲濤磕頭，嘴裡說道：「老爺，不是的，他在說謊，我根本不認識他！我對您的心，您是知道的，我怎麼會和其他男人有私情，這一切都是大小姐陷害我的！從我進門開始，她就想要我死，這回也不例外，事情就是她策劃的，想把我徹底從薛家趕出去。老爺，您一定要相信我呀！」

薛雲濤站起來，一腳將黏在他身上的徐素娥踢了出去。徐素娥倒在地上，似乎爬不起來了。

薛雲濤指著她叫罵道：「當初妳只說自己是茶坊的茶女，父親被貶官流放，家道中落，可妳卻不曾告訴我，妳竟然在教坊司待過一年！那是什麼地方？妳根本是官妓！妳騙得我好苦！若不是宸姐兒的人發現了這件事，我不知道今後還會被妳騙多久！妳真噁心！我現在想起來，就覺得妳噁心！」

徐素娥的臉在聽到「教坊司」這三個字時，再也掛不住了，眼珠子轉了半天，然後厲眼掃到薛宸身上，似乎惱羞成怒，從地上爬起來，就要往薛宸的方向衝去。

可就在她到了離薛宸不過兩步遠的地方時，只覺得眼前一閃，腹部被重重踢了一腳，整個人飛出去，跌到地上，喉嚨裡一陣濃烈的甜腥，吐出一口鮮血來。

嚴洛東在場，如何容得有人傷害薛宸？這一腳自然是用了力氣的，徐素娥跌在那裡、吐了口血後，再也沒有力氣站起來了。

老夫人聽到薛雲濤的咆哮，這回連「家門不幸」都念叨不出了。想起前段時日，自己竟還想過將這個女人娶進門做媳婦，如今想來，真是薛家先祖庇佑，若娶了她，可是沒臉去見薛家的列祖列宗了。

徐素娥與王生被押了下去，等到明日天明後再做處置。

老夫人將所有伺候的人全屏退在外，花廳中，只留下了薛雲濤和薛宸。

一陣靜謐後，老夫人才從憤怒中緩過神，問向薛雲濤。「這個女人，你打算怎麼辦？」

薛雲濤咬牙切齒地說：「還能怎麼辦？留著她便是薛家的恥辱、是我的恥辱，自然留不得了。」

老夫人看了薛宸一眼，然後又問道：「宸姐兒，這件事是妳發現的，依妳看，這事該如何收拾？」

薛宸往前走了兩步，眼觀鼻、鼻觀心地說：「孫女覺得，這件事越少人知道越好，畢竟不是什麼光彩的事。若姨娘犯了尋常的錯，自然是送去莊子裡，眼不見為淨，但徐姨娘行跡太過惡劣，不僅隱瞞身世，還企圖混淆薛家血脈，光憑這一點，咱們薛家便絕不能再容她。明日之後，稟報官府，以不修婦德之罪上表，求朝廷下令處決。」

老夫人聽了點點頭，又對薛雲濤道：「你看看你，連宸姐兒懂得都比你多，看得比你清楚，你還是做人父親的，簡直糊塗至極！」

薛雲濤已經不敢抬頭去看薛宸的臉色了。之前為了薛婉和徐素娥，他多番教訓這個女兒，可如今他被現實狠狠打了一回臉，從前相信的人，竟然做出這種傷天害理之事，將他玩弄於股掌上。反倒是這個他一直以來太過嚴厲對待的女兒，始終在為他著想、為薛家著想。

薛雲濤真覺得慚愧，實在不知道說什麼好了。

此時薛宸可不想居功，而是想著盡快把事情解決，又問道：「徐姨娘倒是好處置，難就難在婉姐兒和雷哥兒。這件事若要瞞住人，只能動徐素娥，如果將這兩個孩子一併處置掉，外人如何猜不到咱們薛家到底發生了什麼事。爹爹如今在秘書監做得正好，若這種醜事被人知曉，只怕會影響他的官途。所以，還請老夫人示下，該怎麼處置婉姐兒和雷哥兒？」

老夫人沈吟片刻，嘆了口氣。「宸姐兒說得對，一併除去那兩個孩子，人家必然知道咱們家發生了什麼事，到時候再有御史參妳爹一本，那就糟了。可若是留下他們，我看著實在難受，嚥不下這口氣呀。」

薛宸想了想後，才道：「要不這樣吧，將雷哥兒送去偏遠的田莊裡，一段日子後再送出關，過兩年報個死訊回來，就此銷案。而婉姐兒依舊留在府裡掩人耳目，她畢竟是個女兒，還是庶女，沒了徐姨娘和雷哥兒，一個人掀不起什麼風浪來，更何況還有我在府裡看著，想來不會出什麼事，先混過兩年，再把她送去田莊裡處置。這樣做，不知老夫人覺得怎麼樣？」

老夫人又嘆了口氣，蹙著眉，點了點頭。「事到如今，為了讓事情的影響降到最低，只能按照宸姐兒說的去辦了。」

於是，徐素娥被留在了東府，至於老夫人要怎麼處置她，薛宸就不管了。老夫人做了這麼多年的當家主母，自然有她的方法。

——未完，待續，請看文創風402《旺宅好媳婦》2

LOVE 流浪貓狗介紹所

為流浪貓狗加油 和貓寶貝 狗寶貝

廝守終生(一定要終生喔！)的幸福機會

對人來說，貓寶貝狗寶貝只是生活的一部分，但妳（你）對牠們來說，卻是生活的全部，領養前請一定要考慮清楚——

▲ 貼心又憨厚的Buddy

性　　別：男生

品　　種：混種

年　　紀：7歲多

個　　性：親人、親狗、親貓，愛撒嬌，擁有完全不會生氣的好脾氣；活動力極佳，會基本的坐下、握手及拋接球指令

健康狀況：已結紮、已施打預防針

目前住所：桃園縣三峽區

本期資料來源：台灣認養地圖 http://www.meetpets.org.tw/content/62892

『Buddy』的故事：

五年前，在熱鬧的台北市中正區的某處、志工媽媽上班的地方出現了一隻狗狗，可憐的牠經常在此徘徊尋找食物，而暫停在路邊車子的底盤下就是牠唯一遮風避雨的家，牠就是Buddy。

還記得那年的冬天非常寒冷，看到這麼努力堅強生活的孩子，志工媽媽不忍心牠大寒天的還挨餓受凍，於是每天下班後都會拎著美味的食物帶去給Buddy。

每當志工媽媽起身離開時，Buddy都會偷偷跟著後頭，不吵也不鬧，帶有距離地跟著。有好幾次被志工媽媽發現了，因為沒辦法帶牠回家，只好不忍心地對著Buddy說道：「狗狗乖，不可以跟喔！」Buddy非常有靈性，彷彿聽得懂此話，也知道不可以給人家帶來困擾，於是就會默默轉身離開，找一個安全的車子底盤下躲起來。

志工媽媽本以為彼此的相處會一直這樣下去，直到有一天，志工媽媽去了老地方等Buddy，喊了許久，Buddy都沒有出現。志工媽媽當下慌了，很害怕也很擔心Buddy，這時志工媽媽才發現自己完全放不下這個貼心又可憐的毛孩兒。

此時的志工媽媽就下定決心。「我要找到Buddy，不再讓牠孤單地流浪！」

搜尋了一段時間，終於找到Buddy，也將牠救援成功帶回了家中。但是好景不常，因為家人反對再多養一隻寵物，最後只好委託中途之家代為照顧，並尋找能夠給Buddy溫暖幸福的主人。

真的很希望Buddy的幸福能夠快快出現，如果你/妳正在找一隻貼心的寵物作伴，請給Buddy一個機會。歡迎來信carolliao3@hotmail.com(Carol 咪寶麻)或vickey620@hotmail.com(許小姐)，主旨註明「我想認養Buddy」。

編按：想看看更多Buddy的生活照嗎？趕緊點下去：http://poki1022.pixnet.net/album

認養資格：

1. 認養者須年滿25歲，有獨立經濟能力，並獲得家人、同住室友或房東的同意。
2. 認養前須填寫問卷，評估是否適合認養。
3. 須同意簽認養寵物切結書。
4. 同意送養人日後之追蹤探訪，對待Buddy不離不棄。

來信請說明：

a. 個人基本資料：姓名、性別、年齡、家庭狀況、職業與經濟來源等。
b. 想認養Buddy的理由。
c. 過去養寵物的經驗，及簡介一下您的飼養環境。
d. 若未來有當兵、結婚、懷孕、畢業、出國或搬家等計劃，將如何安置Buddy？

文創風
401

旺宅好媳婦 1

國家圖書館出版品預行編目資料

旺宅好媳婦 / 花月薰著. --
初版. -- 臺北市 : 狗屋, 2016.04-
冊 ; 公分. --（文創風）
ISBN 978-986-328-578-6（第1冊：平裝）. --

857.7 105002297

著作者	花月薰
編輯	安愉
校對	黃亭蓁　許雯婷
發行所	狗屋出版社有限公司
地址	台北市104中山區龍江路71巷15號1樓
電話	02-2776-5889～0
發行字號	局版台業字845號
法律顧問	蕭雄淋律師
總經銷	知遠文化事業有限公司
電話	02-2664-8800
初版	2016年4月
國際書碼	ISBN-13　978-986-328-578-6
原著書名	**《韶华为君嫁》**，由北京晉江原創網絡科技有限公司授權出版

定價250元

狗屋劃撥帳號：19001626

網址：love.doghouse.com.tw　E-mail：love@doghouse.com.tw